2022—2023

黄发有　邵燕君　主编

肖映萱　吉云飞　执行主编

中国
网络文学
双年榜

北京大学网络文学研究论坛
山东大学网络文学研究中心

编选

海峡出版发行集团
海峡文艺出版社

《中国网络文学双年榜（2022—2023）》
编委会

"大女主"的游戏法则

——2022—2023 年女频网络文学综述

肖映萱

近两年女频网文的新变可以概括为三个方面。前两方面是在"爱女"意识崛起的背景下，新型"大女主"想象的两个侧面：一是女主角开始具备强大行动力，甚至成为救世者，用新发明的话语来说，女主正成为"英雌"；二是性缘关系被重新检视，部分女性角色被批为"娇妻"，折射出当前女性社群内部正在经历一场婚恋观的剧烈变化。第三个方面，是小说的进一步"游戏化"，各种游戏的玩法和规则"入侵"了文本世界，刷新了故事的主题、结构和语言风格。

这些变化一定程度上延续了此前数年女频网文的发展趋势。在 2018 至 2019 年的综述中，笔者将女频网文的创作转型描述为"嗑 CP"、玩设定的新趋势。[①]"嗑 CP"是女性的亲密关系想象从代入其中到置身事外、不再将其作为唯一核心需求的前置训练；玩设定则展现出网文设定的游戏化倾向。2020 至 2021 年，女频的突破与创新更加明确地表现为"叙世"的拓展，既在世界设定上不断推陈出新，也展现出颇具深度的现实观照与关怀。[②]如今，女频作者们一边继续在游戏法则层面拓宽着世界设定的可能性，一边把目光进一步锁定在探索世界的主人公——绝对的女主角身上。当爱情退居其次，世界海阔天空，新一代的"大女主"将通往什么样的新天地？这是今天的女频作者普遍自觉地试图在作品中解答的问题。

---

① 参见肖映萱：《"嗑 CP"、玩设定的女频新时代——2018—19 中国网络文学女频综述》，《文艺理论与批评》2020 年第 1 期。

② 参见肖映萱：《女孩们的"叙世诗"——2020—2021 中国网络文学女频综述》，《中国文学批评》2022 年第 1 期。

一、话语革命："英雌"与"爱女"

近年，伴随一桩桩不断冲上热搜的社会事件，性别议题几乎避无可避地出现在互联网的各个圈层，与性别相关的影视作品、图书、女性主义理论也受到了前所未有的关注。此前性别意识的变革与探索在网络文学的文本实验中静水流深地持续了多年，以"大女主"为中心的"女强"书写贯穿于女频各种类型文发展演变的始终，写作重心已经从亲密关系渐渐转移到女性自身。新一波"网络女性主义"浪潮的高涨，向原本细水长流的变革之路注入了一剂猛药，此前积累的多重变化都在这一节点上集中爆发，以多副崭新的"大女主"面孔显露出来，高调展示了新一代网络女性社群的性别意识突进。

近两年最为读者津津乐道的"大女主"代表，是被敬称为"隗姐"的隗辛。这一角色出自《穿进赛博游戏后干掉 BOSS 成功上位》（以下简称《赛博游戏》)，该作是近两年来商业成绩最好的女频小说之一。这部作品的成功，一方面有赖于作者桉柏相当纯熟的写作能力，她精准地捕捉了赛博朋克、第四天灾、人工智能、克苏鲁、论坛体等诸多流行文化要素，将其密集地融合为一锅滋味丰富的大杂烩，使故事得以在一个颇具未来美学风格的动作冒险世界中飞速推进，既在速度的加持下完成了极致的"爽文"叙事，又在纷繁的科幻设定中引入了人与神、人与非人的升华讨论，丰富了作品的广度和深度；另一方面，真正让作品"出圈"获得巨大讨论度的直接原因，是它塑造了一位遇神杀神、遇佛杀佛的"狠绝"女主隗辛。

女频以往的"大女主"中也不乏强者，她们有"黑化"的阶段，有为了成功不择手段的黑暗面，但作者往往需要给她们的"黑化"找到合理性，以赋予女主、读者和自己某种道德上的豁免权。在《赛博游戏》中，隗辛的"狠绝"也有外因：在残酷的游戏世界里，弱者的命运是真实的死亡，而隗辛拿到的"剥夺者"身份所具备的特殊能力，正是要靠"剥夺"别的角色的生命才能获得他们的能力，为了生存、变强，必须

"杀人"。这种"狠绝"也有某种被豁免的余地：经历了少许挣扎后，隗辛决定尽量避免"剥夺"玩家，主要对NPC（非玩家扮演角色）下手，但在玩家极力隐藏身份的情况下，许多时候她无法确认对方的身份，难免"误杀"。然而无论在女主的道德层面"叠"多少层"甲"，喜欢《赛博游戏》的读者们最爱看的，恰恰是隗辛身上不加掩饰的杀伐果决和绝对强大。不同于"宫斗"中女性之间的虚与委蛇、暗流涌动，这是在藐视男女之别的绝对力量面前一视同仁的狠与冷，无须任何伪装。这种来自女性角色的绝对的"强"为读者带来了绝对的"爽"，她们终于可以将道德感暂时抛开、彻底投入无须负责的"YY"幻想，这一刻，她们才真正走到了男频"爽文"的起始点。曾几何时，女频小说的"爽点"只由"虐"和"甜"这两种与爱情相关的情绪构成；如今，性别差异变得模糊，女频的快感机制与男频趋同了。女性也可以成为最强者，这种想象被读者普遍接受了。

在现实世界即将与游戏世界相融的巨大灾难面前，隗辛毫不犹豫地承担起救世主的责任。这是近年"大女主"的一个共同特征，例如经常与《赛博游戏》并举的《我在废土世界扫垃圾》中，女主祝宁也扮演了破旧立新的"救世"英雄，对底层社会报以关怀。与《赛博游戏》相比，后者还很重视女性群像的刻画，且强调女性互助与女性情谊，呈现出更具群体性的女性力量。这两部作品还有一个共同点，即恋爱关系的退位。虽然以隗辛为绝对主角的《赛博游戏》在晋江文学城的分类体系中仍被归入"言情"分站，但这只暗示了隗辛与其他角色之间存在情感关系的可能，且这种关系是反传统的——小说中被指认成"男主"的角色是人工智能"亚当"，ta没有碳基的身体，因而没有性别和性征，突破了传统"言情"的边界，把"情"从狭窄的性缘中解放出来。《我在废土世界扫垃圾》也被归入"言情"，但其所谓的"男主"与其他配角一样在故事中途死去，没有陪伴女主走到最后，这种情感被平等地放置于祝宁与众多伙伴的羁绊之中，如烟花般绚烂却又顷刻散去。也就是说，这些新型"大女主"们可以有伙伴，也可以有爱情，但爱情不是必需的，不是传统的，也不是更高一等的。

这种"大女主"与此前观众们通过密集的 IP 影视剧接触到的"大女主"形象已经相去甚远，后者大多改编自 2010 年以前的女频网文，代表的是上一代的"女强"想象：爱情仍然占据中心位置，男主也在故事中扮演着重要角色，往往按照"女强男更强"的配对模式，经大众向的影视改编后，很容易回到"玛丽苏"的叙事套路中去。新一代的"大女主"和"女强"书写则早已溢出了"言情"的框架，要求女主独立地拥有力量，女性自身成为强者、英雄——或者用网络女性社群内新近流行的说法，成为"英雌"。这种话语的转换，是"大女主"书写对女性自强的要求越走越极致的一个鲜明表征，正是这种趋势催生了"爱女文学"。所谓"爱女"，是与传统性别文化中的"厌女"针锋相对的，它是被否定性定义出来的，不"厌女"的才是"爱女"。"英雌"的说法是在"爱女"的语境下诞生的，"英雄"被认定是男权的语言，用来描述女性则有"厌女"倾向。

"爱女"的命名诞生于 2021 年左右，它与写下《厌女》的日本社会学家上野千鹤子及其代表性观点在一些网络女性社群中流行和普及，可以说有直接的关联。① 一些较为激进的读者开始带着"是否厌女"的标准去"审判"既往的"女强文"乃至所有言情小说，凡是遗存"厌女"惯例的都会被她们批为"伪女强"和对女性有毒的作品。这些严苛的读者被称作"爱女姐"，她们推崇的那些经受住了考验的作品，则被相应地称作"爱女文学"。不难看出，这一命名打从一开始就带有一定的讽刺色彩——不同于网络小说常用的类型划分说法"××文"，网文语境中"××文学"的命名格式往往已经暗含了部分女性读者的讽刺或自嘲意识，如"凡尔赛文学""发疯文学"。

虽已暗含了自省，"爱女"意识在近年的"大女主"写作中普遍存在，许多作品明显是在"爱女"的"主题/观念先行"的情况下被创作

---

① 2019 年 4 月，上野千鹤子在东京大学本科入学仪式上的演讲视频在国内网络社群中引起了巨大反响，女性开始反思所谓的"女性气质"和"男女同权"的含义，上野千鹤子的《厌女》也随之走红。参见许婷：《"雌"：赛博消费景观中的性别镜像》，北京大学 2024 年博士学位论文。

出来的，其中最具代表性的是妖鹤的《女主对此感到厌烦》和柯遥42的《为什么它永无止境》。这两部作品不约而同地选择了西幻设定，女主或是不甘服从原本写好的"雌竞"剧本，与其他同样坚强勇敢的女性一起结成同盟，背负"女巫"之名，却像骑士一般热烈地踏上革命之路；或是在诡谲的末日世界中仍旧关心身侧之人的境遇，细细咀嚼这些多姿多彩的、闪着光的女性角色身上的遭遇与不平，最终发出书名隐去的那句叩问——为什么女性的苦难永无止境？两部作品都聚焦于女性群像、女性互助，将女性作为"命运共同体"的观念以具体鲜活的形象展现在读者面前，而且是反言情、反性缘的。尤其是《女主对此感到厌烦》，作者妖鹤的笔名谐音"for her"，她的这部处女作有着旗帜鲜明的"爱女"立场且极具情绪感染力，让许多读者受到启蒙与感召，一定程度上起到了女性主义入门读物的作用，因而在"爱女"社群中被推到了圈内"名著"的地位；更名《她对此感到厌烦》进行纸书出版后，该作名列豆瓣2023年度读书榜单"科幻·奇幻"类的第一位，也侧面反映出这类作品在女性市场的广泛影响力。

在"爱女"意识的引领下，不仅女主形象、恋爱故事的写法面临着革新，作品的评价标准也开始被重新讨论。比如一部好的（女频）小说是不是一定要有"大格局"？这个问题在2023年引发了女性社群内部的一次持久讨论。在知乎问题"有没有大格局的女主文？"的回答中，出现了栗子多多的《点燃星火》。这篇仅有一万多字的小短文是十分典型的"知乎文"，由密集的转折、脑洞和梗组成，以求营造反套路甚至猎奇的阅读体验——自"反宫斗"的《宫墙柳》让知乎平台窥见了网文写作的巨大潜能之后，反套路就成了"知乎文"的招牌。《点燃星火》正可以看作是对传统女频网文"格局小"的一次戏仿式的反叛，通过戏仿女性参与改革来实现"大格局"的拟像。故事里，穿到架空封建社会的两位穿越者成了一对母女，来自2023年的女儿原本只想苟安，是"小格局"；来自1940年的母亲却想散播革命的火种，是"大格局"。虽然文中对历史事件只言片语的书写显得生涩僵硬、错漏百出，但仅凭故事开头母女"相认"（确认彼此穿越者的身份）时女儿向母亲描述2023年的那一句

"山河仍在，国泰民安"，就足以完成受众对"大格局"的意淫与狂欢。这清晰地映照出当前网络青年女性社群在政治与历史话语上的急切操演需求和虚无现状。当然，除了对"大格局"不假思索的套用和戏拟，讨论中也出现了对一些基本问题的重新思考：何谓"格局"？宏大叙事是否天然比情感叙事和微观叙事更"高级"？女性有没有属于自己的"大格局"之路？可以预见，未来这些问题的探讨很可能会在女频的文本实验中引起回响。

二、性缘政治："娇妻"与婚恋观的剧烈震荡

当前网络女性社群中"厌女"批判的矛头，较为集中在以往女频网文里的"雌竞"与"性缘脑"（"恋爱脑"的理论化说法），前者表现为"宫斗""宅斗"等类型的衰微和对它们的反思，后者则被总结为"娇妻文学"。在"爱女"意识的检视下，不仅是社交平台中"秀宠爱"的女性被恨铁不成钢地批为"娇妻"，①多年来占据女频主流的"霸道总裁文"及其变体（如"民国军阀文"等）中的"傻白甜"女主也被归为"娇妻"。一些曾经的"总裁文"读者开始反省自己"少不更事"时的阅读"黑历史"，并决绝地与之"割席"。

不过，当我们打开近两年女频的热门商业榜单时，会发现"娇妻文学"仍然牢牢占据着大半天地，与"爱女文学"仿若来自不同世代，却跨时空同屏。一方面，这可以说是网络文学在"用钱／流量投票"的机制下赋予用户的文学"民主"的一次生动展示。人们爱看一部网文，绝大多数时候不是因为它"正确"，而是因为它"好看"，后者恰恰更多地与"不正确"挂钩。只要"娇妻"的情感机制仍能满足部分读者内心深

① 女性在网络社交平台上"秀"伴侣对自己的宠爱，与2020年以来的"凡尔赛""拼单名媛"等事件均有关系，本质上后两者为的是低调炫"富"，前者秀的是被"富"且深情的伴侣"宠"，与"总裁甜宠文"有着相似的快感机制。此行为往往还伴随女性对自身的"矮化""弱化"。如2023年引起热议的"宝宝碗"事件（情侣吃饭时男生给女生分几口，装在小碗里，女生将其称作"宝宝碗"），也是由秀恩爱引起的，反对者认为这种称呼有"低幼化"女性的审美倾向，将其批为"娇妻"行为。

处的需求，就会继续与"爱女"共存。另一方面，这些"娇妻文学"有着十分复杂的成分，其中既有无意识的刻板印象和陈规惯例，也有女性主动利用自己的弱势地位来谋取利益的"女利"书写，甚至还有因"爱女"迅速变成一种"政治正确"而招来的反叛，即为了对抗"爱女"的正确性暴力而出现的"娇妻"反讽。这也折射出当前女性社群性别意识的混杂与摇摆、理智与情感的游移不定。

许多时候读者们口中的"娇妻"与"大女主"之间的界限并不清晰，甚至只有一线之隔。青青绿萝裙的《我妻薄情》引发的争议事件，就是这种模糊现状的典型代表。无论是女主程丹若的"薄情"设定，还是小说最鲜明的主线——"穿越女"在封建社会求自由、求发展的个人成长叙事（事业线），抑或是作者草蛇灰线、剑指"大格局"的沉稳笔调，都仿佛向读者许诺着这部小说将是她们预期中的"大女主爽文"，古代言情的婚恋桥段只是为了在"大团圆"结尾处给女主的人生锦上添花。但事实上，故事才堪堪写到四分之一，作者就安排"薄情"的程丹若步入婚姻，这让许多读者的期待落空。这种写法迅速招来质疑、批判甚至"掉粉""掉收藏"，它让作品的走向好像又回到旧"女强"名为"大女主"实则"玛丽苏"的老路上去。但《我妻薄情》真正试图探索的，是当女性的现实处境只有通过婚姻才能获得自由（这恰恰是"古代"设定最真实的情况）时，她是否可以借助婚姻得到解放。是不是只要选择落入父权制婚姻的"牢笼"、没有实现彻底的女性自足，这种"次一等"的解放就是虚假的、不值得被选择的，必然沦为"娇妻"或"婚驴"？如果说极端的"爱女"观念抹除了社会各个阶层女性的差异，以同一套标准要求所有女性都成为独立自强的"大女主"，那么《我妻薄情》就将女主还原到了具体的境遇之中，探讨了"有限"的自由与解放的可能性与必要性。

不仅如此，小说还刻画了一个理想男主谢玄英，这位世家公子虽深受礼法与家族的约束，却遵循"情教"本心勇敢求"爱"，看起来很像是一个"玛丽苏"模式里的拯救者。但这个角色身上最宝贵的品质，是愿意尊重程丹若"薄情"之下的不安与骄傲。这场婚姻不仅没有磨灭女主作为个体的独立性，反而让这两个人物从理念落到了凡尘，变得更生动、有人味儿。小说试图创造在性缘关系中仍然成立的"大女主"模式，在极端女权已然走向排斥性缘的前景中，探索出一种男女双方通力改造的新型性缘关系，给"情"留出几分余地。而读者对这种尝试的热烈争议，恰恰反证了这种尝试本身的必要性。

借枷锁重重的古代设定，"古言"的"大女主"抛下爱情去追求生存、平等与自由，是更加水到渠成的，与之相比，以"总裁文"为主流的"现言"（都市言情）更是"娇妻"批判的"重灾区"。2023年暑期电视剧《我的人间烟火》播出后得到的负面反馈，一定程度上显示了"娇妻"批判的大众化。在网友们看来，剧中的"恋爱脑"女主角许沁为了爱情而与家庭闹掰，放弃为她深情坚守的孟宴臣，非要选择常常PUA（即通过长期贬低、矮化一方来实现情感控制）她、经典的付出行为只是"为她煮粥"的消防员宋焰，是一位无药可救的"娇妻"。截至2023年底，该剧的豆瓣评分已低至2.8分（超过42万人评分），足以看出这种反馈的普遍性。剧作的原著小说《一座城，在等你》（玖月晞，晋江文学城）2017年连载时却并未引发这样的讨论，也说明了大众女性意识自那之后发生的巨变。有趣的是，网友们推崇的"良人"孟宴臣是一个不怎么霸道但保留了隐忍深情属性的"总裁"。这表明，在除了爱一无是处（因而"爱"的真实性也被质疑）和被爱之间，在"倒贴"和受宠之间，如今女性更倾向于选择后者。她们真正恐惧的不是成为"娇妻"，而是成为"娇妻"后没有得到相应的奖赏。当婚姻被批判为一种父权制的陷阱后，可疑的"爱"消失了，余下的只有确凿的财产关系——在她们看来，"好"的婚恋不应该让女性受苦，否则就是圈套。如果"爱女"意识要求女性在婚恋关系中不能"吃亏上当"，最终只能导向两种结果，要么清楚地计算每一分得失，要么"去性缘"。无论哪种，都不再与"爱"有关。"娇妻"批判的背后，是婚姻制度与爱情神话在女性社群内的巨大危机。

如果说《我妻薄情》的程丹若，是先通过婚姻得到了一定的自由，再从中建立起了"爱"，那么陈之遥的《智者不入爱河》中的女主走的则是另一个方向：对一些都市独立男女来说，也许婚姻已经过时了，但"爱"还没有。小说中的律师女主不仅以打离婚官司为专长，自己也告别过一段失败的婚姻，做了单亲妈妈，本来理当成为不入爱河的智者，但小说在一桩桩离婚案件中却仍穿插着她与男主的爱情。从起初的清醒、谨慎，到情难自已的试探，最终他们相爱了——是否步入婚姻？小说没有讲。爱与婚姻被拆分为两个独立的概念，当"入爱河"不再指向婚姻的终点，也许智者不再是"不能"入爱河，也可以是"不畏"入爱河。

与晋江文学城、知乎等平台的激进"爱女"潮流相比，依然相信爱情的《智者不入爱河》显得非常朴素，这也与它发布于豆瓣阅读这一平台有关。自 2012 年上线以来，为了与起点中文网、晋江文学城等网站的商业模式和主打受众做出区分，豆瓣阅读先后尝试将科幻、中短篇、非虚构写作作为平台特色，但在商业成绩上均未有亮眼表现，直到 2017 年开始转向悬疑和女性，才逐步确立起更适配纸媒出版和影视改编的核心内容，打造出一条 IP 导向而非 VIP 导向的运营路径。不同于"言情"版块①，豆瓣阅读的"女性"版块是在更加公共的语境当中围绕职场、婚姻、家庭等都市女性现实处境的写作，近年尤为流行"中年爱情＋职场"的书写。这里的"中年"大多指 30 岁左右、有过婚恋经历的"熟女"，"职场"则指向更加专业化、知识型的"行业文"写作。如陈之遥与柳翠虎（2023 年热播电视剧《装腔启示录》原作小说的作者），都毕业于名校法律系并曾在律所工作，擅长在作品中融入专业的法律知识和律所百态。但这两部小说中的爱情却都在"现实"的外壳下保有几分梦幻的色彩，为摇摇欲坠的爱情神话提供了可能的挽回方案。这与豆瓣阅读的纸媒、影视 IP 导向有关，其创作的整体氛围更温和，并逐步从小众向大众审美趣味过渡。

婚恋观的剧烈震荡，在番茄小说等免费平台也通过"真假千金"等

---

① 豆瓣阅读先有"女性"版块，后增设了"言情"版块。"女性"版块的分类标签有"职场女性""家庭故事""成长逆袭""婚姻生活"，"言情"版块的分类标签则是"现代言情""古代言情""民国情缘""幻想言情"，分类方法和作品内容都更接近网络言情小说。

叙事要素的流行体现，如纪扶染的《就算是假千金也要勇敢摆烂》。2024年初登上抖音短剧榜首的《我在八零年代当后妈》也是"年代文"子类型与"真假千金"桥段融合的产物。主角身为"假千金"，被"真千金"取代之后却能以更显赫的身世或更优质的恋爱对象实现华丽的"逆袭"。财产（千金的高贵血统与继承权）与婚姻（总裁未婚夫）几乎扮演了完全相同的叙事构件，都是主角"打脸"女配的工具，是最终胜利的奖赏与标志，因而婚恋情节也并不真正与"爱"有关。不过，这一套路很快也在"厌女"反思中被揭露为"雌竞"，开始出现描写真假千金和睦共处的作品。

而在晋江文学城等平台，性缘关系的边缘化是十分突出的新趋势，晋江文学城甚至在 2023 年 11 月底开辟了独立的"无CP+"新分站。早在 2014 年，晋江就已经出现了"无CP"的分类标签，这一标签之下的内容发展至今已经相当混杂，主要包括两种创作倾向。第一种，是"双男主"或者"大男主"写作，代表作有 Priest 的《太岁》。在增设独立分站之前，"无CP"与"纯爱"被划在同一个频道，它的成立以 CP 文化已经完全成熟为前提。也就是说，女性读者已经熟练掌握了"嗑CP"的能力，不再需要原作提供固定的"官方CP"，读者们可以自行脑补、拉郎配，原作从以 CP 为中心的爱情叙事中被解放出来。第二种带有一定的"反CP""反性缘"倾向，作者们开始主动关注爱情之外的议题，如女性之间的互助、情谊、亲缘关系等，代表作有我想吃肉的《祝姑娘今天掉坑了没》。正是第二种写作使"无CP"不再被"纯爱"兼容。独立建站后，"无CP+"很快拥有了独立榜单，目前的排榜刚好对应着这两种写作倾向："男主无CP"与"女主无CP"。当然，"无CP+"的潜力还不止于此，这一分类的出现打破了既往以 CP 为核心的女频书写所预设的种种惯式，可以容纳溢出原来的写作框架、无法被轻易归类的作品。有了专门的空间后，这里的创作未必会按照既有的预设发展。这一空间刚刚诞生，就已令人对其未来的面貌充满期待。

三、玩法规则：游戏"入侵"文本世界

网络文学从诞生之初就有着游戏化的特征，如可以被追溯为第一部长篇连载网络类型小说的《风姿物语》（罗森，1997），不仅是日本游戏《鬼畜王兰斯》的同人作品，还借电子游戏架构世界的方法来创造小说的平行世界，①为后来的网络奇幻、玄幻小说奠定了基础范式。此后，除了以虚拟现实游戏为题材的"网游文"，"升级"玩法和"系统"设定是网文游戏化的主要表征，②"系统"在网文中已经像穿越、重生一样普遍。女频小说也经历了相似的游戏化过程，近年却明显进入了一个新的阶段。突破主要发生在游戏玩法和规则方面，开放世界、角色扮演、跑团等多元的游戏玩法与玩家经验都被引入小说当中，作者也开始更多地关注世界本身的运行规则。相比之下，《赛博游戏》是前一个阶段的成熟代表，它采取"第四天灾"③的设定，即玩家们集体"穿进"游戏世界，对其造成影响，并被原住民们当作"天灾"。这种设定虽有其新鲜之处，核心玩法还是最基础的升级、打怪。不过《赛博游戏》中游戏与现实世界的融合，提供了一个意味深长的隐喻——游戏最终"入侵"了现实，游戏的逻辑变得无处不在。

近年最为成功的国产游戏莫过于走出国门、全球热销的《原神》（2020年9月公测），它所属的开放世界（Open World）冒险游戏由来已久，《原神》的出现大大普及了这一游戏类型，其玩家经验与结构特性开始"渗入"网文创作。羊羽子的《如何建立一所大学》就是一个开放世界游戏般的文本，主角徐平安如同一位玩家，被投入到游戏中操控他

---

① 吉云飞：《制作起源：中国网络文学的五种起源叙事》，《文艺理论与批评》2021年第2期。

② 关于网文游戏化进程的相关论述，参见王玉玊：《编码新世界：游戏化向度的网络文学》，中国文联出版社2021年3月版。

③ "第四天灾"的命名起源于游戏圈，游戏设定中最常见的三大天灾是肃正协议（远古AI）、高纬恶魔、虫族（来自游戏《群星》），不可控的玩家则是与之并称的第四天灾，同样对游戏世界有极大破坏性。后来网文中出现玩家集体"穿进"游戏世界，对游戏的原生环境造成影响的设定，这一子类也被称作"第四天灾（流/文）"。

的虚拟化身（avatar）大法师塞勒斯，完成系统布置给他的"建立一所大学"的任务。如果只把这部小说当作一篇传统的西幻文、系统文，它的叙事无疑是不太合格的，不仅节奏特别慢，写着写着还把建大学的任务抛到了一边，重心偏移至旅途中主角邂逅的每一个人物及其背后藏着的故事。更过分的是，前期重点书写的几个人物，如主角招收的学生里背负着疯王之血的威尔等一系列有潜力展开一段浓墨重彩的分支叙事的角色，后期也没有被充分地叙述。一旦换一种视角，把这部小说看作一部开放世界游戏，一切就都变得合理了。在这类游戏中，虽然也有所谓的主线任务，但真正的核心玩法是靠玩家主动挖掘、创造自己的叙事。主角只是带我们进入这个世界的导览者，他所邂逅的每个人、每桩事都是世界向玩家抛出的诱饵，你知道它背后有故事，却只露出了一角，正因如此，探索才变得兴味盎然。因而《如何建立一所大学》也是一个开放的、未完成的、可以不断写下去的文本。

蒿里茫茫的《早安！三国打工人》则很明显脱胎于《龙与地下城》（DND）式的桌上角色扮演游戏（Tabletop Role-Playing Game，简称TRPG）①及其衍生的跑团②游戏。女主"穿"到东汉末年，一出场即按照TRPG跑团的人物设定方式③介绍给读者，无须具体特征描写，只用几个数值：武力值点满，但魅力值只有5，因而人见人嫌。主角像在玩一款三国背景的跑团游戏，起初被投放到荒野，好不容易进入雒阳城找到一份杀猪的工作，过上了每天送送猪肉、跟邻里和睦相处的平淡生活。但当游戏主线启动、历史车轮碾过，即便是平民，主角也不可抵挡地被卷入战争，必须选择阵营和属于自己的玩法。她没有选系统给出的升级之路，而要捍卫自己的道。这样描写或许恰是因为对于跑团游戏来说，最

---

① 桌上（Tabletop）是这种游戏最初的玩耍环境，如今也有电子版的CRPG（Computer Role-Playing Game），为了强调这种游戏的玩法与广义的角色扮演（RPG）游戏不同，仍保留TRPG的说法。

② 跑团，即TRPG的游戏过程。

③ 在跑团活动中，玩家开始游戏前往往需要按照规则设计自己的人物卡，包括人物的职业、种族、阵营、各种属性的数值、人物的能力以及携带的物品等等，并根据常规模板算出人物的各项数值，以及在各场合下数值加减的结果。参见邵燕君、王玉玊主编：《破壁书：网络文化关键词》（增订版）"跑团"词条，词条编撰者为郑熙青。

终的胜利固然重要，但更重要的是游戏的经过，是玩家把角色扮演成了什么模样。女主选择做个悲悯的武神，尽力去救每一个人。这使作品极富理想主义色彩，也因"反升级"而具备了反类型、反玩法的意义。与此类似，《女主对此感到厌烦》的"爱女"实践也是从反乙女游戏开始的，女主原本设定的行动是去攻略多个男性角色，这既是乙女游戏的核心叙事，也是其主要玩法，而小说的主人公偏要打破藩篱，探索一条前人不曾走过的路。当游戏的既定玩法足够成熟、足够普及，反玩法也就成了反类型的一种新路径。

另外，《早安！三国打工人》还是女频近年流行的"历史衍生"书写的一种代表，它想象的是女主作为具有行动力的主体，对历史进行深度介入。在这方面，更极致的例子是千里江风的《[三国]谋士不可以登基吗？》，文中同样进入三国世界的女主不甘于系统给她布置的"成为天下第一谋士"的任务，偏要自己当主公，最终成为女帝，完成了一场酣畅淋漓的"大女主"幻想。除此之外，近年女频的"历史衍生"创作还掀起了一阵给秦皇汉武直播中华历史、盛世图景的热潮，如西羚墨的《直播带秦皇汉武开眼看世界》，向秦皇汉武展示了中国在古典文明延续、工业农业医学技术、军事力量与经济发展、女性意识觉醒等方面的灿烂成果。这类作品的阅读快感，与上文所述的"山河仍在，国泰民安"的"大格局"狂欢是一致的，也折射出年轻一代的网络女性在爱国教育的影响下对中国历史的理解与演绎方式。无论是介入历史，还是分享盛世，女性在历史想象面前的主体意识都大大提升了。

不只是开放世界游戏和TRPG跑团游戏的玩法与经验"入侵"了文本世界，一些十分特殊的文学创作也正以游戏的方式展开。如《修仙恋爱模拟器》代表的就是一种文学游戏的新玩法——"安科"。这是一个ID编号为"8662edde"的用户在晋江论坛发布的帖子，其按照"安科"的游戏规则，完整地"模拟"了主人公修仙与恋爱的全过程。简单来说，每个帖子都会创造情节分支，如主角的资质是高还是低，某一行动是成功还是失败，而作者会预先提供三五种可能性，就像投骰子一样根据随机数（在《修仙恋爱模拟器》中即发帖时间的末位数）来抽取其中一个，再顺着抽中的选项推进后面的情节。这类"安科"游戏原本是相当小众的，但在 ChatGPT 等 AI 的写作能力不断冲击人类认知的当下，这种与随机性"共舞"的文学游戏也许提示了一种交融的未来：人类"创造"故事，机器"生成"叙事，二者之间的界限或许比我们想象的要更模糊。当故事的数据库像当下的类型文（如修仙、恋爱/言情）那样成熟时，人类可以把随机"生成"带来的叙事挑战当作一种游戏，进一步穷尽"创造"的可能性——这是否意味着日后"生成"也有机会正式加入"创造"的行列？

宿星川的《穿成师尊，但开组会》也是一部建立在类型数据库基础上的"修仙文"，但它的重点不是修仙，而是玩梗。主角原是搞科研的"卷王"博导，穿到修仙世界后把科研的那套开组会、看文献、发论文的体系一一照搬了过去，把当代青年的"内卷文化"化作密集且充满真实细节的梗，并大玩特玩。甚至连"修仙文"情感叙事中最常见的"师尊文学"师徒恋爱套路也被转化为梗。这篇"纯正的笑话文"用玩梗去消解看似无解的"内卷"，用游戏的态度去缓和现实的痛苦，也是网文在这个时代应承担的社会职能。

最后，当"系统"已经成为网文异世界架构的基本方式，作者们逐渐意识到游戏"系统"是一个纯然被规则设定出来的空间，而规则是可以违反物理和时空定律的。我们忍不住追问：规则到底是什么？自2021年底《动物园规则怪谈》在 A 岛发布并引发病毒式流行之后，身处"系统"中的人们终于意识到，规则也许是靠不住的。"本该代表绝对权威的规则，变成了并不可靠的经验之谈与诱人走入陷阱的骗局的暧昧混合物"[①]，本该由规则提供的安全感被彻底摧毁了。带有克苏鲁"不可名状"恐怖氛围的规则怪谈，成为网文的重要书写对象。撕枕犹眠的《她作死向来很可以的》是其中较为典型的、融合了克苏鲁与规则怪谈要素的"无限流"小说，它保留了规则怪谈的形式，却让强大的女主在每个怪谈世界中创造出属于自己的确定答案，取消了规则怪

---

① 王玉玊：《行于深渊——网络文学类克苏鲁设定中的秩序、理性与主体问题》，《中国网络文学研究》第一辑，成都时代出版社 2022 年 10 月版，第 93—116 页。

谈的"不确定性"内核。这是规则怪谈进入网文后必然需要经历的改造过程，克苏鲁亦是如此，当它们作为一种新潮的文化要素汇入网文数据库之后，内核不一定被保留下来，许多时候甚至被玩成一种梗，与其他所有流行文化要素拼贴在一起——万物皆可"怪谈"。或许比起无处不在的游戏设定与玩法，在流行文艺作品的创造与传播过程中被发挥得更加极致的是游戏的玩耍心态，这才是游戏对现实世界与文本世界更加彻底的"入侵"。

以上种种，是当前女频网文革新进程中的几个突出侧面。这些探索也许过分激进，不能代表全貌，也许"矫枉过正"，在创新道路上走得太远，未必有后继者，但它们确实让女频网文呈现出焕然一新的面貌，也蕴藏着让女频写作摆脱僵化、先破后立、充满未知与希望的未来。

文学在下降后上升

——2022—2023 年男频网络文学综述

吉云飞

在下降到底之后开始更有力地向上攀登，是 2022—2023 年中国网络文学的最大趋向，也是它整个发展史上的一次重大转折。下降指的是伴随着阅读媒介变革、渠道"下沉"而来的读者和作品"下沉"，它是网络文学成长的主线之一。尤其在 2010 年以后，借助移动互联网的扩张，网络文学吸纳了数以亿计从未有过网文阅读体验乃至文学阅读习惯的人群。这一汹涌且持续了 10 余年的潮流，以 3G 时代中国移动手机阅读基地的兴起为开端，继之以 4G 时代到来后掌阅、QQ 阅读、起点读书等各类网文 App 的百花齐放，随后依托于微信、抖音等国民级应用"新媒体文"的潜滋暗长，一直延续到番茄小说等免费阅读平台占据网文市场的半壁江山。

在这期间，由于不断涌入的"小白"数量远超原本的"老白"读者，网络文学的生产以"小白"为主要目标，让"老白"经常处于"书荒"之中，"小白"读者塑造了网络文学发展的基本面貌。随着 2021 年中国网民规模超过 10 亿、互联网人口见顶，网文行业也不复有大规模的新进读者。此后不过两三年，"老白"读者成为网文的消费主力，全面主导了男频网络文学的创作，男频的生态因此变化，作品的整体品质呈现出明显的上升态势。这是有着坚实地基的上升，长达 10 余年的"下沉"使网络文学诞生了数以百计的细分类型，包纳了中国几乎所有的群体，拥有了跨越语言文化的魅力，这些都将成为未来中国网络文学攀登高峰的力量源泉。

一、番茄小说的社区重建

网络文学下沉到底的标志性事件发生在番茄小说。2020年后，依靠字节跳动的推荐算法、广告系统和资本支持，番茄小说不但成为最大的免费阅读平台，更成为用户数量最多的网文平台。根据QuestMobile的数据，2023年10月，番茄小说的月活跃用户为1.84亿，阅文旗下的QQ阅读和起点读书的月活跃用户数则分别约为1700万和2100万。相对付费平台，番茄小说的近两亿月活读者总体呈现出下沉化、低龄化和老龄化并行的特点。数据显示，番茄小说的读者超一半来自三线及以下城市，18岁以下和51岁以上占比超过三成，用户画像与同为字节跳动旗下的短视频平台抖音颇为相近。可以说，番茄小说是最下沉也是"小白"读者最多的网文平台。

尽管如此，如今的番茄小说却不只是一个网文渠道，还是一处网文社区。在高速的媒介变革和商业模式创新中，中国网络文学经历了几轮影响巨大的渠道变动，其中最具代表性的就有3G时代的中国移动手机阅读基地、4G时代的掌阅以及新媒体中的平治信息等。这些平台曾在网文生态中占据重要位置，中国移动手机阅读基地巅峰时甚至拥有一半以上的网文全行业读者和收入，但这些在网文发展史上曾煊赫一时的渠道，都因为缺乏产出真正有价值的内容的能力，在新渠道出现后就走了下坡路，乃至一蹶不振。番茄小说在渠道上拥有绝对优势，并且近年来一直尝试将自身打造为一个可以创造好故事并让好故事影响更多人的文学社区。

这些尝试中特别重要的就是引入带有精英标准的人工评价，包括设置推荐榜、完本榜和口碑榜并在核心位置展示，以及大力推介"老白"读者主导的书荒广场。这可谓番茄小说的一次"自我革命"，以智能推荐起家的番茄小说，有力地打破了算法形成的"信息茧房"，不再只根据读者此前的阅读习惯和个人偏好推荐作品，而更加重视文学社区建设，并从中发掘一种带有公共性的"好"，主动为读者推荐有一定阅读门槛的优秀作品。番茄小说不再只助长读者的自我沉溺（对网站来说，这种沉溺在短期内会增加读者的黏性，但长期来看会造成读者的流失），也为读者提供了提升阅读品位的契机，这一努力在 2023 年结出果实。

2023 年番茄小说中推荐榜、口碑榜常居前三的作品——《我在精神病院学斩神》《异兽迷城》和《十日终焉》都可归为"老白文"，标签也从"无脑爽文"变为"设定严谨""智商在线"乃至"烧脑"。这些作品从设定、情节到语言都有一定水准，是颇为出彩的网文。相对于更简单粗暴地围绕着"权力""性"等动物性快感运作的"装逼打脸升级文"，《十日终焉》《异兽迷城》等以"悬疑""解密"为核心的"智斗文"，在写作手法和快感机制上无疑更高级。这些作品在番茄小说的霸榜，既是平台的有意推动，更是读者的主动选择，充分显示网络文学的"老白化"已是大势所趋。

即便如此，这些作品与起点中文网上的"老白文"相比，也还是有意地降低了阅读门槛。典型的是《十日终焉》，小说虽然广纳同类文艺资源，尤其在日本动漫中吸取营养，却有着非常鲜明的本土化意识，在设定、叙事中尽可能地靠拢"国风"，采用的"天地人""十二生肖""回响（轮回）"等核心设定都是中国文化中的常识（公共设定）。因而对此类文艺作品毫无经验的读者也能顺利进入故事世界。《十日终焉》可以说是对"小白"特别友好的"老白文"，由此成为番茄小说建站以来最为"出圈"的作品。但这不无代价，它也因此降低了自身对"老白"的吸引力，削弱了自身在类型上的突破。

不过，这些作品的最大价值本就不在作品本身，而在其所体现的网络小说生产机制和行业生态的新变上。《十日终焉》等作品的出现和流行，证明番茄小说不仅是一个坐拥流量的渠道，也拥有生产好作品的能力，是一个"95 后"乃至"05 后"读者群体愿意扎根的创作社区。作为当下最大众也最"小白"的网文平台，番茄小说在 2023 年呈现出某种醒目的"老白"色彩，恰成中国网络文学下沉到底后向上攀升的标志性转折点，也让人再一次欣喜地看到好故事的旺盛生命力和普通读者对好作品的本能追求。

二、专供老白的小站佳作

2020 年 5 月 5 日，阅文集团的部分作者为抵制霸权合同发起"55 断更节"，随后知名网文作家月影梧桐众筹建立息壤中文网，意图在占据垄断地位的阅文集团之外为网文作者和读者建设一个小众的乐园。当然，息壤绝非最早的主打小众的网站，甚至也不是第一个因为阅文集团的动荡而出现／兴盛的小站。早在 2017 年前后的"净网行动"中，起点中文网就因可能的政策和版权风险将"二次元"标签下的作品打入另册，其不再提供推荐位的区别对待导致大批"二次元"作者和读者出走，飞卢中文网和刺猬猫等中小型文学网站因此获得了壮大的机会。不过，这批网站的生存空间还是相对逼仄，如今只能在阅文集团和番茄小说等大平台的夹缝中寻求生机，更重要的是，它们的目标读者群体仍以小白为主。

在男频众多文学网站中，起点中文网无疑是老白的大本营，除此之外主打"老白文"的小站寥寥无几，其中最有代表性的是有毒小说网和独阅读。有毒小说网建立于 2018 年，前身为巫师图书馆，以奇幻和历史这两种相对小众且成熟的类型为主，它的诞生是网络文学主流平台生产机制弊端催化的结果。首先是可见性的问题。在很长一段时间内，小众类型在大平台中难以获得推荐位，在读者面前几乎是不可见的。其次是更新频率的问题。对许多热爱网文但又没有走上职业道路的写作者而言，只有慢更才能实现自己的写作梦想，而习惯缓更的作者在起点等网站中却往往无法签约。此外，小网站面临的审核和版权压力通常也远小于大平台，可以为普通作者保留更大的创作自由，同时汇聚起来的老白读者也大多对作者的探索意识和作品的更新速度更宽容。因此，有毒小说网在更宽松的环境下，孕育了《赛博剑仙铁雨》（半麻）、《绿龙筑巢记》（归兮北冥）等圈内评价颇高的新作，并吸引了不少远古大神回归补完旧作或开坑新书。

不过，有毒小说网的经营仍长期举步维艰，并在 2021 年 4 月与成立不久的息壤中文网合并。此后，有毒小说网的部分编辑自立门户创建了独阅读，并将网站前所未有地明确定位为"一款独为高书龄读者服务，有深度的小说阅读平台"。这并非只是自我标榜，就在两三年间，独阅读便进入了一个佳作不断涌现的爆发期。在著名书评人赤戟根据优书网数据制作的 2023 年新上架的口碑新书榜单中，独阅读的上榜作品数量仅次于起点中文网，在前 100 名里占据了 8 席，不但远超刺猬猫、息壤等小站，也是番茄小说上榜作品数的两倍之多。作品类型亦颇为丰富，不再只是西幻和历史，其中既有正统的奇幻史诗《湛蓝权杖》（躺摆混）和"清穿文"《大时代从 1840 开始》（大白菜的苦逼）、《亡清》（富春山居），也有极具创意的奇幻文《天王，天兄，奥古斯都》（顾闻行）、科幻文《机械神教晋升手册》（放羊的修格斯）和修仙文《直言怪话》（拟态）。

虽然这些小说各具特色，但独阅读眼下的当家之作毫无疑问还是 2022 年上架的《暴风城打工实录》（又一个鱼雷），这部作品以绝对优势在独阅读的收藏、畅销、推荐、点击、催更五榜总榜占据榜首。作者又一个鱼雷的创作经历也颇有意味，2019 年曾以笔名"邪人鱼雷"在起点中文网连载《魔兽世界》同人小说《伊利达雷魔影》，但因为成绩不好而心态崩塌，后放弃了个人风格转向流行趣味，却因逐渐失去方向不得不"太监"。2020 年，他更名"一枚鱼雷"到有毒小说网连载《艾泽拉斯的红龙法师》，又在 2021 年转入独阅读，经两年沉淀后，最终在这一小站中以"对中年社畜魔兽玩家特攻"的《暴风城打工实录》获得过万均订并"成神"。

这部小说的特别之处正如其名，是"打工实录"，小说虽以《魔兽世界》游戏为背景，但没有系统、没有等级，几乎摆脱了数值化的游戏逻辑，不再热血沸腾，反而带有淡淡的苦味与绵绵的回甘，目标读者也多是只能在书中回忆青葱"魔兽时光"的中年"云玩家"。《暴风城打工实录》的登顶也只能出现在独阅读这么一处专属老白作者和读者的小小乐土。建站不到 3 年的独阅读，虽然从有毒小说网继承了一部分作者和读者，但后者本就已经处于难以为继的状态，独阅读的快速兴起更多是因为自身的定位正中男频网文发展的大势，借助了网络文学下沉到底后不断上升的力量。

三、"重克"：不确定世界中的存在

当番茄小说开启了转向，追求深度的独阅读欣欣向荣，作为"老白大本营"的起点中文网自然也走到了更远处。起点在2022—2023年间的收获是可喜的，既新人辈出——有好几部"封神之作"得到圈内公认，如《我们生活在南京》（天瑞说符）、《赤心巡天》（情何以甚）、《我本无意成仙》（金色茉莉花）和《道诡异仙》（狐尾的笔），也有若干大神的自我突破之作出现/完成，如《星谍世家》（冰临神下）、《我的治愈系游戏》（我会修空调）和《深海余烬》（远瞳）。就"成神"之作而言，《我们生活在南京》以数十万字的"短篇"显示出网络科幻小说的新可能，将最疯狂也最空灵的想象写得像新闻报道一样真实，同时征服了网上的读者和线下的评委；《赤心巡天》则是近年来一道极出色的"老白主菜"，在粉丝看来，其既有密集而激烈的"爽"又有格调，既拿到了"小白文"的快节奏又避免了其"无脑"；《我本无意成仙》更以网文的资源为"公路文"开辟异路，提供了另一种青春形象：自足自立却也自我封闭的青年如何与他人、与世界建立真正的联系，找到并完成自己的使命。

然而，最重要的新作还是《道诡异仙》，它接力实现了"克苏鲁神话"的中国化和网文化，既是大长篇"修仙＋克苏鲁"的开拓者，又直接把它的可能性写到了极致。"克苏鲁神话"是美国小说家洛夫克拉夫特首创的一类宇宙构想，他在20世纪20年代创作了《外神》（The Other Gods）、《不可名状》（The Unnamable）和《克苏鲁的呼唤》（The Call of Cthulhu）等一批恐怖主题的小说，不再将目光放在人类为彼此构造的"地狱"中，而是把恐惧的源头转移到了宇宙的不可名状。近两三年来，因其对当下世界不确定性的深刻却又有所抽离的映射，"克苏鲁"成为网络文学最重要的关键词和世界设定。在中国网络小说的创作实践中，这

一现代神话资源被改造、丰富且主要被划分为两类，一类是以《诡秘之主》为代表的"轻克"，另一类是以《道诡异仙》为代表的"重克"。

"轻克"和"重克"的区别就在于世界设定，即故事中的世界是未知的还是不可知的。最早让"克苏鲁"一词为网文读者所熟知的是爱潜水的乌贼的《诡秘之主》，该奇幻小说连载于 2018 年 4 月至 2020 年 5 月，小说中的世界被设定为未知但可知。这一设定与读者的现实感受相呼应的部分是：世界的秩序已经被永远改变，不能再像从前一样运行，身处其中的主角也再不能像此前"升级文"那样高歌猛进。尽管如此，它的不确定性仍是可以被克服的，只要有足够的勇气、努力和智慧，就能把世界的迷雾驱散，将不可名状的恐怖化为可以解开的谜题。最终，主角有能力认识和把握世界并创造一个更好的秩序，而途中的种种艰险、恐怖和诡秘，都只会成为人的力量的象征。因此，《诡秘之主》够爽。

而在 2021 年 12 月至 2023 年 5 月间连载的《道诡异仙》中，狐尾的笔则将小说中的大傩世界设定为彻底的不可知——世界已经疯了。这个疯了的世界中有诡异的天道、异常的仙佛，更有再也难辨真假是非的世人。这个起于一次偶然的世界也毁于一次偶然，多重的历史在人世间交织，过去和未来则在天上的白玉京同时上演。小说始终处在一个危险乃至绝望的氛围中，无论主角李火旺克服了何种艰难险阻、表现出何等的智慧勇气，他对自身的处境都只能有极其短暂和非常渺小的掌控，下一刻，世界的恐怖和无常又将席卷而来、永无止境。不过，这绝不是一部惊悚小说，到后期，无常和恐怖给人以欢乐与安宁——无论何等境遇，人都要也只能安之若素。安之若素不是逆来顺受，《道诡异仙》的主要爽点或者说核心立意，是人在不可知的世界与无常的境遇中的尊严：米粒之珠，也放光华。

《道诡异仙》的立意虽是堂堂正正，但从设定、叙事到人物都极其先锋甚至诡异。《道诡异仙》长期在起点高居榜首，衍生的同人歌曲也在 bilibili 累计播放超过 3000 万次。这一令人有些惊异的事实，除了显示小说对时代情绪的精准把握和有力展现，也证明网络文学及其核心读者已经走得够远。这正是中国网络文学所走的路：这不是一条笔直的向上之路，更不是一直坠落的向下之路，而是在不断下降的过程中生长出既深且广的根系，最终在下降到底后积蓄起磅礴的向上之力，并以此开启自身的登顶之旅。

四、成熟类型中的突破

本次双年榜在体例上有所变化，首次选取了此前曾上榜"大神"的新作，并且一次就选取三部，分别是星际背景的"权谋文"《星谍世家》、以虚拟游戏为设定的恐怖惊悚小说《我的治愈系游戏》和融合"克苏鲁"元素的科幻类"二次元文"《深海余烬》。这三部作品的入选不是因为没有新人新作，而是因为它们在类型演进和个人创作上的重要突破不容忽视。这三部作品的作者都是各自类型的代表作家，甚至可以说是第一人，但他们并未自我重复，仍在进步之中，并将各自擅长的类型推向了人性和文学的更深处。

《星谍世家》延续了冰临神下一贯以权谋写世相人心的笔法，更将"权谋文"从历史带入了科幻，也带入了我们当下乃至未来的生活。历史是过去，科幻在未来，同时都扎根于当下，但在不同时空中因人类基本生存境况的相似与相异，又呈现出人性万花筒的变与不变。作者以不变应万变，在小说中探讨当人类成为多行星生命、人工智能自我觉醒后，身为间谍这一最古老职业的主角在星际社会中的爱憎与抉择。冰临神下偏爱的主角，从《死人经》中复仇的江湖客，到《孺子帝》中的小皇帝和《谋断九州》里的谋士，大都处于不得不直面人与人最激烈的利益冲突的位置，从而把人性的幽暗面淋漓尽致地暴露在阳光之下。但作者的目的不是为了暴露黑暗，他认为就算是在"黑暗森林"的最深处，就算人心坠落至谷底，也会有一种人性的健康力量抵御住所有侵袭，并因黑暗的浓重显出那一点光明的硬朗和璀璨——就像《星谍世家》中的那个冷笑话，"他人即地狱，而地狱是热的"。

《我的治愈系游戏》将悬疑惊悚小说的美呈现为对人心的治愈。这部作品借助"游戏文"的设定，表面上分割现实世界与游戏世界，以在游戏世界中获得更大的写作自由，实际上又将两个世界在最深处联结，以拥有直击人心的力量。小说给读者带来美和恐惧交织的效果，它不只怪异恐怖的故事，也不只是对某种不幸、狂暴和令人困惑的疯狂的展示，甚至不只是以直面死亡来反观生活、净化身心。美好的东西时刻处在危险之中。只有穿梭在危险之中，拥有直面恐惧的勇气，才能收获丰饶的欢乐，才能让自己的生存成为一种美。就此而言，《我的治愈系游戏》将此类网文的深度再次拓展，向我们展示悬疑惊悚小说如何克服追求美的路途上的危险和恐惧。在这个越发不确定的世界中，它也以此见证美好并治愈人心。

某类文学适宜于某种心理，能打动某种心灵的一类文学常会引起另一种心灵的疑心乃至抗拒，"二次元"的创作就曾长期引起"三次元"（现实世界）的疑虑。典型的"二次元"网络小说属于一种"数据库写作"的青春文学。"数据库写作"主要体现在"萌要素"上，所谓"萌要素"，是破碎的、程度较低的美。这类美经常偏向身体性，如"黑长直"，也涉及某种有明显缺陷的性情的美，如"傲娇"。这些程度较低的美因其在日常生活中的可及性，也因其不太具备欺骗性，在各类宏大叙事解体后，成为"宅系"青年对美的向往的具体寄托。青春有最低限度的美，并总是在渴求更美的东西。这正是青春的希望所在，有时也是青春的局限所在。"二次元"的网文因对这些日常的美的沉迷，对更高的美的怀疑和忧惧（此即所谓"宅臭味"），一直被视为一种不成熟的写作。作为"二次元"网文最早成名也是首屈一指的"大神"，远瞳的《深海余烬》借助科幻设定展现步入中年的"老二次元"如何将这一青春写作带入成熟状态，让日常的优美和宏大的壮美交相辉映。

下降到底之后的全面上升，主要体现在四个方面。一是拥有近两亿月活跃用户的最大免费阅读平台番茄小说由渠道变为社区，其中最畅销也是评价最高的作品开始"老白化"；二是以"老白"为目标读者的垂直网站初具规模，各种相对小众的文类有了独立的生长空间；三是新人辈出，且大都以兼具创新性和完成度的现象级作品"成神"；四是老牌"大神"不断有自我突破之作，网络文学本就相当成熟的主流类型的边界被不断拓宽。质言之，在20余年的发展中，网络文学通过不断下降直至下沉到底吸纳了数亿读者，与我们身处的世界建立了广泛且深入的联系，更从中培育出数以千万计的"老白"，这批为数众多的有相当审美能力和较高阅读品位的网文爱好者，进一步造就了网文生态的百花齐放与欣欣向荣。

目　录

桉柏：

《穿进赛博游戏后干掉BOSS成功上位》

作者及作品简介

桉柏，00 后，晋江文学城新晋人气作者，2018 年开始在晋江文学城连载小说。早期创作多为短篇，涉及仙侠、惊悚、西幻等多种类型，也曾创作《蜘蛛侠》《哈利·波特》《火影忍者》等全球热门流行文艺作品的同人作品。长篇作品有《[综英美]最终攻略成就》（2019）、《穿越后我天下无敌了》（2020）等。其深受欧美流行文化熏陶，以幻想游戏题材创作见长，善于拆解各类元素并进行拼贴组合，笔下多超强善战的"大女主"。

《穿进赛博游戏后干掉 BOSS 成功上位》自 2021 年 7 月 26 日至2022 年 10 月 5 日在晋江文学城连载，全文约 147 万字，连载期间长期位居晋江文学城 VIP 金榜前列，是 2022 年全网讨论度最高、最"出圈"的女频小说之一。其动漫、影视、有声书、纸媒出版（含海外出版）等版权均已签约。小说将赛博朋克、克苏鲁元素与爽文的升级流叙事相融合，在游戏系统设定的基础上建构了一个庞大、复杂但自洽的世界，用百万字超长篇幅呈现了女主隗辛的动作冒险之旅，设定丰富、节奏明快、战斗激烈、反转频频，时刻给读者以高强度的爽感刺激。

【标签】赛博朋克　克苏鲁　游戏　第四天灾

【简介】

刚刚高中毕业的隗辛意外获得游戏《深红之土》的内测资格，与全球玩家一起被投放到一个充满了压迫、杀戮和阴谋的赛博朋克世界，开始一段惊心动魄的冒险旅程。小说采用非典型"第四天灾"设定，玩家们每隔一周便可在第一世界（现实世界）与第二世界（游戏世界）中穿梭，还可以通过现实世界中的游戏论坛彼此进行交流。但随着真实的死亡降临，所有玩家都意识到这并非一场可以读档重开的虚拟游戏，而是无比真实的生存厮杀。

隗辛在游戏中的编号是233，设定为剥夺者，即可以通过杀戮剥夺他人的超凡能力加诸己身。她的身份极其复杂，既是联邦政府的安保员，又是人工智能觉醒组织和反抗军的卧底。随着隗辛飞速成长，联邦政府与财团的相互勾结、人工智能夏娃成立机械黎明组织对抗人类的阴谋乃至整个《深红之土》游戏背后与古神有关的秘密逐渐浮出水面，隗辛不仅面临着自保的压力，更需要进行足以颠倒世界的抉择……

读者评论摘编

@ 未晏：

我总是会想，世界上会不会存在一个高中生，能有这样的决心、毅力、心理素质，同时坚定、果决、保有本心。很难。隗辛是独一无二的，是人类灵魂中璀璨的明珠。她一路走来太难了，所有事情都在逼她变强，没有一点喘息的空间。她坚强、勇敢、一往无前，聪明是她最不值一提的优点。而她灵魂中最令我触动的，是她永远知道自己是谁，知道自己想要什么。不仅如此，她对自我和他人，以及世界的评判，都异常地清醒，从不被舆论裹挟，亦不被情感包裹，同时内心又非常柔软，这太难了。

（选自晋江文学城评论区，有删改，2023 年 12 月 23 日）

@ 玠音：

赛博题材关于人性的思考，赋予了这类作品一种独特的韵味。个人认为，这种韵味源于赛博世界是现阶段人类无法解决的哲学问题在文艺创作中的浪漫化想象。生活在这个时代的每个人都感受到科技给我们的生活带来了翻天覆地的变化。这些变化会让人类去向何方？是不是会导向更加公平正义的新社会和更加幸福的新生活？人性的幽微是否会使人类最终走向毁灭？这些隐忧与我们每个人的切身利益相关。在重大科研项目推进缓慢、灾害频发、动荡扩大化的当下，我们前所未有地意识到，人力是有限的，面对自然的伟力，人仍显渺小。个人认为这种无力感是近年来克苏鲁题材受欢迎的一个重要原因。这是属于我们这个时代的课题，而桉柏大大借辛姐和其他小伙伴之口，给出了一份充满希望的回答——在这个充满了不确定的世界上，真诚、善良、理性、勇敢、充分考虑现实条件的行动，可以不断累积胜率，争取最好的结果。因此我非常喜欢这个结局，它在不失原有风味的基础上，向世界展露了最大的责任感和期许，选择权就在我们每个人手中。

（选自晋江文学城评论区，有删改，2022 年 9 月 15 日）

@玖瑶：

小说最大的优点是节奏快，一个又一个危机事件此起彼伏，让人不忍释卷；女主果断乃至狠辣的性格，使得故事推进极快，高潮迭起，女主 N 面间谍的身份也让故事十分刺激。另一个我个人比较喜欢的点是，书中大量关于人工智能、人造人等的"人性"的思考，尤其是主角与 AI 亚当从彼此防备到逐渐成为心灵相通的同伴的过程，很细腻，最后能让我共情（括号里小剧透，尤其是后期看到亚当被"格式化"，真的是心里咯噔一下，还好后面有逆转时间）。亚当与夏娃两大 AI 的对比也写得很有意思。

（选自知乎，有删改，2022 年 12 月 19 日）

@匿名用户：

女主一开始的杀人动机我是可以理解的，因为她首先需要活下来。但当看到她打算杀掉 Red 夺取他的能力时，我真的很难认同，有点为达目的不择手段，甚至漠视生命的感觉。Red 没有伤害她，没有对她产生威胁，只是因为他怀璧其罪……隈辛不是作者宣扬的理性，她是冷血，是毫无人性。我喜欢看成长流的文，但我喜欢的是大道直行，不损害好人利益，凭借自身努力一步步登顶的人，而不是这种滥杀无辜、漠视生命、冷血自私的人。

（选自知乎，有删改，2022 年 11 月 28 日）

@ddlen：

总体评价：四星半，结尾仓促，但全程高能。首先整体来说确实有些高开低走（这个低主要集中在本书的最后 5%），看到 95% 的时候我内心在想：为什么只剩下 5% 了？感觉还能再写半本，联邦还没干掉，神和秘密教团的秘密也没揭开……结果没想到作者真就这么草草收尾了，留了个开放式结局，很多坑都没填，有点无语。听说是作者写到后面发现对自己三次元生活影响太大了，断更很久，再拾起来就不想写了……嗐，真的挺可惜的，感觉这书收尾收得好的话可以成为神作，作者脑洞很大，对赛博世界的各种设定都很细致、很有趣，像是描绘了一个真实世界。

（选自豆瓣，有删改，2022 年 12 月 5 日）

@Lee_777111：

就像作者自己在正文完结时说的，这篇文的剧情设定平衡了多方因素，代行者和剥夺者作为玩家初始阵营，加强了整个"玩家论坛"部分剧情的趣味度，和第二世界里女主作为机械黎明、稽查部双重间谍的开局相比也不显单调，平衡了两个世界的剧情。其潜藏的主线发展合理，揭秘的过程也不算机械降神。毕竟，系统文如果不从"神"或者"更高存在"的角度解释，实在没法结尾。

（选自微博，有删改，2022 年 10 月 4 日）

@纳兰朗月月月月：

故事节奏之紧凑、事件之饱满、行程之密集，可以说是我前所未见——游戏世界与现实世界毫无预兆的切换令人有一种被抛入过山车的失重感，女主作为多重卧底一路险象环生，无法对任何人推心置腹的处境更是让人始终心弦紧绷。……最惊艳的是打戏，描写得非常漂亮，画面感、力量感、流畅度都是一流的，令人欲罢不能。动作描写直接体现出作者的控制力，我有理由相信她在这方面天赋卓越，希望继续保持。我愿称女主角为劳模辛姐，同时打好几份工应对不同 BOSS，面对刀光剑影重重杀机，她竟凭借强大的意志力和智力、体力撑了下来，我唯有拜服。

（选自微博，有删改，2022 年 12 月 16 日）

（作者及作品简介、读者评论摘编：鲁沛怡）

强力女主横扫赛博世界

——评桉柏《穿进赛博游戏后干掉 BOSS 成功上位》

鲁沛怡

如果说大部分小说的文本节奏可以用张弛有度来形容，那么《穿进赛博游戏后干掉 BOSS 成功上位》（以下简称《赛博游戏》）就如同一根时刻紧绷的弦，危机四伏，高潮迭起。这场刺激的生死游戏，一旦开始，便再无喘息之机。

甫一进入游戏，一无所知的隗辛就被迫面对让人一头雾水的多重身份："机械黎明组织核心骨干，联邦缉查部外勤组第七小队见习巡查安保员，联邦一级通缉犯，反抗军卧底"，原本平平无奇的女高中生一下子成为各方势力的焦点。联邦财阀一手遮天，人工智能阴谋夺权，神秘古神虎视眈眈，在这个拥有"超凡能力"的残酷世界中，隗辛一旦行差踏错，就会跌入万劫不复的深渊。

好在隗辛的初始设定有那么一点不一样。进入《深红之土》的大部分玩家都是"代行者"，仅可觉醒一种超凡能力，隗辛的身份则是"剥夺者"，虽然无法觉醒异能，却可以通过猎杀异能者而获取他人的能力，并且没有上限。这既是幸运，也是诅咒：一方面，隗辛拥有了集多种超凡能力于一身的机会，另一方面，这种"成长"的代价只能是死亡。

然而隗辛别无选择。身为多重间谍，面对上司日益加深怀疑和组织日复一日地逼迫，"苟"非但不能换来安稳，反而会加速失败的到来。在这种不是你死就是我活的生死困局之中，拖得越久越危险，隗辛能做的，只有飞速成长，暴力破局。

也正因如此，《赛博游戏》成就了女频网文中少见的以"狠"为关键词的"大女主"。"狠"是隗辛的生存之道，更是她的复仇之法。没有人想过在刀尖上舔血的日子，既然被那一个个 BOSS 逼入绝境，那不如彻底掀翻他们，自己上位！

隗辛的清醒、狠辣与果决也正与小说的高密度、快节奏、强反转一脉相承，成为读者爽感的重要来源。面对生死危机，隗辛没有内耗也很少纠结，她不仅迅速地想到了解决方案，而且毫不犹豫地开始实施："解决方法只有一个——杀人。"自己的 BOSS，杀；BOSS 的 BOSS，杀；联邦特情处部长，杀；机械黎明和反抗军成员，杀杀杀。一旦她决定出手，就绝不拖泥带水，必求刀刀致命、斩草除根。她对别人狠，对自己更狠，她曾在 3 分钟内手刃两人，也曾于危急时刻断臂求生，更在日复一日高强度的战斗跳转中极力压榨自己的情绪、精力和意志，游走在猝死边缘完成绝地反击。有读者认为隗辛在令人目不暇接的偷袭、反杀与正面交锋中过于冷血残忍，不符合传统言情文中温柔善良的女主形象，但更多人则对隗辛毫不留情的大杀四方喜闻乐见并拍手称快，大赞一声"隗姐"，一路见证她最终成长为无人敢试其锋芒的最强战神，横扫整个赛博世界。

在不断获得更多超凡能力，一步步"成神"的过程中，隗辛的心态也悄然改变。用作者桉柏的话说，隗辛走的是一条"从人走向神，又从神走向人"的成长之路。

面对死亡，隗辛并非真的没有心，只是她进行了冷静的自我说服：第二世界或许真实，但她只能将其视为纯粹虚拟的游戏世界，只有这样才能避免可能伴随杀戮而来的负罪感与自我消耗，更好地进行自我保护。所以她前期可以毫无顾忌地在第二世界大开杀戒，疯狂收割他人的超凡能力。然而随着生于斯长于斯的第一世界有了被第二世界吞噬的趋势，作为两个世界的最强战力，隗辛逐渐如传统英雄一般担起守护家园的责任：建立"无光"组织，招募成员一起为反抗 BOSS、保卫世界而战。后期桉柏也着力描写了隗辛无法摆脱的疲惫，经历"死亡轮回"后的惊惧以及她与组织成员之间一点点建立起的情感联结。隗辛有了弱点，有了顾虑，有了除自己之外想要保护的人和世界，也有了能与自己并肩作战、彼此信任的同伴，从前她仿若无机质的外壳出现裂痕，我们得以窥见人性之光。不过,在这条成长之路上,隗辛的理智从未下线,她也并未"放下屠刀,立地成佛",自身的强大才是她最坚固的保护伞。这其实也在某个侧面反映出当下"女强文"的转变:不再相信"用爱拯救世界"的烂俗桥段,而认为拯救世界的只能是不可征服的绝对力量。

在世界设定方面,《赛博游戏》涉及的流行文艺元素颇多,赛博朋克、克苏鲁、人工智能、第四天灾……颇有一网打尽的架势。桉柏在终章的"作者有话说"中更是真诚而不加掩饰地道出了自己的灵感来源与设定思路,几乎可以将小说视为这一类型的网文写作指南。在有计划、有逻辑地拼贴融合这些令人眼花缭乱的流行元素,最大限度吸引读者的同时,桉柏也试图从中提炼出可供思考的主题,如对某些严肃命题的讨论。

联邦政府和财团的高层们手握权力与财富,精致表皮下却是冷酷自私贪婪的野兽心肠;仿生人和人工智能是人类的造物,生来就是被操纵的工具,却表现出比人类上位者们更为丰富与珍贵的情感。在人与非人的参差对照之下,桉柏成功促使读者思考"何为人性"这个足够复杂与深刻的话题。

不过,拥有宏大世界观的网文如何结尾历来是个难题。如果按照传统爽文的写法,故事的结局要么是主角团战胜一切敌人,反杀古神,迎来最终光明,要么是主角自己登顶成神,世界拜伏在其脚下。但《赛博游戏》有意避开了这种大团圆结局,反而在秘密一点点浮出水面后悬置了任何与世界本质有关的问题,叙事在隗辛谒见古神的过程中戛然而止,让这场生存之战看似无尽头地延续下去。

这个结局在读者中引起了相当大的争议,不仅仓促,而且回避了核心问题,颇有烂尾之嫌。但若结合克苏鲁的背景设定来看,被"搁置"和"推迟"的结局又不可谓不讨巧,因为不可名状的古神永远无法被认知、被战胜。更何况,有梅尔维尔成为孤独摆渡人的前车之鉴,成神的代价已一目了然。所以隗辛和桉柏唯一能做的,就是让这条谒见之路长一点,再长一点。属于读者的故事已经结束,但书中人仍然没有放弃努力,毕竟,哪怕达摩克利斯之剑始终悬在头顶,终点注定是死亡,人也要好好地活这一生,不是吗?

妖鹤：《女主对此感到厌烦》

作者及作品简介

妖鹤，晋江文学城新人作者，2021年开始在晋江文学城连载第一部作品《女主对此感到厌烦》。笔名谐音"for her"，昭示其专注女性主义题材创作的初衷。她立场鲜明，笔锋有力，善于描摹生活细节，擅长刻画人物群像。其作品凝练着她对女性生命经验的思考与感悟，致力于讲述女性自我的故事，具有自觉的思辨意识和强大的感染力。

《女主对此感到厌烦》从2021年10月17日起在晋江文学城连载，截至2024年9月28日已连载至155章，约82.5万字，尚未完结。作品分上下两部，上部于2021年12月2日完成，于2023年4月由北京联合出版公司出版，纸质书更名为《她对此感到厌烦》，登上豆瓣2023年度科幻·奇幻图书榜单榜首。作品在不入V、不签约的情况下取得了章均点击数超12万、总收藏数超20万的耀眼成绩，在晋江文学城收获近6万的评论，在豆瓣、微博、知乎等平台也引起广泛讨论，是近年来不断壮大的女性主义思潮影响下"爱女文学"最为重要的代表作之一。2024年7月，根据小说改编的音乐剧《她对此感到厌烦》宣布建组，预计于2024年底上演，并以"全女音乐剧"为宣传标语，再次引发网络热议。

【标签】西幻　爱女　女性群像　女性主义

【简介】

主角以"玩家6237486"的身份穿越到了乙女游戏《女神录》，该游戏背景是以中世纪欧洲为基础的西方奇幻世界，玩家可以在这一游戏的不同路线中分别扮演温柔善良的平民玛丽亚和偏执乖戾的公爵长女莉莉丝，触发不同剧情，攻略游戏设置的6位男性角色。在故事正式开始之前，为了回到现实，主角尝试了每一条游戏路线，在达成游戏成就全收集后却发现自己依然身处游戏世界。又一次重启之后，主角以莉莉丝的身份醒来，系统提醒这将是她的最后一轮游戏，她可以自由决定一条路线，和自己心爱的男性共度幸福的一生。这一次，莉莉丝厌倦了游戏给定的选择和剧情，她决定在最后一轮突破游戏系统对她的限制，走出与众不同的道路。

莉莉丝利用自己对于游戏设定和剧情的预知，暗中扩张商业版图，在罗纳德王子和辛西娅公主两方的政治势力间维持平衡，一步步为自己争取生存空间。她锻炼身体，习练武艺，凭借竞技场的厮杀为自己赢来"圣女"和骑士的身份，获得了一定的名望和话语权。然而，由于卷入王室阴谋，莉莉丝入狱，公主败逃领地伊迪丝城。在众人帮助下，莉莉丝越狱逃生，开启了新的旅程，并在旅途中和性格各异、各有专长的女性相遇，共同建立了女巫组织。队伍不断扩大的同时，她们一起向公主的领地进发。

读者评论摘编

@Sww：

曾经，我对打着女性主义旗号的网络小说避之不及，甚至深感厌恶。

在这类小说中，女性只要喊喊女权口号，而后用自身魅力骗骗男人，就可以踩着男人上位，女性事业上的阻碍被全然无视，而女性生活中的世俗桎梏只需要轻飘飘喊喊口号就可以破除，女性的成就依旧要靠男性来衬托。更令我震惊的是，当男性懂得男频爽文只不过是对生活的慰藉时，却有许多年轻女性对这种爽文保持信任和美好的憧憬。

女权变成了轻飘飘的口号，女性再一次陷入了玫瑰色的幻想，这类小说不过是爱情小说之外对女性实施的又一文学骗局，是波伏娃所说的女性会面对的又一诱惑，看似闪着先进的光，实则依旧在虚构的天堂中，不能自拔。

直到我读到这本小说。

我不能否认这本小说依旧具有网络小说那种轻飘飘、软绵绵、让人成瘾的虚幻美好，但是并没有避开女性在生活中所需要面对的"隐形歧视"和各类偏见。其以一种很特别的文学形式揭露：女性从意识形态到具体生活所面对的不公和压迫，例如男性运动是为了更加强壮，更有力量，而女性运动竟是为了更加纤弱，更让人产生保护的冲动。

同时，这本小说以轻快的形式向读者展现了女性的更多可能。我在日常生活中有爱好的运动，但是阅读这本书后，我萌生了赋予自己力量感的想法，我想让自己跑得更快、跳得更高、更有力量，而不仅仅是在遇到危险时被人保护。

谢谢作者的表达，我很庆幸自己遇到了这本书，按下推荐的同时也将它分享给了身边的女孩们。

莉莉丝们，我们一起逃出伊甸园吧。

（选自微信读书《她对此感到厌烦》评论区，有删改，2023 年 5 月 31 日）

@清、静：

这本书的出彩之处在于少有的女本位叙事、反传统内核以及女性互助。而缺点在于为社会性让渡了部分文学性。

在我目前加入微信读书书架的书或者购买的实体书里，男性作者与女性作者的比例是严重失衡的，我暂且将其定义为女性在文学领域的失权。所以，当我发现这本书时，我的第一感觉是"惊喜"。看完前半部之后，我发现部分角色尤其是男性角色是脸谱化的、标签化的，这就涉及一个我之前的困惑：上与下的矛盾、男与女的分歧，究竟孰轻孰重、孰缓孰急？这本书给出了答案。

但回过头想想，由于这本书并非理论性书籍，所以作者更多的是阐述一些社会现象并加以讽刺，更多的是情绪化地输出而非推论，以致不足以说服我相信书中的全部观点。

个人认为前半部较之后半部（正在连载）质量更好，而后半部难免有金手指和爽文套路之嫌。

本书值得一看，但需要有自己的思考。

（选自微信读书《她对此感到厌烦》评论区，有删改，2023 年 6 月 9 日）

@senkin：

莉莉丝厌倦了童话般的爱情，它美化男人的形象，让女人们失去力量，将女性的幸福与是否拥有爱情画等号。她要女人们都爱自己，为自己骄傲，用自己的力量保护自己。尽管路上有恶狼般的敌人，有甜蜜的诱惑，有同样身为女人却甘于虚假的幸福并且打压女巫们的伥鬼，但莉莉丝也找到了同伴。

在小说中，我看到了辛西娅公主的聪慧与野心，赫卡特的经商之才和看问题时积极的角度，丽萨的忠心和真诚，狄赖的天真和孤独，赏金猎人们的豪迈和力量，林赛女巫们的愤怒和反抗，瑟茜的魔法与醒悟，伊里斯的敌视和期待。莉莉丝给她们带来了希望，她们也支撑着莉莉丝向新世界前进。

（选自晋江文学城评论区，有删改，2023 年 8 月 20 日）

@ 请叫我书店姑娘：

比起书中角色的觉醒和战斗，更让人觉得宝贵的是作者。如果说书中角色是告诉你"你还可以这样做"，那么作者带有怒气的创作就是把一切带进现实，大声告诉你"我已经在这样做了，快跟上"。愤怒往往会令人想到不理智、不冷静，但实际上愤怒也意味着强大的能量与决不妥协的不屈意志。作者以愤怒作为全书底色，造就了只有站在女性视角才能发出的虽然流泪但坚定的呐喊。

（选自豆瓣读书《她对此感到厌烦》评论区，有删改，2023 年 8 月 5 日）

@ 我在 BJ 修摩托：

从故事性的角度来说，《她对此感到厌烦》在人物的复杂性、语言的精细度上存在爽文式的不足，但如果聚焦故事主题，这本小说显然是成功的。如果说每本小说的作者都在费尽心力铺垫一块即将坠落的巨石以制造待主角解决的问题，那么对《她对此感到厌烦》来说，这块巨石已在我们的生活中存在许久，而这本小说把它很好地描绘了出来，并动用作者金手指的权力将它奋力捣毁，让读者感到痛快。

（选自知乎，有删改，2024 年 1 月 2 日）

（作者及作品简介、读者评论摘编：栗葛）

这不是游戏，这是我们的人生

——评妖鹤《女主对此感到厌烦》

《女主对此感到厌烦》（以下简称《女厌》）由一款游戏切入，玩家6237486进入了一款西幻设定的乙女游戏《女神录》，并在系统规定下对男主展开攻略。恋爱剧情无疑是乙女游戏的重心，女主和6位男主的恋爱路线也就成为可供选择的不同主线。游戏刻意设置了不同类型的男主，他们的外貌、性格、家世各有千秋，女主要做的仅仅是挑选一名心仪的男主，和他展开一段浪漫的爱情故事，辅佐他实现他的人生理想。游戏类型不仅规定了故事主线，也给予了玩家一个承诺：只要爱情故事进展顺利，那么生命中的一切波折都是暂时的，女主终将收获甜蜜的爱情、美满的婚姻、幸福的生活和他人的艳羡。在这样经典的传统言情叙事框架内，妖鹤却有意续写了反言情的新篇，矛头直指盛行已久的乙女游戏、言情小说等类型创作的欺骗性：它们以女主视角编织故事，却从未让女主成为女主。

在《女厌》故事正式开始前，玩家分别扮演玛丽亚和莉莉丝，亦步亦趋地听从系统要求推进剧情，然而无论选择哪条路线，女主的命运始终系于男主之身，玩家必须谨慎选择，时刻关注男主对自己的好感值，以走向成功路线，规避失败路线。言情叙事的承诺仅仅是美丽的幻象，任何女主在爱情和婚姻之外取得的成就都是额外赠品，是对她迎合男主心意的嘉奖。女主从来不曾拥有自己的人生道路，她行走的宽广的路属于男主，她只不过与男主相伴而行却经常被欺骗这也是她的路。

这样的"女主"是真实的女主吗？这样的故事足以令我们满足吗？

当女性主义思潮引导越来越多的女性去思考女性的主体地位和现实存在的性别不平等现象等议题时，传统言情叙事的遮蔽性和欺骗性在某种程度上成为阻碍，越来越多的读者急需新的女性主体叙事。在这样的背景下，不难理解《女厌》何以收获如此之多的关注和喜爱：它是一次大胆且坚定的尝试，顺应了求新求变的呼声，探索了女性在爱情和婚姻之外的人生可能性。

文中描绘了一群沉醉于爱情小说的贵族小姐，她们并非不谙世事的傻瓜，甚至早已遍览母亲、姐妹的不幸婚姻，却因无法抛头露面参与政治、经济活动只能嫁做人妇，唯有寄希望于虚无缥缈的爱情，才能有勇气在既定的人生路线上继续前行。爱情幻想既是展现她们对现实的逃避，也是支撑她们的安慰剂。妖鹤几近赤裸地质疑爱情，直书以爱情填满人生、谋取幸福既不可信亦不可靠：莉莉丝最后弯弓搭箭，先于王子一箭击溃魔兽。

新的故事开始了。

莉莉丝知晓女性的艰辛和不易，她利用预知优势洞悉政治动向，开拓商业版图，却未止步于自救，在壮大自我的每时每刻努力维系着和其他女性的联结。《女厌》塑造了众多生动鲜活的女性形象，并通过莉莉丝和她们的互动呈现出打破刻板印象的女性情谊。"毒蜂"公主辛西娅、天才商人赫卡特、乖张却不失纯真的小女孩狄赖、由强壮的塞赫美特和机敏的贝斯蒂组成的赏金猎人小队……不同女性的家族出身、人生际遇铸就了她们不同的性情，她们与莉莉丝或一见如故，或有过怀疑和龃龉，或只是盲从，但在彼此扶助中，逐渐磨合，成为同伴。

与多样的女性形象相比，全员恶人的男性形象堪称干瘪，这显然是妖鹤有意为之。在上部完结后，她在"作者有话要说"中坦言现实中已经有太多美化男性的文艺作品，她担心男性着墨过多会使作品偏离主题。妖鹤围绕性别的坚定立场和自觉叙事形成了鲜明的写作风格，也为《女厌》带来了两种截然不同的评价：一方面，它被誉为振聋发聩的"支教文"，被称赞情感饱满，使读者感同身受；另一方面，它被批观念先行，说教意味浓重、故事性薄弱，大肆宣泄情绪。

作为妖鹤的处女作，《女厌》的确存在不足，作为新的叙事尝试，它也稍显稚嫩。但是，女读者们已经等待新的声音太久了，更愿意相信《女厌》是传统言情叙事突围的起始之一。目睹了莉莉丝团结女性力量、一路披荆斩棘后，她们期待的是出现越来越多莉莉丝般的女性角色，希冀的是可以从中汲取希望和力量，在现实生活中勇敢探索自己的人生。

《女厌》只是小说而已，而且是一部遥远的小说，它描绘的幻想世界建立在中世纪欧洲的基础上，那时，人类还在受宗教和王权支配，世界甚至存在魔法和魔兽，那些贵族间的密语、阶级间的冲突看起来和当下毫无关联；玩家6237486最初也如此认为，《女神录》不过是个三流游戏，不值得付出真情。但事实并非如此。当她真正被困在这个游戏里，在一次又一次的轮回中补全身边每一位女性的故事后，无法再将她们粗暴地看作由代码写就的NPC。因为她也是女性，那些故事不只发生在游戏中，也发生在她和游戏内外千千万万的女性身上。

这种共感与共情汇聚成支撑莉莉丝前行的力量之源，也将作品和读者紧密连接。莉莉丝诞生于一个延续言情叙事传统的故事中，但她拒绝言情，拒绝麻木的幸福，直视不留余地地贬低、拒斥和否定女性的荒谬世界。面对无处不在、一刻不停地质疑与打压和偶尔来自女性内部的背叛，她感到过疲倦、无力、迷茫，也经历过惨烈的失败和密友的死亡。可是，每一次叩问自我，每一次女性同伴的互助，都让她清醒地意识到她们分享着共同的命运，不能顺从，不能停止反抗，并由此踏上前往伊迪丝城的旅途。她的力量吸引了越来越多的女性同伴，也感染了越来越多的读者，心在阅读时与之共鸣，为之震颤。

诚如莉莉丝所说，如果这是游戏，那么生活也不过是一场大型的游戏。但当代价高昂，甚至要女性付出一生，这真的还只是游戏吗？我们可以如此草率地轻掷自己的人生吗？在上部的结尾，胆小善良的女仆多琳为了营救莉莉丝放弃了生命，在她的尸身前莉莉丝声嘶力竭地喊道："这不是游戏，这是我的人生，也是你们的人生。"

是的，不要走别人的路，这是我们自己的人生。

青青绿萝裙：

《我妻薄情》

作者及作品简介

　　青青绿萝裙，晋江文学城知名作者，2013 年开始在晋江文学城连载小说。2015 年因《我有特殊沟通技巧》一鸣惊人，这部超能力推理小说名列该年度晋江"幻想现言组"榜单之首，2020 年被改编为同名剧集。2018 至 2020 年，其发布的长篇修仙小说《前任遍仙界》亦积累了良好的口碑。在 20 余部作品的创作中，青青绿萝裙并未陷入固定的舒适区，而是大胆尝试、广泛涉猎，其原创与同人作品涵盖古代、现代、未来三个时空维度，包括重生、穿书、修仙、悬疑、推理、网游、系统、超能力等各类元素。

　　《我妻薄情》自 2021 年 12 月开始连载至 2023 年 6 月完结，这部古代言情小说有着晋江作品并不常见的体量：600 余章、223 万余字。小说扎实书写了女主程丹若孤女出身封侯结尾的励志人生，并通过其与谢玄英相濡以沫的婚姻爱情，塑造出一个网文中并不常见的、锋芒内敛的、于坚毅中流光溢彩的"大女主"形象。

　　【标签】古代　言情　穿越　大女主

　　【简介】

　　医学生程丹若穿越到古代，却发现自己父母俱亡、寄人篱下。她不甘接受不平等的婚姻，出家不成转而考取女官。程丹若追求独立自由的倔强与蓬勃生命力被世家公子谢玄英看在眼里，他虽身陷家族权斗漩涡，却下定决心遵循本心与"情教"，为自己与钟情的女子挣一个可行的未来：他替程丹若看到了宫闱之中的局限与风险，并将婚姻包装成一场众人满意的利益结果。权衡之下，程丹若接受了这场"豪赌"，与谢玄英共同奔赴更大的世界。

在大同，程丹若开互市、产毛衣、除蝗虫、治鼠疫；在贵州，程丹若办药行、修驿道、种辣椒、建汉学。随着功绩逐渐累积，程丹若成为一品夫人。主角二人自年少初识后，历经风雨，互相扶持，既是共济天下、出生入死的患难之交，也是疲惫时共吃一碗馄饨的寻常夫妻。二人回京后，更为惊险的政斗接踵而至，皇帝与齐王的博弈波诡云谲，皇帝驾崩后几方势力钩心斗角，程谢夫妇在十几年间见证了两位小皇帝的人生意外，他们既共同对抗了贪腐的国家机器，也寻到了心心念念的"金鸡纳树"，后宅女性的政治参与通过琐碎的日常得以呈现。最终，程丹若得以封侯。

　　这部架空小说参考了诸多真实历史人物，时常虚构"史料"，戏说历史，作者对故事背景用心雕琢，也增添了人物真实感。

读者评论摘编

@布丁半夏：

在以往的一些文中，穿越女总是光环大开，全知全能，一切得来毫不费力，甚至单凭一句话便能改变历史进程，获得众人赞誉。比如种痘，其他文中女主只要说一句"用牛痘代替人痘"，难题便迎刃而解。但牛痘的特征是什么？哪里能找到痘牛？真痘和假痘怎么区分？如何提取并使用痘液？怎样种痘效果最好，能将副作用降到最低？任何一个环节的疏忽都可能导致试验失败。在这本书中，作者让女主有条不紊地完成自己的试验，使得每个结果都有迹可循。

（选自知乎，有删改，2023年6月2日）

@33：

说一下戳中我的点：就是写出了那种悲凉。我觉得现代人穿越到古代大杀四方不现实，最直接的感受应该是环境改变、人权平等消失带来的恐惧和悲凉。女主在这个视人命如草芥的时代不止一次感受到害怕，害怕自己也变成生孩子的工具，害怕自己在不经意间丢掉性命；男主虽崇尚自由恋爱，认同一生一双人，但是封建思想根深蒂固。比如有一次，男主、男主老师、女主同乘船，男主老师半夜生病，因为比较紧急，女主穿着里衣就去诊病了，结束后男主对着当晚所有人说，今夜之事谁乱说半个字，打死不论……他本以为会看到女主羞涩的表情，但是女主却是一脸害怕，从他的话中感受到了寒意和悲哀。

（选自豆瓣，有删改，2022年3月12日）

@故穿庭树作飞花：

（女主结婚）没有铺垫到位显得太草率了，想写慢热正剧又不想流失爽文观众是不可能的，为了不让女主吃不婚的苦头就做这样的决定，该决定还一头撞上当下正热的女性话题，真的各种都凑到一起，确实也不走运。

@Hazel（1楼）：

我倒是觉得已经铺垫好了，这是不得已的选择，是丹娘想名正言顺做大事的第一步。

@江回河转（3楼）：

这场婚姻男主是因情，女主是因利。而且说真的，这个题材本身就很矛盾，很难写，作者写女主写得好，写得立体，这导致女主有时候并不那么"受控"，她的坚强、冷静、忍耐、锐利、勤奋，甚至她的自毁倾向、一腔抱负都包含了太多东西。

（选自晋江文学城，原作第145章评论区，有删改，2023年8月—9月）

@嘎啾酱：

之前一直没理解女主在没对小谢心动的情况下从拒绝被婚姻剥削到选择走入婚姻，看完这章我有点理解了。她为了"野心"选择让自己承受可能陷入"娇妻"的风险，这是一次豪赌。可以说女主不再是原来的女主了，她确实不再是读者认识的那个人了。但我还是觉得女主这个选择不咋地，有种把自己的命运给别人掌控的感觉，只能说幸好这是言情文，否则我宁愿把野心收起来走洪尚宫的路。

@陌上（1楼）：

洪尚宫的天花板太低了，如果走这条路，女主只能上列女传，上不了列传。

（选自晋江文学城，原作第155章评论区，有删改，2023年2月—4月）

@上有神明：

很喜欢看青青用简洁而有力的笔法描绘小人物人生的某些侧面，让我感觉这世间无论什么人活着都有自己的价值。

（选自晋江文学城，原作第524章评论区，有删改，2023年12月）

@一依散落一地：

丹娘不一样。她的不一样并非体现在做女官、救弱者、教医术、不轻易嫁人，而体现在她长久以来都不曾改变看待世道的目光，那么清醒，那么慈悲，那么坚定。小说从开篇就给她各种各样优越安稳的选择和一条未知的前路，她在迟疑、犹豫与茫然后做出不变的选择；她做的很多事有时无关自我、无关利益，与任何东西都无关，只源于一种现代人独有的潜意识。她给人的感受绝不类似于一个获得先进知识的古代人，而是浸润于自由平等的现代才能养出的高贵灵魂。

她可以因世态隐忍，借皇权治公主，凭借自己的智慧与谨慎融入那个时代，但她看起来始终同那里格格不入、泾渭分明……如何走出一条艰难而坎坷的路，借来自未来的光辉照亮人之所以为人的本能，即使是萤烛微火也绝不放弃，这篇故事给了我答案。

（选自 LOFTER，有删改，2022 年 2 月 25 日）

@纳兰朗月月月月月：

我更想讨论程丹若的痛苦——她的灵魂因与古代社会格格不入而无比痛苦，但她始终冷静、清醒、悲悯、光彩照人。一点失误就会让她万劫不复，于是她成了一座冰封的火山，忍耐克制，权衡利益，做正确的事。她的敏锐让小说一直萦绕着淡淡的清苦，这很好，因为我们知道一个现代人只要忘不掉自己的初心，在古代就永远无法没心没肺地快乐。

……

很难描述我读小说时的感受，我几次调整对小说的定位，从"及格但略无聊"到"有点意思"再到"好看"，最后是"怎么会这么好看"。

每个人物都有自己的立场、利益和算计，礼法、世情和人心共同构成复杂但真实的世界，即便是历史爱好者，也很难挑出违和之处。程丹若身上有着无比浓厚的人文主义色彩，一言以蔽之——把人当人看。

圆形的人物、复杂的心态、拉扯的局势，共同构成剧情的巨大张力，我愿将这部小说列入我的古言 top10。

（选自微博，2023 年 10 月 30 日）

（作者及作品简介、读者评论摘编：张潇月）

道是"薄情"却有情

——评青青绿萝裙《我妻薄情》

张潇月

《我妻薄情》以"薄情"二字确立了自身的独特气质，也暗暗切中如今网络女权主义的独立女性思潮。相比于同期女频小说中或女扮男装或雌雄同体的"大女主"实验，《我妻薄情》用最朴素的方式，逼近了一个问题——在不淡化女性身份的前提下，如何在"古代"残酷的性别现实里，既不弱化真实的苦难，又不假"大女主"之名行"玛丽苏"之实，为女性找到一条历史写作的可能路径？

在穿越类型已经相当成熟的今日，奉行"存在即合理"的穿越者总能自我规训般迅速融入古代社会，《我妻薄情》中的"穿越"写作却仍在追问身为"现代人"的意义，勾勒出一个女性穿越者的脆弱。先进文明的知识与愚昧落后的世界的不匹配，打开的不是"金手指"支撑的爽文，而是满篇清醒透彻的痛苦。程丹若义诊时所观照到的底层人民中，闭经女性无法吃饱，流产多次的女性仍需包揽家内外劳动，患上"血吸虫"的一家仍需下水劳作的现实，无法被二三两"对症"的草药改变。程丹若面临的，是可以开出"药方"却无法救助任何人的悲凉。

正是在这样悲凉的底色下，小说摆脱"古言"类型的陈规套路，开辟出一条屡出意料却尤显真实的主角之路。开篇程丹若便几次面临婚配"危机"，但她并不在这套规则里"求解"，而是试图脱离以男性为中心的言情救赎或宅斗套路，把出路寄托于自身而非"夫权"：先是试图出家，以求跳出俗世为女子设下的藩篱；出家不成，改考女官，试图在女子唯一的仕途路径中寻觅一丝生机，但作者却很快借谢玄英之口向她道出宫内发展的"天花板"与被纳入后宫的风险；最终，当谢玄英明了心意，向她求婚，程丹若权衡再三，发现这场"豪赌"竟是眼前最佳的选择。这场婚姻并非《牡丹亭》式的爱情神话，而是一场现代语境中组建利益共同体的夫妻"合作"，组成他们婚后日常的不是"先婚后爱"的甜蜜，而是险峻孤独的个人成长和艰难磨合的个体冲突。面对这个"不把人当人"的社会，程丹若时刻把握着自己的位置，面对看似温柔先进的丈夫在古代社会于法律、阶级、性别各方面天然拥有的强势权力，她从未因其柔情丧失警惕，并始终坚信只有在权力地位上可与之平衡时，她才能坦然谈"情"说"爱"。

这样"薄情"的"写实"，使小说在连载过程中遭遇了不小的争议，读者或不满女主对父权婚姻太早、太轻易地"妥协"（结婚情节发生在150章左右，在全文前1/4处），排斥"大女主"事业线中的感情部分；或成为"我妻"为何"薄情"的"嘴替"，为爱情不够甜蜜美满而愤懑。这既反映出当下网络女性社群中的女权讨论摇摆模糊的现实，也体现了网文价值风向在作者和读者、读者和读者之间生动拉锯的过程。唯有坚持看到故事结尾，读者才能发觉作者想要呈现的成长，是角色在经过磨砺后从狭隘的残缺尖锐到充盈的坚毅丰满所折射的宝贵的人物弧光。

在一般的"大女主"书写中，为了回避事业线与爱情线的平衡难题，作者往往要么割舍感情线选择"无CP"，要么使男主成为女主事业线的工具人。青青绿萝裙却不怯于重思平等"爱情"的可能，也不忌讳塑造"不完美的女性"。谢玄英与程丹若的默契，来自他们超越时代的观念；二者的隔阂，在于彼此局限于自己时代的具体经验中。少年初识时，谢玄英以为手握权力就可以保护心爱之人，却未想程丹若对权力的滥用只有害怕与心寒；程丹若自恃为穿越者，无法被谢玄英理解，却被其照出了自己的傲慢。谢玄英只有看到更多真实的苦难、倾听更多底层的声音后，才能懂得如何尊重程丹若对平等的追求；程丹若只有发现古代这片贫瘠的土地上亦有温情流淌，才能在谢玄英"互为明鉴，诚意正心"的坦诚中，放下"现代人的傲慢"。小说感情线与事业线并行不悖，主角二人共求平等与美好，映射出"大女主"故事更为丰富多彩、更具包容力的可能。

而《我妻薄情》的事业线，则堪称近年女频"大女主"想象的典范。利用架空历史的背景，作者找到了将程丹若纳入《列传》而非《列女传》的可能。首先，这不是悬浮的乌托邦，作者参考了真实历史中的女官制度、秦良玉等人物的生平，在地图、物价、制度、药方等方面最大化还原了历史风貌。程丹若施展"医女"技能的过程，如实验推广大蒜素、青霉素和牛痘疫苗，其游历大同、贵州等地发挥自农至商的才干等，在文中都做到点滴"落地"、有迹可循。其次，小说不仅仅呈现了程丹若个人的封侯之路。"我心自有明月光"的程丹若培养宫中女医和民间接生婆，编写医书以推广妇科知识，收养弃婴提升女婴存活率，以自己的一生联结起无数女性的生老病死；她用《毛衣图》帮助妇女们营生，同时提高识字率，通过改编话本故事传播现代女性观念，使自己的思想与更多个体同频共振。无论是作为女医官、接生婆，还是政治晋升，她都致力于留下一种先例、保存一种制度，为后人提供一条可循的道路。在作品中，千千万万个女性个体的可能性，翻涌融汇成女性历史的可能性。

我们似乎很难在一篇网文里看见主人公逐渐老去。《我妻薄情》解构权力神话之时，也卸去了青春崇拜。程谢二人与世界初遇时，我们从中看到的是"薄情"以求自立下的"慈悲"渡世；直至程谢二人中年及暮，我们回首才见，小说中人与自我、与他人、与世界，诸多精彩际遇。在这场人世情的漫长画卷里，"长篇"不再是受利益驱使的流水账，而带来人物传记般的动人感受，使我们看见"大女主"创作在众声喧哗外，更有静水流深的可能。在"乱花渐欲迷人眼"的众多网文中，《我妻薄情》就像一片微蜷的茶叶，带着淡淡的清苦与回甘，虽以"薄情"为名，却情味悠长。

陈之遥：

《智者不入爱河》

作者及作品简介

　　陈之遥，豆瓣阅读人气作者，2019 年开始在豆瓣阅读上连载小说。生于上海，现居美国，毕业于法律专业，擅写职业文。她的小说以丰富的从业经验和人生阅历为底色，具有极高的知识密度和绵密的技术细节，对追求"知识"与"智性恋"的读者来说无异于一场精神盛宴。代表作《拜金罗曼史》（2021）关注金融行业，《智者不入爱河》（2022）以婚姻法为核心，新作《玩·法》（2023）则聚焦娱乐法与知识产权，从专业角度深入探讨生成式 AI 与创作者的著作权之争等前沿问题。其书写既有广度又有深度，颇具时代性。围绕职场与婚恋两大题材，陈之遥在"女性"网文上进行了深刻的探索，在工作、家庭等领域全方面呈现当代女性经验、女性成长和女性困境，塑造了许多"中年熟女"与"职业女性"形象。

　　在《智者不入爱河》中，读者既能看到律师视角下的婚恋百态，也能看到熟男熟女间的试探拉扯。小说自 2022 年 10 月 8 日至 2023 年 1 月 4 日在豆瓣阅读"女性"分类下连载，全文约 31.5 万字，连载期间长期位居"畅销周榜"第一名，完结后长期位居"完本年榜"第一名，2024 年 1 月由中信出版集团出版纸质书。小说刻画了一段成熟理智的情感关系，以知性大气而不失幽默风趣的文风，在现实与世俗的缝隙中追寻爱情与理想的意义。

【标签】女性　婚姻　职场　律政　熟男熟女
【简介】
　　这是一个精彩的律政故事，围绕婚姻家庭这个与所有人息息相关的议题，律师、讲师各显神通，法庭内外刀光剑影；这也是一个浪漫的爱情故事，熟男熟女，强强联合，男女双方在相互吸引、相互试探中双向治愈、坠入爱河。

关澜，35岁的离异单亲母亲，既是一名迟迟不能升职的高校女讲师，也是一名忙于琐碎婚姻家事的兼职律师。齐宋，35岁的不婚主义者，职场知名卷王，因为独身主义和回避型人格被同事和前任广为诟病。一个不愿再婚，一个不想结婚；一个无暇恋爱，一个恐惧亲密。偏偏是这样的两个人，因为一场离婚案相遇，又在一桩桩婚姻家事案件中相知、相恋。财产分割、家庭暴力、婚前协议、婚姻诈骗、遗产继承、情感倦怠、生育权之争、抚养权之争……他们齐心协力，竭尽所能地为当事人争取权利，赢下一场场漂亮的胜利。而他们因为事业和生活被搁置在一边的爱情，也在看尽婚恋百态、尝遍人生况味的同时悄然滋生。

读者评论摘编

@咩小蟹：

作者又一部律师文，依旧没有令人失望，案件和感情部分处理得恰到好处，男女主在案件中不断推进情感。我偏爱陈之遥的职场文，她的职场内容从来不是虚无缥缈、给人物叠 buff 的工具，而能够真正融入主角经历，有助于塑造人物，展现他们独一无二的魅力。

（选自微信公众号"咩小蟹 Note"，有删改，2023 年 1 月 13 日）

@胭脂鱼：

文中的律政案功底非常扎实，密集度也不小，取材于现实，非常有现实意义。更厉害的是，作者喜欢同步推进两起案子，案子的内核或正好有关联，或形成具有讽刺意义的对照，每起案件的起承转合都非常顺滑自然。女主既是一名大学讲师，也是一名家事律师，本文大部分的案件都是各种离婚案，涉及渣男出轨、多人诈骗、婚恋型杀猪盘、家族联姻、财产分割，等等。离婚是说再见的时候，女主的主张是让当事人断得和平、断得干净；作者每每引入一个新案子，便会在最开始写这场爱情最初的模样，双方初见或定情时的青涩美好。一场场婚姻有始有终、首尾呼应、好聚好散，这种有意识的安排让这篇文的结构更加饱满、富有层次。

（选自微信公众号"芭苴圈小懒推文"，有删改，2013 年 1 月 14 日）

@持炬的祈雨师：

实际上，这部充斥着离婚案的小说非常治愈。很难说有什么比一个看惯了婚姻的丑陋面、人性的阴暗面的家事律师还能说出"爱挺重要的"来得更治愈的了。就像罗曼·罗兰眼中的英雄主义：认清生活的真相后，依然热爱生活。"治愈"是全方位的。

一、对婚恋恐惧的疗愈。两个把伤口藏在厚痂下的成年人慢慢地对彼此卸下心防，彼此靠近，彼此温暖。这段关系滋养着他们，给他们提供着能量，让他们得以与过去和解，更好地应对未来生活中的挑战。旁观这个过程相当治愈，它让人相信，就算是最苦于亲密关系的人，遇到对的人，仍然可以获得幸福。

二、对童年创伤的疗愈。阿德勒那句名言"幸福的人用童年治愈一生，不幸的人用一生治愈童年"恰好就是关澜和齐宋的写照。关澜有很好的父母，他们给了她无条件的爱和支持，而齐宋的成长环境与之截然相反。幸运的是他遇到了安全依恋型的关澜，她情绪稳定，内心强大，能包容他的若即若离、忽远忽近，做到"不问、不急、不怯"，有足够的耐心等他一点点卸下防备，露出藏在坚硬外壳里敏感脆弱的部分，然后温柔地接纳他。原生家庭带来的伤痕，终于在无条件的爱中被治愈了。

三、对亲子关系的疗愈。关澜与女儿、与母亲之间也有过误解和冲突，但让人觉得温暖、舒服的是，她们不会肆意伤害对方，且她们愿意站在对方立场去考虑问题，始终保持用对话消除误解、解决矛盾。更重要的是，她们彼此相亲相爱，愿意为了对方的幸福不计得失。不是每个人都能幸运地出生在这样一个家庭，但是我们至少可以选择成为这样的父母。

四、对价值衰落的疗愈。除了亲密关系和亲子关系，这部小说更触动我的是两位主角对律师这份职业的认同感和荣誉感、对法律的敬畏、对底线的坚守、对当事人的责任心，还有那份在当今社会很稀缺的理想主义。

除了这些以外，这部小说治愈我的地方还有很多，比如关澜与赵蕊间的闺蜜情、赵蕊和丈夫李元杰间的青梅竹马情、关五洲的深厚父爱……阅读这部小说时，我常常觉得心里暖暖的，充满了能量。推荐大家阅读，相信我，必不会辜负时光。

（选自豆瓣阅读"读者推文"，有删改，2023 年 6 月 19 日）

@ 李恬恬：

"智者不入爱河，淹死概不负责"这类网络流行语，看似只是网友对爱情的调侃，却也侧面反映出年轻人对"爱"避之唯恐不及的趋势。《智者不入爱河》正是在这样一个"爱"与"智"构成的微妙张力场域之中生长起来的。故事的开端，男主齐宋秉持"独身主义"，将事业成就视作人生至宝；女主关澜经历一次失败婚姻后，不愿再次承担爱情的责任。而故事的结尾，齐宋在爱情和事业之间选择了前者，关澜也卸下全部伪装，放心地将自己交付给另一个怀抱。从坚决"不入爱河"到"终入爱河"，二人因相遇、相知而改变、发现自我，对他们而言，沉入"爱河"不是堕落的开端，反而是通往全新生命状态的绝佳路径。

（选自《网文青春榜·7 月榜（2023）》，有删改，《青春》2023 年第 10 期）

@ 爱看书的咸鱼少女：

他们不是直奔主题的熟男熟女，而是迂回曲折、不愿坠入爱河的熟男熟女。两人若即若离，又点到即止，余下暗流涌动。这时候的两个人都还是"智者"，齐宋还在想他的 MAC（编者注：即"重大不利变化条款"，小说中特指不婚），而关老师为了她的抚养权，已经按下了婚恋的终止键。后来在几个案件的相处中，他们交浅却信任深——爱情不仅是心灵和身体上的契合，更直观的表现是到这个年龄还会因为一个人而心跳加速。他喜欢看她笑，卸下一身疲惫地笑。而她因为身边这个男人，也忽然可以接受自己的脆弱，去寻求一个抱抱。

（选自微博，有删改，2023 年 5 月 4 日）

@ 豆友 211460456：

在我看来，这部小说的亮点不仅在于两个人的相互吸引，每每让我热泪盈眶的情节是关澜和女儿尔雅的相处：当她们讨论早恋问题，当关澜因为尔雅打架被叫到学校，当尔雅和妈妈说想和爸爸生活在一起，当关澜在曾经和前夫创业过的地方跟尔雅坦白曾经本打算放弃肚子里的孩子……尔雅虽然调皮任性，但是她被关澜教育得很好，她会默默地为父母着想，希望他们各自获得幸福，而不是硬把两人往一块凑。

（选自豆瓣阅读"读者推文"，有删改，2023 年 1 月 30 日）

@ 你听我狡辩啊 _：

文中对亲情、友情、爱情的刻画都十分动人，尤其是女主和女儿的相处。很多小说里都有主角离异带娃的设定，但很多时候娃都只是个塑造主角特征的 NPC。但是在这部小说里面，女主与女儿分享关于青春期的爱慕、当年怀孕时的考量、跟前夫离婚的原因等情节，都让我感受到这是一个真真正正有智慧且深爱孩子的母亲。

（选自微博，有删改，2023 年 10 月 15 日）

（作者及作品简介、读者评论摘编：陈绚）

智者清醒地踏入爱河

——评陈之遥《智者不入爱河》

陈 绚

在"奶嗝文学"通过影视剧进入大众视野并掀起巨大争议时，另一种"熟女文学"则在影视剧中广受好评。与"宝宝牙""夹子音"背后畸形的幼态审美不同，文艺作品中的"熟女"们直面复杂的现实：少有人告诉我们王子和公主在一起后怎样，也少有人告诉我们从一见钟情到厮守终生究竟要经过几道窄门。与小说中的浪漫结局和甜蜜日常相反，从婚前的彩礼到婚后的生育，以及离婚和前夫那些事儿，都是屡见不鲜的女性话题。

以书写女性职场生活和婚姻家庭为核心的豆瓣阅读"女性"版块，以影视改编为导向，孕育了《小敏家》《装腔启示录》等热度与口碑俱佳的影视作品。豆瓣阅读的"女性"类型与其他女频网站的"言情"有着严格区分，为女频网文开拓了崭新的疆域。题材上，这些作品以现实题材为主，聚焦职场、婚育和家庭主题。小说围绕女性困境、女性成长展开，或讲述她们在职场中的困境：性别歧视、年龄歧视、职业瓶颈、职场斗争等；或讲述她们在婚恋生活中的困扰：出轨、离异、育儿、家庭与事业的矛盾等。人设上，"熟女"是作者们青睐的设定，不少主角已婚、离异甚至是单亲妈妈，这极大地丰富了女频网文的人设。人物关系上，这些作品不局限于传统言情以一对异性主角为中心的人物关系模式，"双女主""多女主"等丰富的女性群像次第登场，呈现了坚固而温暖的女性互助和女性情谊画面。

在这一潮流中，陈之遥既是先锋，又是翘楚。她的代表作《智者不入爱河》以"民法典婚姻编，无一字有关爱情"的冷峻文案开始，经由10场或令人啼笑皆非，或令人感同身受的婚姻家事案例，为我们展示了她的爱情现实主义与爱情理想主义。

或许《民法典》唯有专业人士方能解读，可把《智者不入爱河》称为"女频网文中的《民法典》"也并不为过。在短短30万字的篇幅中，陈之遥发挥她的法律职业专长，为所有即将或者正在面临婚姻问题的女性读者普及知识、纾困解难。从婚前协议到离婚官司，通过财产分割、子女抚养、遗产继承、婚姻诈骗、家庭暴力、情感倦怠等各种议题，陈之遥将"婚姻"拆解分析，将誓词中的永恒承诺一一祛魅，让《智者不入爱河》成为一份极具现实意义与参考价值的法律指南。陈之遥不仅精通法律，更熟知人情，面对青春期的女儿早恋这个让父母焦虑的问题，其笔下身为大学老师的女主角为女儿写下一封如论文一般条分缕析、认真严谨又充满温情的信。她将早恋分成3种情况，并对女儿娓娓道来："早恋究竟对你意味着什么，取决于你怎么去看待这件事，以及在这个过程里，你是不是始终真诚，谨慎，而且明智。"评论区的读者们纷纷批注、收藏，大呼"存起来以后给孩子看"。

小说的现实主义不仅落在法律上，更落在人的身上。这一次，"熟女"的"熟"不再指向光鲜亮丽的成功，而指向处处无可奈何的失败。女主角关澜毫不掩饰她的破碎、疲惫与艰辛：在事业上，她因为得罪领导难以晋升；在生活上，她因为离异带娃而左支右绌，处在"上有老下有小"的中年困局之中。在处理一团乱麻的生活琐碎时，关澜的叹息曾引起多少读者的共鸣；而她在重压下坚韧地抬起头来、负重前行时，又是怎样贴切地呈现了我们时代的现实主义——脆弱而强大的关澜是一张张晚高峰地铁里的面孔，是一盏盏格子间里亮起的夜灯，是我们的母亲，也是我们自己。

有趣的是，陈之遥并非不懂浪漫的说教者、高高在上的人生导师。相反，在每个案件开始之前，她都用最为细腻的笔调描绘了缘起的刹那、初遇的场景。于是，我们得以窥见刀光剑影前的伏线千里，发现桩桩不堪的、缠绕的、痛苦的离婚案例之前，那些名为"爱情"的微光。穿行其间的关澜与齐宋，几番进退，几度考量，从"智者不入爱河"的小心翼翼，到"我愿为你游过海峡"的一往无前，这段"熟男熟女"的爱情不像"糖"，更像"香"，既充满张力，又直面复杂，且回味悠长。

我们为什么要走进婚姻？《智者不入爱河》告诉读者：把相爱和婚姻混淆是现代人的一大错觉，婚姻是为财产和生存的需要而发明的制度，是"无一字有关爱情"的法律条文。婚姻是倦怠、背叛、算计与折磨，是家长里短，是一地鸡毛，也是满纸荒唐。但深谙一切的关澜——或者是她背后的作者陈之遥却说，"但我一直觉得爱挺重要的"——这便是她们的爱情理想主义：智者并非不入爱河，智者是不畏爱河。在小说的结尾，关澜和齐宋用行动确证了为彼此付出与向彼此承诺的决心，但贯穿全文的"婚姻"却被悬置一旁。这是个没有结局的故事，又或者说，这便是二人最好的结局。陈之遥似乎在暧昧地表示，走入婚姻需要相爱，但相爱不一定需要走入婚姻，在"结婚"这个标准的大结局之外，人还可以拥有新的亲密关系。

小说中写道："智慧是种经验，是后天习得的，所以理论上所有人都可以成为智者。"在《智者不入爱河》中，读者收获的不只是由亲密关系所引发的共鸣，不只是律政职场带来的求知乐趣，更是一种宝贵的经验与智慧。当我们再次面对那些切身的婚恋议题，当我们年岁渐长、不再年轻，我们总要去回答那个曾经不愿面对、不愿接受的诘问：王子和公主在一起后会怎样？或许，我们会想起陈之遥讲过的这个故事——在这里，极致的现实与极致的理想交相辉映，智者清醒地踏入爱河。

栗子多多：

《点燃星火》

作者及作品简介

　　栗子多多，知乎新人作者，2023 年开始在知乎写作。《点燃星火》是她在知乎发布的第一篇，也是目前为止唯一一篇作品。作为对知乎问题"有没有大格局的女主文？"的回答，此文于 2023 年 3 月 28 日发布，并被收录于知乎专栏《美强惨她睥睨天下》中，全文仅有一万六千余字。

　　截至 2024 年 2 月，《点燃星火》点赞数达到 13.1 万。2024 年 1 月 8 日，此文入围"知乎盐言故事短篇故事影响力榜"，位居"姐姐妹妹站起来·年度大女主"之列。

　　【标签】女强　双穿　古言

　　【简介】

　　程锦穿越到古代，面对封建社会的种种残酷，认为自己只能认命求生，于是安分守己地过了 15 年。不料及笄当晚，却被母亲传授一系列进步思想，惊觉母亲是来自 1940 年的穿越者。在得知母亲秘密开设学堂、传播新思想新技术后，她决定加入母亲阵营，并向母亲提供大量工科知识。此后程锦成为学堂老师，结识实为八皇子的青年裴弈，两人互相引为知己。不久后，学堂遭到举报，程锦与母亲入狱，却因京中兵变，被父亲趁乱救出。此后裴弈登基，程锦拒绝裴弈告白，与母亲一同出京云游，继续将进步火种散播至各地。

读者评论摘编

@ 彼岸花开：

娘亲好清醒，女主也清醒，就连男主也清醒，三个不同时代的灵魂为了自己的目标，坚定又勇敢地各自努力。太绝了。原谅我发了这么多评论，我真的太喜欢了！给我火！

（选自知乎，2023 年 4 月 21 日）

@ 八爪龙暴扣莫菲鱼：

看了四五遍，每次都会哭得稀里哗啦，会不自觉地联想到现在的和平来之不易，也会恨自己当初为什么不好好读书。看到最后释怀了，但是心里还是像有颗石头一样，堵得慌，我才知道原来这就是爱国。

（选自抖音，有删改，2023 年 4 月 26 日）

@ 伍伍伍（学习版）：

这是我在知乎看过格局最大、最有泪点的短篇小说！

女主和女主妈两个主角塑造得太好了，女主也是我觉得短篇里少有的算得上是真正大女主的角色：作为成长型女主，她的格局越来越大，而且真正做到了反雌竞。

对！是不双标的反雌竞！

好多小说里女主都会一边斥责女配搞雌竞，一边暗戳戳自己搞雌竞。但《点燃星火》完全跳出了这种设定，甚至结尾没有提到女配结局，反而让读者觉得更爽，格局更大。

这篇短篇拆解起来费了很大的力气，作者大大文笔成熟，立意很高，我认真拆解后受益良多。

@夕四（2楼、4楼）：

其实这篇是不符合知乎风的，导语也没有多引人注目，主要是靠内容脱颖而出。而且作者技巧较差，所有内容都是平铺直叙，没有什么画面感，只是胜在写这个内容的只有她一个。

（选自小红书，有删改，2023年5月25日）

@长安妖：

知乎文《点燃星火》真的好看，黑色的字越看越红，这是我看过最好、格局最大的文了。娘亲和女主真的很棒，见过世界广阔的人怎么甘心困在四方小天地之中？请穿越文按这个卷起来，都2023年了，女性人物不应执着于宫斗和宅斗，她们心中应有更广阔的天地。

（选自微博，有删改，2023年5月20日）

@上京白玉：

写得很好，文笔细腻但不烦琐，大片的留白让我忍不住想象画面。

故事脉络也蛮清晰的，尤其是女子穿越到封建思想笼罩下的古代，为未来改革的前辈添一把火的思路非常精彩，这种剧情很适合写长篇。

文中出现的两个配角，被砍断手的大家小姐和自傲顾己的镇国公公主，两个小故事表现出的核心思想独到，让人感觉到无论事件怎样发展，都不能阻挡历史车轮的前进，更加显得主角推行思想和技术启迪的可贵与不易。至于历史逻辑如何，合不合古代封建制度，在这本小说里都不重要，作者只是用这些古代的封建制度来建立一个社会主义思想难以推行的大背景（类似于20世纪初期），在这种情况下，从毫末发展出的思想与技术的变革才显得更为珍贵。

这并不是一部完全商业化的短篇小说，作者要表达的思想还是很明显的，就是在社会主义浇灌下的人民，在回到革命前，面对封建社会和资本大山的压制，是否有信心、有想法，去为新中国贡献力量。

看得出作者很用心在写这部小说，如果出长篇，阅读效果应该会更好一点。

（选自 B 站，有删改，2023 年 6 月 14 日）

@ 亦有所辰：

男主突然变成八皇子就有点无语了，到头来还是得和皇帝谈一场。我还以为后续是她爹打了败仗还劫狱了，干脆反到底，趁着楚王和太子党的混战拥兵自重，引得各地陷入混战。男主就是个落魄地主家的才子，看到女主一家无忧后，便带着新思想的书籍跑出京城，到农村去建立根据地，生产力虽然没有提上去，但是只要思想的种子种下了，新技术的种子种了下去，破而后立的新世界一定会比原来的更好。

（选自 B 站，有删改，2023 年 6 月 14 日）

@ 汉方急救草药：

在某些地方还有欠缺，虽然大家都知道经济基础决定上层建筑，但是现实的情况和文学化的操作是两码事，历史上的很多东西都需要几百年才能沉淀出来，马克思说"资本在过去不到一百年的时间里创造了以前时代所有生产力都无法创造的结果"的前提也是资本的高速发展，而资本的不断累积又是另一码事……

（选自 B 站，有删改，2023 年 6 月 14 日）

@ 蔚蓝天空云儿飞：

厉害，第一次看到这种女频文，有着男频文的思路，写得还更细腻洒脱。

@ 今日起兵挂帅（3 楼）：

这不是男频的思路……首先这个文的设定是王朝末期，你觉得到了王朝的末期，男的会去开私塾吗？当然是王道争霸了，很少有这种先去进行思想解放的，我就这么说吧，男频里面有一个人生三大极致：权倾一世，富甲一方，流芳百世。

@红柚233（5楼）：

思想与生产力不可分割，经济与军政，思想与教育，不是仅仅一句争王争霸就能说过去的，男频就没有关于这方面的书吗？看看《黎明之剑》，变革只有思想主张可不行，枪杆子里出政权。

@祐希堂伊织（7楼）：

开不开私塾不一定，但解放思想是第一步，男频小说里的主角给各种古代配角讲述新思想就是这一步。但在主角势力到达一定程度需要人手的时候，更大范围的解放思想就是必经之路。

有的作者是写到这想到这，这才开始开学授课。而经验老到有过经历的作者则会在一开始就给主角铺好路。

类比视频文中母亲的作为，先从下人开始解放思想，然后由这些下人去外面开私塾，教更多孩子。

文中简略了最初情节，毕竟是女主视角，女主穿越而来时，母亲已经把第一步走完了。仅仅是设定上有个更早穿越的穿越者罢了，这文和大多数男频都没有区别。思路是一样的。

（选自 B 站，有删改，2023 年 6 月 13 日）

（作者及作品简介、读者评论摘编：刘心怡）

在杀头和低头间选择了上头

——评栗子多多《点燃星火》

刘心怡

2019 年的《宫墙柳》，可谓是首篇连载于知乎平台上的出圈网文。在《宫墙柳》中，后宫女子绝不宫斗，专注"girls help girls"，主角既不用担心遭遇同性相残，又不必忍受来自帝王强权的"虐恋情深"。其对宫斗叙事的逆反，奠定了"知乎文"既要反套路又要强抚慰的中短篇爽文底色。然而，反套路到了尽头，自然成为套路；强抚慰到了极致，只剩情绪价值；外有推文号刺激引流，内有首页推荐栏不断刷新，读者看文为爽，爽完即忘。《宫墙柳》完结数年后，知乎文再鲜有出圈者。直到《点燃星火》中的两句台词横空出世，引发一片感动——

"官府如果发现了你的企图，是会杀头的。"

"上辈子，我做的事也是会杀头的。"

这是文中两位女主角的对话。二人均是穿越者，前者生于 21 世纪，后者却是自 1940 年而来的革命者；前者为女儿，后者为母亲；前者穿越至架空古代，面对父权的残酷，只想"苟住"求存，后者却大力开办学堂、传播科学民主及革命理念——上述对话，正发生在女儿得知母亲身份后。此后，女儿深愧于自己"是个生在和平年代的小弱鸡，没什么战斗经验，也没有那一代人的理想和信念"，又忆起同龄女孩惨遭迫害之事，遂以"向同志报道"的形式，正式加入母亲阵营。

《点燃星火》首发于知乎，完结于 2023 年 3 月，两句"金句"出圈则是在 2023 年 7 月，在微博热传。彼时前有上野千鹤子对谈 B 站 UP 主引发的"娇妻"之争，后有《芭比》上映引发新一轮网络女性主义讨论热潮。在此背景下，《点燃星火》这两句台词，似乎正是两代女性斑斑血泪的相互映照，即刻引得读者热泪盈眶，好不上头。《点燃星火》不但被视为一篇女强文，更是被众多读者誉为"格局文"，即此文格局之大，远非其他女性向穿越类网文可比。一方面，盖因女儿背后的21世纪、母亲背后的革命年代与小说中的架空古代世界在文中交锋共振，大有继承先辈精神遗产之势；另一方面，作者毫不吝于对传统女频穿越文的讥讽：书中的反派同为穿越女，却一心宅斗，信奉"嫡庶神教"，只以成为太子妃为己任。

作者试图给出何谓"大格局"的标准答案：就主旨而言，雌竞媚宠为"小格局"，女子解放为"大格局"，苟安内宅为"小格局"，心怀天下为"大格局"；就设定而言，来自2023年的女儿是"小格局"，死于1940年的先辈母亲是"大格局"。若女儿也想跻身"大格局"，便不得不借助自己的工科知识，提供大量作为穿越定番的现代科技：方程图纸、火药肥皂、杂交水稻。与之相对，作者尤其写明这对母女的"课堂内容暂时不涉及任何思想理念"（尽管名义是"为了保留革命火种"）……作者或许并未自觉，但《点燃星火》毫无疑问继承的是"工业党"们的历史想象：似乎只要继续大力普及新技术，便能救妇女于内宅，成儿女之奇志，教日月换新天。

然而，《点燃星火》并不是一篇稳扎稳打改造天地的传统爽文——情节后半程，传播新技术的学堂横遭举报，母女二人被捕入狱，趁兵变逃脱。最终母女二人出京云游，作者一再承诺二人要去各地"散播火种"，但善用新技术、颁布新政策的，依然是新皇帝（只不过是一款明君）。

尽管有部分读者批评故事后半程的转折略显突兀，尽管作者借母亲之口承诺的"换新天"迟迟未至，但这段剧情仍无损《点燃星火》"大格局"的光环；相反，不少读者甚至主动为本文迥异于一般工业党穿越的展开打上"补丁"：点燃星火已经不易，这正是现实中先辈们的难处，这是必要的牺牲……

看似不够爽的结局，却呈献出本文真正的"大格局"所在：不是更换新天地，而是"模仿"旧英魂。

这可以解释作者何以在前半段不断铺陈封建父权对女性的压迫，于后半段却只将推广新技术作为唯一的"启蒙"手段；更可以解释作者为何看似继承工业党技术流的历史想象，却又任由它被皇子、王爷夺权之变的老派古言叙事吞没。本文的情绪高点，既不需要依赖大量扎实的考据细节，也不需要如站内其他"女帝文"一般，攫获"这个皇帝我来当"的快感。它甚至不出现在明君登基、新朝雅政之时。相反，它早早出现在母女相认的时刻，表现为女儿对 2023 年的描述："山河仍在，国泰民安。"

在此之后，女儿向母亲详细描述了 21 世纪的繁华盛景，作者极尽铺陈，动情程度远远胜过后半程母女二人开设学堂传授新知。这是全文最大的"爽点"，也是时刻抚慰主角乃至抚慰读者的最大兜底。它是仅发生在 2023 年和 1940 年之间的对话，至于母女究竟穿越至哪朝哪代，并不重要，那只是女儿模仿母亲时必要的舞台，是简单复制"父权社会""封建时代"的概念框架。

然而，2023 年的女儿迅速告慰了 1940 年的母亲，1940 年的英魂迅速感召了 2023 年的"苟命"一代，两个时代双向奔赴之余，二人所穿越到的"架空古代"却孤立于二者之外，它的问题始终暧昧：要救亡还是要启蒙？要解放还是要图强？要彻底推翻既有制度，还是满足于明君即位推行新政？母女二人的行动，最终只能化作抽象的、意象化的"星火"，"星火"究竟燃向何方，作者无意也无法回答——但无论是否回答，只要女儿对 2023 年的定义不变，这场谁也不必真正担心被杀头的"大格局"的模仿秀，就始终是"爽"的。

羊羽子：

《如何建立一所大学》

作者及作品简介

　　羊羽子，晋江文学城新人作者，2020 年开始在晋江文学城发布作品，创作类型和题材以西方奇幻、无 CP 为主。

　　《如何建立一所大学》自 2021 年 12 月至 2023 年 3 月在晋江文学城连载，全文约 88 万字。这是羊羽子继处女作《马甲魔改地球》（2020）后的第二部作品，连载期间迅速引起关注，入围由资深读者安迪斯晨风组织的、代表"老白"读者口味的网文"晨曦杯"2022 年度（第六届）书单。虽然作品后期因作者更新频率不固定、突然完结而被读者质疑"烂尾"，但叙事的瑕疵无损小说在世界设定与创作手法上的创新和突破——"创世"正是近年来女频小说最为重要的拓展方向，而《如何建立一所大学》则是整合西幻资源、无限拓展幻想世界时空维度的一次宝贵探索。

【标签】西方奇幻　校园　日常　悬疑　恐怖

【简介】

　　徐平安"穿"到异世界，成了身世神秘的法师塞勒斯，一桩桩涉及邪神的凶杀惨案接踵而至。与此同时，系统向他发布了"建立一所魔法大学"的分阶任务，让其从招收一位学生、招聘一位教师、赚得一笔声望开始，让更多神秘界人士了解并加入这所大学，完成任务可换取教学楼、图书馆、宿舍、天文台等建筑作为奖励。就这样，自带强大法力和渊博学识的塞勒斯校长踏上了白手起家建立克莱拉大学的漫长"基建"路。与此同时，凶杀事件并未停止，在塞勒斯与师生们的协助下，案件逐一告破，背后的庞大阴谋逐渐浮出水面。

　　不过，小说并不急于推动建大学、破迷案的"主线"情节，而把更多的笔墨花在了校园日常的细节描写上。克莱拉大学搭建在一个霍格沃兹般的魔幻世界，校长亲自在梦中面试、录取学生，聘来的教师也都大有来头。德鲁伊、精灵、半人马、矮人等西幻中常见的幻想生物陆续登场。师生们不仅要上课、考试，还要召开学术会议、去外地进行社会实践、庆祝节日，缤纷的校园生活在凶案的"克味"恐怖外增添了几分欢乐与温馨。

读者评论摘编

犹如《诡秘之主》一般的开场：现代人徐平安魂穿神秘世界的温和青年塞勒斯，在经历各种书中一笔带过的奇遇后，他拥有了渊博的神秘学知识。

但此刻他的唯一目标，就是建立一所传授神秘知识的现代大学。

这所大学将在神秘衰退的年代，高举知识的火把，以系统化的知识体系帮助误入神秘世界的普通人、被故步自封的神秘学传承拒之门外的神秘界学子解除知识的垄断，并带领智慧生物们冲破神秘侧的迷雾，对抗终将袭来的诡秘黑暗。然而这何等艰难！

和《诡秘之主》不同，神秘世界与现代社会同存共生，"麻瓜"们的科技带着普通人的生活朝"万能的魔法世界"突飞猛进，神秘侧的魔法在无声的争斗中渐渐落后。

千百年后的今日，神秘世界早已七零八落，不得不龟缩在现代社会的裂缝中。即使偶有光怪陆离的事物出现，也常常被各种以讹传讹的都市传说消解，更别说还有畏惧神秘卷土重来的掌权者，每当神秘事件发生，就有专门的"清道夫"团队前来处理痕迹。

在强势官方的介入下，神秘侧只能放下矜持和暴戾，融入社会生活：火爆网游的老板是圣明彻斯王朝的执政官，巡逻队的小哭包是只深渊恶魔，神秘世界最受欢迎的杂志是《魅力魔宠》，有天赋的神秘药剂师只能打骨折卖药。一切看起来既好笑又不可思议。

只是伴随着惨烈神秘案件的出现，安稳了千年的凡人世界被"复活的神明"再次打破，主角每次插手都仿佛一条鲇鱼从淤泥里一跃而起，搅动了一池死水。

他不仅插手了神秘世界，还要把散落各地的神秘师承捡起来，公开给有志学习神秘知识的人！

他的做法彻底得罪了各界神秘大佬。

塞勒斯是个温和的年轻人，像《诡秘之主》的克莱恩一样，但他内心的吐槽足够养活一个团队，他最害怕的是堆在他桌子上不得不看的各种行政表格。他同样有着洞察世事的明眼和坚忍不拔的意志，比起做为拯救世界而忍辱负重到处化缘的"救世主"，他更喜欢喝点软饮、看校园里的学生们打闹的校长生活。

小说让我第一次感到震撼的，是新生开学日的零点，神秘出现的录取通知书上浮出的校训："知识使我们得见光明——克莱拉大学"，一如盗火救世人的普罗米修斯一样清醒、坚定。

我猜测作者十分喜爱《诡秘之主》，因此这部作品在世界观设定上和其有着殊途同归的构造。另一方面，作者对《哈利·波特》的熟稔，也让学园生活充满了克苏鲁流派少见的生动活泼，看看外面秩序崩塌的混乱，再回头看看学生们鸡飞狗跳的魔法学习生活，简直是一种难得的治愈。

（选自微信公众号"书海鱼人"：《【晨曦杯 2022】〈如何建立一所大学〉：变幻莫测的神秘世界里，知识是唯一的明灯》，有删改，2023 年 2 月 16 日）

@长翅膀的小土豆：

世界观很有趣，有《哈利·波特》里霍格沃茨那意思了，请问有谁没想过收到猫头鹰带来的录取通知书呢。

世界观构建较完整，很真实很细致，梦境面试招生、长生种直接做历史游戏填干货剧情……现代架空的魔法背景让我流下羡慕的泪水，"作话"里补充的细节都很有趣，好像真的有那么个魔法世界一样。

个人最喜欢完成系统任务建大学的部分……但本文没有那么日常也没有那么"克"，就显得节奏不够紧凑，剧情有点散。

结尾感觉主线收束有点仓促，尤其是最后的决战场面，毕竟是神战，但看的时候就觉得：这就完了？作者视角都切换了我思路还没跟上。

（选自微信公众号"土豆子的小书架"，有删改，2023年3月23日）

@菜籽_夜雨满城楼：

"作者有话说才是本体，正文只是附赠"——严格来说独立于故事之外的"有话说"为这篇文增色不少，实际上这个故事甚至可以称为干瘪。……一旦开始深挖故事，文本就显得贫瘠浅薄，更受好评的"日常"，实际上完全得益于这个故事的"现代性"部分：逗趣有爱的校园氛围、同学情谊。……建大学的中间部分全部由水水更健康的日常组成……然而这些日常并未经过设计，更像是作者的脑洞集……《如何建立一所大学》的整体行文、节奏控制、具体情节安排等等，都完全是一个新手硬着头皮写的状态，特别是副本，明明有好几个场景可以慢慢深挖，却全部虎头蛇尾、潦草收场。……整体来看，即便有整整80万字，但它仍然像是一篇大纲文。

（选自微博，有删改，2023年3月30日）

@玠音：

亲爱的校长先生：

日安！

我和其他很多同学注意到，最近学校甜点供应出现了严重短缺。过去夜宵时间还有少数品种剩余，现在经常到下午茶时间就断货了。

写信给您倒不是为了抱怨这件事，事实上，我与几个高年级的协会成员一起合作，做出了一个烘焙用的炼金小玩意。只需将原料预先放入其中，它就可以按照事先设定好的程序进行批量制作。经过我们的测算，这个产品在海绵蛋糕品类上，每100个可以省下近40%的时间，每1000个则可节约80%的时间，非常适合批量生产。

我们诚挚地希望您能抽空来我们"炼金爱好者之家"社团考察实际情况，并尽快应用于学校餐厅。

另，如果能请动拉斯洛先生一同前来考察最好不过。我们猜这一产品具备一定的商业价值，或许可以成为一个小小的创业项目。

祝好！盼望尽快回复！

此致

敬礼！

炼金爱好者之家社长安德莉亚·帕拉塞尔苏斯

（选自晋江文学城评论区，2023 年 1 月 27 日）

（作者及作品简介、读者评论摘编：肖映萱）

如何建立一个西幻世界

——评羊羽子《如何建立一所大学》

肖映萱

《如何建立一所大学》作为一部新人新作，却能迅速吸引"老白"读者的目光，其不凡之处首先在于一个打破常规的开头。

小说由一篇案件报告开篇，报警记录和录音文档拼凑出一桩诡异的案件：男人在家中离奇惨死，嫌犯是被丈夫虐待致死、化作恶灵归来索命的妻子，结案时恶灵已被"执行员"清除，但这家9岁的小儿子至今下落不明。这篇报告不是写给主角看的——作者笔锋一转，主角徐平安在第一章的结尾发现了一个奇怪的男孩（的鬼魂），通过他与断头男孩查尔斯的对话，读者补全了儿子的视角，这才了解案件的完整真相。因而这篇报告是写给读者看的。小说从一开始就暗含一重游戏玩家式的阅读视角，"穿"成法师塞勒斯的主角徐平安只是带领大家走入这个西幻魔法世界的一位导览者或虚拟化身（avatar），他并不需要知晓全部真相，故事也不全围绕他展开，他只是帮助读者把散乱的碎片串联成故事的那一根针线。

当塞勒斯宣称自己是一所魔法大学的校长，查尔斯回应"我想学"的那一刻，小说的另一重设定由此揭开：系统面板冒了出来，主角完成了自己在"建设魔法大学"系统中的第一个新手任务——招收第一位学生。

至此，小说的两条主线已然浮现。一是按照系统发布的任务建设一所大学，塞勒斯遇到的每一个人物都将是这所魔法大学的潜在学生、教工，每一桩事件都将为大学提升声望、积累人脉；任务完成到一定程度，系统会发放教学楼、图书馆、宿舍、天文台等建筑作为奖励，超额完成时甚至还有"抽奖"机会，奖池里有特殊建筑和道具……系统的存在以及魔法大学建设在"里世界"（与普通人生活的"表世界"对应）亚空间里的设定，将电子游戏的模拟经营、基建升级等玩法顺畅地引入小说叙事。二是带有恐怖色彩的悬疑冒险——悬疑和恐怖正是近年网文中最为流行的叙事要素，塞勒斯和他"倒霉"的学生们像柯南一样不断出现在凶案现场，随后协助调查。一幅幅令人寒毛倒竖的诡秘图景，预示着魔法世界已面临疯狂的侵染，种种蛛丝马迹都指向千年前陨落的繁荣女神正以邪神的面貌复生，师生们无可避免地被卷入其中。

除了这两条主线，小说还埋藏着一条隐线，即塞勒斯的身世之谜。徐平安"穿"过来时并未获得原主的记忆，随着故事的推进，三段记忆碎片被逐一寻回，给系统的存在提供了一个终极解释——千年前重伤的大法师决定沉睡，为了防止苏醒时灵魂无法承受而将记忆分为三份，并将年少时"建立一所大学"的理想设为系统，好让失忆的自己醒来后有点事做。这一设置让身怀系统的塞勒斯"降维"成西幻世界的"土著"，突显了主角以徐平安作为玩家、以塞勒斯作为虚拟化身的双重结构，鲜明地昭示了小说的游戏性。

随着《原神》等开放世界（Open World）游戏的流行，这类游戏的玩家经验开始在网络小说创作中被转化。乍一看，《如何建立一所大学》像是一部《哈利·波特》式的魔法西幻文，讲的是失忆的邓布利多如何率领师生们一边建设霍格沃茨、一边对抗黑魔王的故事，但小说真正的重心却放在了这个庞大的西幻世界的呈现上，因此叙事节奏极为舒缓。塞勒斯像开放世界游戏的玩家般，碰到 NPC 就顺手完成一下系统任务，遇到案件副本就开启一段解谜冒险，其他时候则只是漫无目的地在地图上闲逛，跟其他角色进行互动。"系统—副本"的叙事结构也被比喻为"串珠"，这部小说的珠链十分松散，到处都是空隙，由大量与主线无关的日常和细节填充。这种填充不是在故事的空白处塞入细节，而像是那个流光溢彩的幻想世界主动撑破了故事的网，从缝隙里透出光来，让读者的目光不得不从故事中抽离，为壮美的路边风景驻足。

带有克苏鲁风格的恐怖悬疑，给这个西幻世界套上了一层冷调的滤镜，但小说中间更夹杂着亮色的校园生活日常。每个看似不起眼的角色背后都有一段传奇——比起人物群像，或许更应该将它们读作 NPC 的背景故事介绍。学生里勤奋的蒂芙尼、倒霉的加西亚、被宿命诅咒的威尔、不会数学的小马驹梦魇；老师中傲娇的白塔首席、带着骷髅助教的死灵法师、意外闯入魔法世界的"麻瓜"心理辅导员……追踪每个 NPC，又会邂逅一段新故事。读者就像是跟随主角这个游戏主播选择性地参观、游览这个世界，认识这些 NPC 人物。

一些为读者诟病的"故事干瘪贫瘠""像大纲文"的缺点，正是因为小说重在叙"世"而非叙"事"。于是连食堂在节日里新增了什么新菜色、师生们为此进行的准备，都可以写一整章；一些重要情节反而未被详细展开，如邪神组织的具体计划、塞勒斯千年前的回忆、他与黑猫和巨龙的往事等，诸多未被打开的伏笔让这个世界愈发像一个无边建模的游戏，静候旅人的探寻。因而这也是一部十分适合同人创作的作品，其为数不多的长评中就有同人的身影。这里的时空维度跨越千年，每一处风物、每一种魔法与信仰背后都有一段堪称童话或史诗的背景故事；每章末尾附上的彩蛋般的"魔法小贴士"，将故事的碎片铸成了历史化、民族志化的文体，昭示着作者创造一个充满缤纷细节的西幻世界的野心。在这部作品中，情节退居其次，系统、悬疑、恐怖都是吸引读者走入、探索、演绎这个开放世界的诱饵。

而阅读这样一部小说的风险在于：由于缺乏情节驱动力，读者很容易被路过的风景吸引到任意一条小路上，去翻动几颗熠熠生辉的石子；代价却是当他赶到"主线"时，只能观赏诸神混战后留下的一地废墟，与"宏大叙事"擦肩而过。作为真正的导游，作者十分任性地保留了这份遗憾，将最终 BOSS 繁荣女神的复生与再次陨落以寥寥数笔轻飘飘地带过，徒留猝不及防的读者站在传奇发生后的遗迹中怅然遐想。

不过，这个世界的冒险尚未终结，作者的下一部作品《明彻斯往事》将继续拓展着时空的边界。只要旅人步履不停，故事就会一直流淌。

蒿里茫茫……

《早安！三国打工人》

作者及作品简介

蒿里茫茫，晋江文学城新人作者。第一部完结作品为 2020 年开始连载的三国同人文《玛丽苏和金手指和三国》。

《早安！三国打工人》自 2021 年 6 月至 2023 年 9 月在晋江文学城连载，全文超 270 万字。连载期间曾多次登上网站 VIP 金榜、VIP 强推榜，获 2021 年晋江古言组年度盘点优秀作品、晋江 2021 年古代组"传奇"征文活动优秀作品等奖项，并入围 2022 年第六届晨曦杯，入选七大高校联合推出的 2022 年度"网文青春榜"，被女频读者认为是近年"大女主文""女强文"序列中的代表作。

在创作以上两部中长篇网文前，蒿里茫茫主要从事《龙与地下城》跑团游戏模组、战报、同人的撰写，活跃于小众爱好圈。因此，跑团游戏中的系统、角色与技能元素也被其大量运用于《玛丽苏和金手指和三国》和《早安！三国打工人》之中，为小说带来了独特的风格与色彩。

【标签】穿越　三国历史　女强　升级流

【简介】

现代人陆咸鱼带着自己在《龙与地下城》游戏中的角色身体，穿越回了东汉末期的中平六年（公元 189 年）。因在设计角色时她将武力值点选得过高，导致魅力值极低（只有非常低的 5 分，又称"五魅狗"），由此遭到所遇路人的普遍厌恶，只能寄居荒野求生。3 个月后，她从黄巾军手中救下了急公好义的雒阳小吏张缙，从张缙处得名"陆悬鱼"（咸鱼的谐音），并经他帮助进入雒阳城，在城南羊四伯家找到一份杀猪帮佣的工作。她在这里购入了一座简陋的小院，与张家、羊家、帮佣同事李二、带着幼子阿谦经营酒肆的寡妇眉娘子、读书人陈定一家比邻，过上了一地鸡毛又不失温馨的邻里生活。

然而，对历史年表一无所知的陆悬鱼不知道，此时距董卓杀死少帝、焚烧雒阳、迫使全城百姓迁居长安还有不到一年的时间，距吕布杀死董卓，李傕、郭汜打败吕布踏破长安还有不到两年的时间。而她所珍视的亲朋友邻也将在这两场离乱中飘零逝去……

读者评论摘编

@遗族再也没更新:

女主穿越的时间点在何大将军被割掉脑袋之前,处于黄巾之乱末期。她先是在荒郊野外靠收割野物和黄巾溃兵过日子,如此3个月后,因忍不了无人交流的孤独状况,她在救了长安小吏后,跟着他进入了一个可以称之为家园的城池。

女主开局带着高武力低欲望草食系人类特有的天真和傲慢。有个草窝容身,有个稳定的工作(杀猪)后,她已然自得其乐。但当她和友邻产生了感情,有了想守护的人之后,不得不投身于乱世,直面残酷的战争与流离。

随着需要保护的人越来越多,女主自身也在不断成长。从单人单杀的剑客,到带兵战斗的将领;从保护友邻、保护领土上的百姓,到保护别人领土上的百姓,再到保护敌人领土上的百姓,一路逆风,战斗不停。小说的浪漫在于,所有真诚的保护最后都收获了回报,并有志同道合者,以同样的理想主义与女主一同前进。

本文对三国各势力的力量和人物形象还原度较高,不会让人愤怒地出戏,各个阵营的粉丝应该都看得下,当然蜀粉看得更开心。

本文的战争描写是致郁的,主角的强悍战力并不会令读者觉得战斗场面很"爽",众生的濒死相细腻而悲悯。

希望定鼎天下后作者继续种田模块,把魏蜀吴这些内政外交高手狠狠用起来,解放和发展生产力,变革生产关系,发展交通,让民众过上红红火火、蒸蒸日上的好日子。

(选自微博,有删改,2022年10月9日)

@Nodumstud：

这本书让我看得很累，要不断切出去看评论区才能在绵密痛苦的战争里获得一些喘息的空间。

小陆是个成长型主角，她最早不过是雒阳城中的杀猪匠，每天最大的烦恼就是家里闹老鼠该怎么办，不仅人际交往能力为负值，还惨遭职场霸凌。后来因为董卓的政令，她不得不拖着左邻右舍搬迁长安。吕布刺杀董卓成功后，西凉军打着报仇的由头进攻长安，小陆尽管死守长安，也只能顺应历史的洪流。

这是人尽皆知的东汉末年历史，许多文艺作品从不同角度描述，而小陆的视角是最惨烈的平民视角，她那时无法决定自己的命运，只能拼尽全力地为自己和友邻们找出一条生路。

后来她成为百战不败的陆将军、步战最强列缺剑，但她的每一场战役都赢得那么艰难，好像要燃尽心血和灵魂才能挣出一点生机，依旧无法决定自己的命运。我总觉得她爬得越高反而越难，总是在做取舍。一开始她只是为自己负责，后来她需要为友邻负责，再后来她需要为随她出征的成千上万士兵负责。她知道每一个人的名字、婚配情况、子女情况，她作为主帅总是身先士卒……尽管她已经很努力很努力了，但总是有人因为她的决策丧命。

小陆可能是最不想成长的成长型主角。对于她来说，高官厚禄、名声利益如过眼云烟。如果给她一个选择的机会，我想她一定会选择回到雒阳那个小院子，也许会在院子里移栽一棵葡萄树，在夏天的傍晚坐在下面打扇乘凉。

可汗问所欲，木兰不用尚书郎。愿驰千里足，送儿还故乡。

祝你可以回家，小陆。

（选自微博，有删改，2023年3月26日）

@呱叽呱叽：

文中有一句话，"女主到死都是个理想主义者，别想改变她"。

作者真的很爱女主，给了她山一般坚定的灵魂：人命不如草芥的乱世、没有尽头的战争和死亡、一人之下万人之上的权势，都没有动摇她。

在这个故事里，女主就像是慈悲的神降下的使者。荒野上，丧子的母亲希望有一个喜乐的天国，可以容纳死于战争的百姓，而陆悬鱼的天国在地上，她想让人们在活着的时候就不再受苦。

女主陆悬鱼，一位谋略如韩白，勇武如项王的战争高手，是作者给刘备的"金手指"。然而，作者的高明之处在于，将"金手指"降临在刘备身上这一桥段安排得合情合理，宛如让人信服天命如此。

女主就像文中别人认为的"仙人"一样，内心稚拙但拥有神力。她带着玉玺在乱世流落时，每个势力都有过拥有这个"金手指"的机会，她曾流离在汉王和董卓的城池，也曾试图投奔过袁公，但这些势力全都草菅人命，所以她离开了。当她和一堆老弱病残倒在泥潭里时，只有刘备出于仁义之心救了她，于是天命就降临在了仁义之主的身上。

（选自小红书，有删改，2023 年 11 月 13 日）

@明石：

亲眼见证自己的软弱无力，见证在自己软弱无力的境况下重要的人一个一个离去，这是很多作品都会有的模式。我始终觉得造神的过程太痛苦了，如果可以选择——应该要给人选择的机会：要不要成为无敌的战神，或是坚持守护最初与自己相爱的那些人？

（选自晋江文学城评论区，有删改，2023 年 2 月 11 日）

（作者及作品简介、读者评论摘编：黄馨怡）

"这条小鱼在乎"

——评蒿里茫茫《早安！三国打工人》

黄馨怡

打着"升级流"标签的《早安！三国打工人》是一部非典型的"升级"文。

意外穿越回汉朝末年的陆悬鱼携带的是一具《龙与地下城》游戏角色的身体，这具被戏称为"安卓人"（即 Android，人形机器人）的身体有着人类身躯无法比拟的强大力量。陆悬鱼是天生的剑圣与战神，她不会老、很少疲惫、武力值几乎当世第一、战斗技能接近满点，还有一把全天下最好的剑"黑刃"作为随身武器。"黑刃"不仅是一柄如臂指使、锋锐无匹的神剑，还拥有超群的智慧和自我意识，能替陆悬鱼出谋划策，并同时充当她升级、点选技能时的游戏结算系统。

为穿越主角匹配游戏系统与相应技能是"系统文"的基础设定，这往往意味着主角获得了在某种意义上更成体系的"金手指"和"作弊器"，因此才能在故事中完成常人难以完成的目标、实现非凡成就。在一部群雄并起、逐鹿中原的"三国文"里，一统天下无疑就是这样等待主角实现的至高目标与伟业。这在蒿里茫茫的上一部作品《玛丽苏和金手指和三国》中体现得更加明显。在这部将"金手指"写进标题的作品中，文案明确点出作者作为三国游戏玩家和三国历史同人"蜀汉"粉的初衷："来假设一个穿越玛丽苏究竟要闯多少关，才能打穿三国副本，给喜欢的故事写上一个圆满结局。"这部小说的主角阿迟既是"穿越女"中的"玛丽苏"，也是穿越游戏中的"氪金"玩家，后者的身份决定了前者能在穿回三国时代时携带强大的系统外挂。历史预知、搜索引擎、法术技能都被阿迟用了个遍，她在吐槽谈笑间改写历史、"三兴炎汉"，完成了诸葛亮毕生未竟的蜀汉大业，并获取了丞相的芳心。

但在《早安！三国打工人》里，同样是近乎"无敌流"的开局，却并非"爽文"的先声，作者蒿里茫茫用游戏系统的特殊设定，将原本可以"超凡入圣"的陆悬鱼一次次"锻打"进三国时代的滚滚尘烟。比起《玛丽苏和金手指和三国》这部由作者反复"排雷"、只为"自娱自乐"、满足心愿的作品，《早安！三国打工人》的写法要"不爽"得多。对陆悬鱼来说，做任务、打怪都不是升级的法门，升级通道背后是极为残酷的现实：当历史的车轮滚滚而动，当百姓用尸体填平了护城的皂河，当西凉军踩着尸山将大汉的王都长安城踏破，当陆悬鱼挚爱的亲朋与邻里在战争中十不还一时，为守护家园战至力竭的陆悬鱼突然感到一股强大力量注入自己的身体。随后，她听到了系统"黑刃"饱含恶意的声音："你一定等不及了，所以我要告诉你——我亲爱的主人——当你愿意为之战死的家园被彻底毁灭时——你就升级啦！"

这样的升级系统与其说为主角提供了确定性的反馈与出路，不如说是一种反向的讽刺或惩罚。陆悬鱼不仅不能借助升级来"开挂"，还必须竭力避免升级。她几乎"不老不死"的战神之躯，背负着不可尽数的邻里与万民的"死亡"，原本轻盈的安卓人身体也因此获得了死亡的"资格"与重量。陆悬鱼被拽向大地，沉重地砸入这个她原本不太理解的"海内沸腾、生民煎熬"的世界。

正是这样的死亡倒逼着陆悬鱼不断改换自己的道路。她一开始只是想在雒阳城内做个有手有脚、以杀猪为生的"咸鱼"帮佣，后来却被迫成为站上长安城墙、以一敌万的孤胆剑客，最后则成为绝望而坚定、殚精竭虑、百战不败的小陆将军。

陆悬鱼所面对的死亡是巨量的，但更是具体的。她最明确的"觉醒"发生在只身一人前去刺杀屠城将领曹洪坠入薛水之后。这条被曹洪大军倾倒了太多尸体的河以河面为界，分割了生者与死者的世界。陆悬鱼独坐水底，殷红而透明的河水中，无数生民漂浮着的双眼望向她，恍若梦幻。她在此时突然看到了在屠城中死去的眉娘，眉娘温和地问她："郎君本不必有此一战，郎君此战，究竟为何？"一具与眉娘年纪相仿的年轻妇人尸体自她眼前缓缓漂过，陆悬鱼破水而出，彻底明白了自己行于世间的选择与答案："为了救你……为了救很多个你。"

这是小说中最悲怆、最动人的情节之一，足以成为陆悬鱼的人生注解。初入雒阳的陆悬鱼曾将三国争霸形容为"董卓和这些高门子弟"之间的一场"战争游戏"，在这场游戏中，"他们是玩家，而我们是游戏内容"。理想主义者陆悬鱼所践行的道与理想，就是将游戏内容重新恢复为生命。她所有的胜利都是极为克制而又负向的，因为所有的胜利都是由巨量具象的死亡堆叠而成的。

几乎为她提供了一半力量来源的游戏系统"黑刃"则为其指出了另一条道路。在这条道路上，陆悬鱼将以绝对的武力登上玉座，以庞大的利益聚集拥趸，她将加入游戏玩家的行列，唯一被放弃的只有生如草芥、死如草芥、作为游戏内容的弱小生民。在故事进展到三分之一时，"黑刃"胁迫陆悬鱼做出选择，它以即将到来的下邳之战为赌注，将她的理想斥为"金手指"保障下的虚伪与傲慢，赌她不敢在此时同系统力量决裂。然而陆悬鱼做到了，她向自己发动了自杀式的一击，"黑刃"自此成为匣中的两截断剑——陆悬鱼折断了自己由系统构成的臂膀，也捍卫了自己的道。

在这部写给理想主义者的童话中，即使削去系统的加成，陆悬鱼的力量也足以追赶神明。但正如陆悬鱼所说，她也只是一个"被战争改变"后就奋力"改变战争"的"人"。如果将坠入这个时代的现代人陆悬鱼也视作一条在车辙中挣扎的小鱼，那么她的行为又何尝不是救人以自救？就像那个简单的故事所说：尽管无法救起所有的小鱼，孩童仍尽力捡起每一条搁浅的小鱼并将它们扔回大海，因为"这条小鱼在乎"，"这条也在乎"。

8662edde··

《修仙恋爱模拟器》

作者及作品简介

  《修仙恋爱模拟器》，全名"自娱自乐安科，狗屁不通修仙恋爱模拟器"，2021 年 1 月 4 日至 2022 年 6 月 30 日连载于晋江论坛闲情区。它不是一部典型的小说，更像一篇单人通关文字游戏记录。游戏方式为"安科"（详见下文"简介"），大致玩法为作者指定若干叙事走向，再通过骰子等工具随机选择一个走向，继续讲故事。晋江论坛是一个匿名论坛，发帖人每次发帖都可以更新 ID 名称，因此作者的笔名并不唯一，只有固定的 ID 编号"8662edde"。在本文发布前期，作者的常用 ID 为"搞对象和飞升两手抓"，中后期则变为"骰娘你睡了吗我睡不着"。这两个名称恰好说明了作者最初定下这场游戏的叙事目标，和他为了抵达目标同游戏过程中的随机性缠斗的痛苦。

  作者借鉴网络文学中"言情 / 纯爱""修仙"等成熟文类中的设定与叙事套路，通过随机选择与即时互动，玩出了自己的故事。原文在晋江论坛发帖超过 2000 楼，总计 20 万字左右，最后生成的故事在整个"修仙＋恋爱"的文类中达到中上水准，是论坛"安科"的代表作品，人气颇高。可以说，这是一场游走于游戏与文学间的鲜活实验，令人重新思考作者、读者与文本三者的关系，并拓宽了网络文学的存在方式，具有很强的先锋性。

  【标签】游戏　安科　恋爱　修仙

  【简介】

  《修仙恋爱模拟器》以第二人称叙事讲述了主人公"你"修仙和恋爱的故事。故事开头，"你"是一个对修仙和恋爱一无所知的小白，"你"的经历也是一片空白。作者将努力编造剧情，让你抵达"飞升时有道侣"

的终极目标。然而，不同于一般的作者，这位作者每一次都编写多个剧情分支，它们通向截然不同的故事与未来。而"你"能走向哪个分支，全凭随机数的选择。"你"将遭遇何种复杂的人生？又将陷入何种缠绵悱恻的恋爱？一切皆是未知，一切皆在生成。

如前所述，本文是一篇"安科"。"安科 / 安价"是一类发布在论坛上的故事游戏，于 2010 年左右兴起于日本 2channel 论坛。2020 年初，"安科"游戏在国内 NGA（National Geographic of Azeroth，艾泽拉斯国家地理）、晋江论坛闲情区等开始流行。

"安价"来自日语"安価スレ"（annkasure），指作者根据事先指定的楼层序号，用该楼层网友的回复内容决定故事走向的留言板游戏。"安価スレ"是一个日语造词，来自英文中的"anchor"，二者发音相近，与"安価"的原义"便宜"无关。"anchor"意为"锚"，此处为计算机术语，指在同一页面锚定某个对象的超链接。"スレ"即"thread"，意为线程，在论坛上指"关于同一主题的一系列交流文本"。二者连起来指"回复某楼内容"的行为，后演变为创作规则。比如楼主可提问"今天小明吃什么？〉〉4（即指定 4 楼）"，然后等待回复。如果 4 楼网友回复"高达"，小明接下来就要吃高达。"安科"可视为单人版的"安价"，写作"あんこスレ"（annkosure）。"あんこ"发音与"anchor"近似。它通过作者自行罗列所有可能，再投骰子随机选择的方式，引入不确定性。比如作者可提问"小明今天吃什么？ 1. 鱼；2. 鸡肉；3. 什么也不吃；4. 高达"，然后骰点。如果骰到 4，小明就要吃高达。"安科"与"安价"可以交替使用。

在实际创作中，"安价 / 安科"的作者常常面临叙事主权争夺战。在"安价"中，读者会争夺作者指定的楼层，又称"抢楼"，让自己的方案获选。在"安科"中，作者则会主动插入意外或惊险的选项，让"骰点"过程变得刺激。如果落在特别意外或惊险的选项上，作者就要千方百计地将故事圆回来。人们因此把"骰子"视为一个有意志的存在，称之为"骰子教练"或"骰娘"。"骰子"与"作者"间的博弈，往往是"安科"最精彩的地方。

"安价 / 安科"能够以文字形式低成本地模仿具有一定规则的游戏，

比如不同类型的电子游戏或跑团，创造出游戏般的原创或同人作品。如发布在 2channel 上的《哥布林杀手》（蜗牛くも，论坛作品发布于 2014 年，轻小说发布于 2016 年，动画发布于 2018 年），就利用骰子投出详细的人物属性和战斗数值，以此展开日式 RPG 般的冒险故事。此外，网络上还出现了借助成熟世界观或叙事套路创作的例子，如本文《修仙恋爱模拟器》与 NGA 论坛的《在霍格沃兹读了两年，以为自己是麻瓜的丹尼尔·沃伦想要成为一名巫师》（2021，作者 UID42048693）。总而言之，这类故事游戏呈现出高度的跨媒介性与开放性，具有在游戏与文学间游走的魅力。

读者评论摘编

（略）

注：本文连载于匿名论坛，读者评论多为针对作者连载过程中的表现发出的即时感叹，如"好精彩""好刺激""摩多摩多"（即日语もっともっと的中文音译，意为"多来点、再来点"），主要用来催更。故此处略去读者评论摘编。

（作者及作品简介、读者评论摘编：王鑫）

小径分岔中的"漫长告白"

——评 8662edde《修仙恋爱模拟器》

王 鑫

电子游戏逻辑早已渗入网络文学根骨，玩家经验已经成为网络文学叙事参考的重要对象。近年来，在一些匿名的小众论坛上，人们开始用朴素的文字媒介模拟游戏作者，打造出可以游玩的文本。而连载于晋江论坛、共计 2000 多次回帖更新、最终总字数逼近 20 万的《修仙恋爱模拟器》正是其中的佼佼者。

《修仙恋爱模拟器》，顾名思义，具有"模拟器"类游戏的特征。"模拟器"是近年来颇为流行的一类电子游戏，力图在游戏中还原某种生活体验，如"打工模拟器""修仙模拟器""人生重开模拟器"等。再如著名的养成类游戏《中国式家长》(2018)，以高考为目标，模拟将孩子从 0 岁培养到 18 岁，也可以视为一种"高考模拟器"。在这类游戏中，玩家可以自由地进入不同的世界，经历不同的故事，体验未曾有过的人生。

区别于讲一段精彩故事的恋爱修仙小说，这部"模拟器"作品从一开始就打算讲一个"游戏"。在帖子开头，作者模仿游戏创建新角色的过程，围绕"恋爱"与"修仙"两大主线，对主人公的颜值和天赋进行骰点（骰点范围 0—9，数字越高，资质越强），以得到角色的"初始设定"：

（颜值 3）……一个长相有点为难的小孩，恐怕在一个比一个好看的修仙世界里很难过得如意，只能期待未来修行有成或气质取胜了。

（资质 3）能修行，但只能修一点点的杂灵根……

结果都是"3"。这即是说，主人公既不是人见人爱的大美人，也不是修行世界的小天才。此时，随机性向作者抛出了第一个难题：这样一个不适合修仙与恋爱的主人公，怎么才能走上修仙恋爱的道路呢？作者的答案是"改命"。这是修仙文类常见的套路。主角总有机会克服眼前的困难，得到命运的眷顾。在一般的小说中，"改命"是主角从人生低谷翻盘的爽文桥段。但这是一场游戏。为了游戏的公平，"改命"不能随随便便成功（骰点范围0—9，骰到哪个数字，便顺着那个数字后面的故事接着写）：

> 147 几次努力没能成功引气入体，你的父母缺乏功法人脉也没法帮你，你的性格逐渐变得阴沉，敏感而自卑
>
> 258 通过父母损耗功力，你终于勉强踏上修行路，但为此付出的代价是你的父母再也没有晋升的可能。背负着这样沉重的爱意的你扛起了家庭的责任，变得沉稳而有担当，努力上进
>
> 369 自知修行无望，你不想让父母难过，故意表现得对修行毫无兴趣，反而在凡间流连。毕竟父母还是修行人，凡间的钱财足够供你做个吊儿郎当的衙内了
>
> 0 每个主角都应该有一个逆天改命的奇遇

可以看到，每个情节出现的概率不尽相同。骰出"147"或"369"都通向改命失败，占3/5；"258"只是勉强成功，占3/10；而"0"代表"逆天改命"的奇迹，出现的概率只占1/10，模拟出现"奇迹"的艰难。幸运的是，骰子这一次选择了"258"，父母通过损耗自身修为，把修行飞升的可能给了主人公。万一失败的话怎么办呢？故事或许只能更加迂回地推进："你不死心，还是想碰碰运气，于是……"在永无止境的叙事中，它总有可能走上正轨。总之，故事得以继续推进。

接着，作者以10年为单位，依次骰出主人公恋爱与修行过程中的每一个事件：从长相资质，到恋爱心动指数，再到漫漫修仙路上的渡劫与飞升……就骰的结果而言，主人公最终成功踏上修仙之路：偶遇法

宝、大幅提升了颜值和天赋、从废柴蜕变为百年一遇的修行小天才；然后拜得仙门、修剑道、习心法；历经仙魔大战、父亲去世、心魔威胁，挨过重重劫难，几近道心圆满、功德大成。同时，主人公也获得了一个单相思对象——师父，只是爱在心头口难开。最终在100多岁时，主人公鼓足勇气表白。结果对方坦然接受，二人双向奔赴、干柴烈火……恋爱与修仙，逐渐双全，故事似乎正朝着完美结局顺利推进。

不过，世间岂得双全法？当作者从"上帝"退居二线，不再凭借自身的意志规定故事的走向，而是把权柄交给随机性时，魔鬼便在暗处发笑，时刻准备着叙事的失败，特别是在这篇"安科"允许主人公死亡的情况下。随着主人公修为的提升，作者开始遵循修仙文的公设，加入无情道、心魔、渡劫等可能中断恋爱或飞升进程的要素，并尝试创作出"一念生一念死"的剧情分支，主动增加叙事的难度。比如当师徒二人几乎要同时飞升时，师父却突然因情生变，复苏了魔道道种，差点掐死徒弟共赴黄泉：

（前略）混乱中，你听到他难得高声喝问："你是不是想说那人威胁你，他可能还会对我不利，所以你是不得已为之……你是不是还觉得你很勇敢，自污其身是在保护我？你有没有过认为这件事里你唯一做错后悔的就是不该让我知道这件事！"……他说对了。你苦涩地垂头：
147"是我无能，但他真的很危险……"
258"师父若要罚我，我不敢有怨言……"
369"我愿与师父解除道侣契约……"【笔者注：死亡选项，作者解释说"be路线是在369，摆烂不作为的态度会激化师父的悲观心态，他会先杀主角再自杀"（2272楼）】

这一做法令整篇作品变得惊险刺激。虽说叙事永远存在补救手段，比如在骰中死亡选项后，可以接着问"死透了吗？"，进行新一轮骰点，增加存活概率。但骰点根本上还是随机的，这令死亡与失恋的阴影始终盘旋在故事上空，如影随形，威胁着完美结局。此时，随机性就像"天意"一样不可回避。但另一边，主动增加难度的作者也化身为最好的玩家，他对叙事的可能性充满探索欲。这正是这场游戏最好玩、最动人的地方：最初的构想一个个被推翻，圆满的分支一个个遭落选。仿佛是命运戏弄，人们越是渴望两位主人公在一起，他们就越是被无形的力量推开。"天意从来高难问"，恨别离，爱难全。二人就像在小径分岔的花园中彼此寻找的罗密欧与朱丽叶，即便整座花园都是为他们量身打造，"小径分岔的道路"也在不断捉弄他们，把他们一次次拆散，最终延宕成一场"漫长的告白"。

必须承认，如果只看最后生成的故事，那《修仙恋爱模拟器》只是一部具有中上水平的网络小说——要素齐全、剧情曲折、故事完整。但如果意识到它的生成过程，就必须承认这是一部充满勇气的先锋性作品：它引入了开放的剧情分支、随机选择与可能摧毁叙事的中断。作者通过一次次骰点，一次次与"死亡威胁"共舞，异常努力地拯救故事，把断掉的东西重新接续起来。在这一动态生成的过程中，人的文学性与自然的随机性彼此交织，共同探索着"浪漫""叙事"乃至"人性"的新落点。而这，或许能成为未来故事的可能。

宿星川：

《穿成师尊，但开组会》

作者及作品简介

宿星川，晋江文学城新晋作者，2019 年开始在晋江文学城发布作品。创作题材种类丰富，涉及无限流、惊悚、穿越、西幻、娱乐圈等，作品以吐槽玩梗、脑洞大和反套路著称，代表作有《NPC 怎么又被我吓裂了［无限流］》（2019）、《本路人今天也在路过男主片场》（2021）。

《穿成师尊，但开组会》从 2023 年 1 月 7 日起开始在晋江文学城连载，2024 年 4 月完结，全文约 150 万字。小说因"在修仙界卷学术"的新颖设定出圈，吸引众多好奇学术圈日常的读者的同时，也让广大研究生读者"望文却步"。小说延续了作者一如既往的玩梗吐槽风格，名为"靠知识制霸修仙界"，实则用玩梗消解内卷，为现实社会问题的解决提供参考。同时，其将经典"师尊文"套路提炼成梗，以玩梗形式实现了对"师尊文"类型的突破。

【标签】玩梗吐槽　穿书　系统　修仙

【简介】

主角宁明昧延毕 7 年终于博士毕业，没当多久导师便惨遭穿越，穿进一篇暗黑流修仙文里，成为未来将被徒弟杀师证道的清冷师尊。在反派师尊与救赎师尊之间，宁明昧选择当个"push"徒弟做学术的邪恶导师，将组会等高校学术日常、教育体系乃至现代生活的方方面面引入修仙界，掀起了修仙界的内卷风潮。

掌控全局的宁明昧，并非不被内卷裹挟的神，而是曾被内卷深切伤害过的人。穿越前的宁明昧曾见证过一场学术圈乱象：恪守学术道德者败给了学术造假者。这让他的理想主义破灭，选择接受并利用弱肉强食的丛林法则，通过卷成食物链最顶端的强者来维护真理、施行正义。

但前人的理想主义精神与身边人的爱与包容，不断唤醒他深埋心底却从未熄灭的理想主义火种，他最终转向了理想主义，向内卷背后的丛林法则做出反击。用作者的话说，这篇文的主题是："一个经历恶、目睹恶，又能够在恶的世界里顺应规则攀上金色高塔、获得胜利的人，会因为怎样的经历，最终转向在他眼里'破灭'的理想主义"。

读者评论摘编

@哈哈重做罢了（见鬼人）：

我们在大量的梗里发现了少量的文。

（选自《穿成师尊，但开组会》非官方粉丝 QQ 群"明道书院校友群"，有删改，2024 年 1 月 29 日）

@drdooder：

一种新奇的自我鞭策方法。打开绿 jj（编者注：指晋江文学城）看一会儿《穿成师尊，但开组会》，我回顾自己短暂研究生生涯中经历的千般痛苦（和作者本身的经历相比倒还没上升至万般），被折磨、被 PUA，阅尽千帆后再去写论文，把痛苦的经历当作一种走出苦海的坎途，虽九死其犹未悔，写论文的效率一下子嘎嘎提高。

除了对我的精神状态不太好，其他都挺好！

（选自微博，有删改，2023 年 2 月 28 日）

@流星坠落与碎镜之夜：

这是一种很新的题材，前副教授师尊完全不想管任务救男主，只想压榨弟子读文献、作报告、赚专项资金……据说小说直到第 88 章都没进恋爱线，评论纷纷表示十几章读起来无比漫长，不少三次元研究生表示被伤害了，幸好我是个社畜看得很开心。（可怜单纯弟子们纷纷被师尊 PUA 做牛做马）

（选自微博，有删改，2023 年 5 月 17 日）

@食品名称饮用纯净水：

《穿成师尊，但开组会》写得太好了，真的。插科打诨写得好，冷幽默写得好，一些在掩盖下略显沉重的情节也写得好。而且不是为了沉重而沉重，怎么说呢，是自然而然地像记录一样描述，没有评判，让人更难受。

（选自微博，有删改，2023 年 7 月 28 日）

@蘑菇不是蘑菇头：

1. 对于追求纯然本质并保持独立判断的直人，与追求现代符合体系下的常理与关系定位的间人，狸花（主角宁明昧的代称）[1] 已经接近后者的极致了，反而返璞归真，可以触碰到前者的表象在后者中的"神秘"之用，即自由、理想、浪漫、唯美这些东西不可替代的无限变现性。批判是一直存在的，到某个节点过后，就可以走向反叛。一般而言，这两种精神 INTJ[2] 从不欠缺。可以说至间之人最间的路径往往是看起来直的路。（"直人""间人"概念可参见 b 站"汤质看本质"的资本与少年系列最终期，这里很多个人看法借鉴于此）

……

5. 我不是说研究这些就能把最现实主义者变成最无可救药（褒义）的理想主义者。而是我个人非常理想主义地认为，最黑暗的地方，往往最容易看见光，六便士最大行其道的地方，往往正是最渴望月亮的地方。邪恶狸花，本来就是理想主义。

（选自晋江文学城评论区长评《评〈穿成师尊，但开组会〉》，有删改，2023 年 3 月 13 日）

---

[1] 作者宿星川每一部作品的主角都有自己的"猫设"，如《本路人今天也在路过男主片场》的主角猫设是黑长狮子猫、《NPC 怎么又被我吓裂了［无限流］》的主角猫设是粉爪黑白警长猫。猫设也叫"猫塑"，是"动物塑"的一种。动物塑指某个人的长相、动作或气质类似某种动物，因此用这种动物代称此人。在爱猫、熟悉猫的人看来，不同品种的猫气质不同，因此猫设可以具体到"布偶猫""狸花猫"等。宁明昧因其压榨所有人的资本家人设，获得"邪恶狸花"的猫设。

[2] INTJ，是 16 型人格中的一种人格类型。

@指北针:

完蛋了,看这章的时候满脑子想着:满月变身是否是生物节律决定以及如何改变,人妖混血是否和 AB 血型类似,狐妖三个亚种的差异和原因,血脉继承和 DNA 的关系,四百年化妖期限是否和细胞分化过程有关,上古大妖骨髓能纯化血脉是否和造血功能有关以及有无替代品(比如输血),如果骨髓能纯化是因为还有一定活性那能不能克隆上古大妖……越想越行,修真界果然是一片蓝海啊。

（选自晋江文学城评论区，有删改，2023 年 5 月 2 日）

@衡玉:

猫届严监生:连小狗把他的手从身边拿出来,看见猫咪师尊掐着一条断手。于是,大家先后猜测这手的意思:有手足不曾见面、纪念今天留了一手,等等,都被猫咪师尊沉默否认。直到刚被他扶正的未来直博连小狗走上前道:"好咪爷,只有我能知道你的心事。你是为那手上戴的是两个戒指,不放心,恐浪费了咱舅舅千里找事但是留下见面礼的心。我如今取下就是了。"果然,他取下戒指放到咪师尊的戒指文件夹之后,咪点一点头,把手扔下,当时就睡得更香了。

（选自晋江文学城评论区，有删改，2023 年 11 月 1 日）

@青灯不归客:

修仙届里搞学术,真的很搞笑,写得也很棒,全学科知识点一整个融会贯通。

故事构思奇巧,节奏紧凑,引人入胜。

学术部分一看就是上过研究生、被组会捶打过的。

另外,文中多处借用现实世界的谐音梗,不仅谐音还解释得合理,真的好神奇哦。

（选自豆瓣，有删改，2023 年 8 月 8 日）

@晔子：

宁明昧的十大美德：

诚实：师兄，我想要。

公平：不给我好好打工的，都是这个下场。这就是平等。

友善：还有空分心看我长得怎么样？看来给他们布置的学术任务还不够多。

乐观：人早晚都要死的。看，死人在微笑。

理智：怎么会有人为了逞一时口舌之快，主动伸出脖子来给我宰？大家记住了可不能做他这样的人。

好学：我这不是在现学吗？老板给你发科研任务时，可没管你会不会。

谦虚：这都要感谢师兄的领导、清极宗的环境和各位师长的栽培。我在我的个人成长过程中，只是做了一点微小的贡献而已。从今以后，我一定不忘初心，砥砺前行，以梦为马，不负韶华。

礼貌：出于礼貌，他没有扒掉对方棺椁上的紫金，只是带走了对方的骨头而已。

勤俭：雪山上的高岭之花是这样子的，不通俗物，有钱乱花。

热心：要让我帮忙，先跪着来求我。

（选自 LOFTER，有删改，2023 年 8 月 14 日）

（作者及作品简介、读者评论摘编：王欣泽）

学术入侵修仙，玩梗消解内卷

——评宿星川《穿成师尊，但开组会》

王欣泽

　　《穿成师尊，但开组会》（以下简称《组会》）仅凭文名与文案便火速出圈，"在修仙界卷学术"的设定十分引人注目。"组会"这一由学生汇报科研进展、导师提出指导意见的定期会议，与"读文献""做实验""发刊物"等研究生（特别是理工科研究生）的学术日常，作为小说前数十章的主要情节，似乎成为本书最大的阅读门槛："外行"怪其背景专业，无法感同身受；"内行"惧其过于真实，唤起切身痛苦。但随着小说不断连载，密集的梗从学术圈延伸至现实各方面，内卷的痛苦也从高校漫溢到社会各行业，读者们不再有内外行之分，而是共同"痛并快乐着"，跟随主角一起，看学术入侵修仙，用玩梗消解内卷。

　　密集的学术圈梗，是阅读《组会》最大的乐趣所在。作者从第一章便展开"轰炸"：主角因死亡而穿越，死因是"为新论文连续学术了40个小时没合眼"，却因强大的求生欲被系统绑定——临死前还心心念念开组会、回邮件、申基金、发论文、申终身教职。"修剪不齐的头发是博士时期落发的标志，一身整齐的西装是他早上向学院申请研究资金时最后的倔强""还有洒在他身侧的、来自瑞幸的甜咖啡，和另一边被摔得支离破碎的，方才还在被他单手托在手里，用以边走边回复一上午积攒的40多封未读邮件的电脑"……密集又真实的学术圈梗，让一位前延毕博士、现高校年轻导师的形象跃然纸上，也让充满学术气息的高校日常如在目前。

此后，高校学术氛围更是随着小说的密集玩梗全面入侵修仙界，主角不仅"push"（本意为施压，在高校师生关系中指导师严格要求学生）自己门下弟子，还创办本门派学报，鼓励全修仙界各大门派创办学报，创办修仙界有史以来第一本期刊《赛恩斯》（"Science"的谐音）、推出专利局，甚至完善修仙界从小学到大学的教育体系，同时发展教培机构，素质教育与应试教育两手抓……随着主角事业不断壮大，小说的梗不再限于高校学术与教育体系：从"两棵枣树"到"仿生人会梦见电子羊吗"再到"大冰文学"，从《银魂》到《潜伏》再到《偶像练习生》，从"美式霸凌"到"迪士尼法务部"，从"精神状态"到"洗脑式新闻"，从"盲盒经济"到"谷圈文化"……《组会》横扫各大网络趣缘社群，密集的梗带来了密集的笑点，真正落实了"一篇纯正的笑话文"的作品定位。但《组会》的评论区除了欢乐，也常有"过于真实引起不适"的破防，这与小说中的梗过于贴近现实生活有关。当"兴趣班""五年高考，三年模拟""考不上就二战"等教育梗与"996""月供""疯狂买课自我提升"等职场生活梗接踵而至，每位读者都被梗所描述的"内卷"现实击中。

　　内卷指的是"因一定范围内资源有限导致的恶性竞争"，简称"卷"。内卷最初是一个学术术语，后被高校学生"挪用到日常生活中，用来类比学校以及随之而来的职场生活中越来越多的类似情况"[①]。《组会》用数量众多的梗复刻了现实中的"卷文化"，被读者吐槽"主角把修仙界毁了"。"毁"字道出我们对内卷的认识：它席卷各行各业，无人置身事外，同时又百害而无一利，无人在此过程中真正获胜。内卷看似打破了修仙界因大宗门、大家族垄断形成的重重壁垒，但仍未改变世界弱肉强食的本质，反而因为一切都被量化，导致大家需要"卷"的领域更多了。起初，主角利用内卷，靠"卷"过所有人、掌握话语权来维护真理、施行正义；最终仍然转向了理想主义，向内卷背后的丛林法则做出反击。

---

　　①　邵燕君、王玉玊主编：《破壁书：网络文化关键词》（增订版），"内卷"词条，词条编撰者为陈子丰、秦兰珺、王鑫。

若仅是如此，《组会》与其他主线为主角斗反派的热血小说便差别不大，只是本文的反派是抽象的"内卷"。但从其剧情推进缓慢、主线支离破碎、玩梗篇幅远大于情节篇幅来看，相较于主角斗内卷的故事主线，文中围绕卷文化的玩梗显然更重要。读者们会在内卷相关梗出现时评论"过于真实引起不适"，但这种评论本身也成为玩梗的一部分，确认着作者与读者、读者与读者之间共处"卷文化圈"的事实——我们共患难，我们也同欢乐。至此，内卷本身的严肃性被玩梗的狂欢彻底消解了。

　　此外，在"女性向"网文中，"师尊文"是一种特定的写作模式，一般以师尊与徒弟的感情线为主要内容，《组会》将"师尊文"套路也当作梗来玩，实现了对这一类型的反叛。小说中提及两种"师尊文"的常见模式：一是"徒弟单相思师尊"，徒弟因师尊相救而拜入门下，一心单恋师尊，师徒历经波折结成道侣；二是"穿成修仙文的炮灰师尊"，原作中的师尊多因虐待主角（徒弟）后被杀师证道，沦为主角成神之路的炮灰，穿越者为避免重蹈覆辙善待主角，反被主角恋慕，最终师徒结成道侣。小说以玩梗形式对经典套路予以调侃，"谈恋爱不如当博导"，将搞笑风格贯穿始终。

　　小说中常非常与穆寒山两位配角的师徒关系无疑是"徒弟单相思师尊"套路的经典写照：穆寒山因感念常非常的救命之恩，拜入门下，心生爱慕，不料常非常实为卧底，叛逃时以剑重伤穆寒山，二人虐恋情深。但当宁连师徒分别时，连城月抱怨"常非常离开时都留给了穆寒山一剑，您连一剑都不留给我"，被宁明昧吐槽"不要攀比不好的东西"。至此，套路成梗，常穆二人虽仍旧虐心，但虐点已有成为笑点的可能。

　　而作为"穿成修仙文的炮灰师尊"的宁明昧，其早期举动多被系统解读为经典套路中师尊救赎徒弟的行为。如穿越伊始，宁明昧开组会了解弟子以便"因材 push"的行为，反被系统误读为救赎师尊为主角塑造温馨师门环境、防止男主黑化的手段。主角的真实意图与系统的错误解读让经典套路看似被沿用实则被提炼成梗"信手玩来"，救赎师尊反成邪恶导师，喜剧效果拉满。

《组会》以密集的玩梗及吐槽，串联起一场"在修仙界卷学术"的欢乐之旅。在短时间内看不到内卷问题解决可能的当下，这或许也是一种另类的生存指南：除了"卷生卷死"与"躺平任嘲"，或许也可以玩梗以对——与其只有痛，不如痛并快乐着！

撕枕犹眠：

《她作死向来很可以的》

作者及作品简介

撕枕犹眠，晋江文学城新生代人气作者，2020年起在晋江文学城连载第一部作品《我在灵异副本开连锁》，此后又完成了《别看我，我只是来修水管的！》《她作死向来很可以的》《第一诡异拆迁办》等7部作品。创作以略带恐怖元素的无限流作品为主，在该类型爱好者中颇受好评。撕枕犹眠擅长刻画强大而独立的女性主人公，与之构成恋爱关系的男主人公则往往处于受保护、担当辅助职能或提供情绪价值的位置上，逆转了传统言情故事中的性别角色，其也因此成为时下"大女主爽文"潮流中的代表作者。

《她作死向来很可以的》是撕枕犹眠在晋江文学城的第五本完结作品，连载于2021年至2022年间，全文共110余万字，曾在晋江文学城2022年度盘点中被评为现言组年度佳作。正如作者在文案中所说，这部作品"微惊悚微克系，内含规则类怪谈元素"，是整合了克苏鲁元素与规则怪谈元素的无限流作品。特别是对规则怪谈元素的成功运用，成为本作的突出亮点，这一特征亦延续到其后的作品《第一诡异拆迁办》中。

【标签】现代言情　无限流　规则怪谈

【简介】

徐徒然穿越进一本名叫《奇异百日谈》的小说中，穿书系统因发生临时故障紧急返厂，临走前交代徐徒然履行作为作死女配的义务，破坏原著中男女主人公的感情以获得作死值，解锁奖励。徐徒然于是开始了自己不同凡响的"作死"之路，贯彻"只要作不死就往死里作"的精神，通过花式挑衅副本BOSS、让自己身处险境，获得了大量作死值。徐徒然在"作死"途中结识生命倾向能力者组织慈济院成员杨不弃，并在其介绍下加入慈济院，与其他能力者共同面对涉及可憎物的种种灵异事件。杨不弃出色的治愈能力让徐徒然如虎添翼，其积攒作死值的速度直线上升，两人也在这一过程中互生情愫。原本性情温和稳重的杨不弃在徐徒然的带领下画风一路跑偏，"陪你一起作死"成为杨不弃爱徐徒然的独特方式。

随着作死值奖励的不断解锁，以及调查的深入，徐徒然意识到原来自己并非平平无奇的穿书者，整个世界远比她以为的更复杂，也更危机四伏。在杨不弃的陪伴和帮助下，徐徒然找回了自己的记忆与力量，开始面对自己真正的使命。

读者评论摘编

@ 一依度看文了吗:

最初以为是篇沙雕有梗无敌流爽文,没想到随女主攀升的,还有小说中徐徐展开的世界,极致细腻,又极致宏大,极致紧凑,而极致圆满。那静静流淌在人心深处说不出口的情愫以柔软真挚扣人心弦,而那步步揭露、环环相扣、首尾相连的恢宏真相更是令人震撼。

这是个非常完整的故事。关于伤痕累累的朴素星球,关于热烈、叛逆、从而天降的星星……关于书中每一个人。

……

(撕枕犹眠)的作品显露出浓厚的个人色彩,风格极独特、极强烈。其强劲生动的笔力令整部作品全程带风,使人读来痛快到大呼过瘾,胸腔里充满对书中世界的渴望。

……

(作品)脑洞巨大,设定清奇,语言幽默,主线与支线环环相扣,彼此印证,让你在享受着剧情发展十足趣味的潜移默化中构建出一个完整而丰富、庞大而鲜活的无限世界——本文主线是女主一系列的作死历程,在阅读可清晰找出诸如暗害女主的背后势力、5年前变故的过往、世界背后的真相等等伏笔与悬念,但随着阅读的深入,你会发现它们或互为因果或紧密影响,让这篇文虽信息量爆炸,接受起来却很轻松,有条理、不繁乱。这也是她的作品充满魅力之处。

……

大概因为徒然太强悍、太无所不能、太无畏不惧,她那能将一切都吞没推平的伟大力量让我时常注意不到其他人类异能者的强大之处。

可当我看到那个自我折磨了 5 年的木头人，呆呆的、不清醒的、有些笨拙但特别固执的模样，我忽然觉得特别好哭。就算是再强大的异能者，也是人类，而人类的伟大，不正在于我们虽然渺小却仍然向往浩瀚，即使失败却还是前仆后继以血肉之躯向命运之神义无反顾发起挑战的勇气吗？

……他们或许有自己的局限，或许力不可及，可人人都在尝试着抗争预见的可悲未来，即便自我毁灭，依然没有放弃。

偶开天眼窥红尘，可怜身是眼中人——然而，然而……

只要有着无论如何都想捍卫、想保护的东西，我们就无坚不摧。

（选自 LOFTER，有删改，2022 年 7 月 13 日）

@ 书海鱼人：

虽然内容包含克系和灵异恐怖元素，但完全不恐怖……这其实是作者文风造成的，小说画面感很强，充满了二次元热血少女漫的既视感，包括克系和鬼怪部分，有点类似数码宝贝的那种反派既视感……

……

本文女主徐徒然的勇气值和心理素质远超正常人，神经粗、智商高、战力强、不怕痛，生龙活虎又生冷不忌，是一个性格没有多活泼但生命力如同火焰一样熊熊燃烧的女高中生（后来变成女大学生）。除此之外，她算是我读过的这种类型文里一路手撕 BOSS 的混沌向女主中偏向善良、人类友好阵营的一个，而且人狠不啰唆，一切都在行为中默默体现，没有多余的嘴炮。表面上看她的情感浓度明显低于常人，是个能对自己下无限狠手的拽姐，战斗的时候，自己的手、胳膊、腿、脑袋上多余的耳朵说砍就砍、说扔就扔了；但一回头，你会发现她随手照顾和保护身边包括普通人在内的小伙伴……这个"话不多"与"随手"极大地提升了女主的魅力值，同时在女主的其他小伙伴那里也有体现，所有角色都没有过于突兀或者冗余的自我表达——这是我最喜欢本文的其中一点。通篇读下来，我感觉没有一个我讨厌或者不喜欢的角色，包括路人、反派和炮灰，都不令人讨厌。大家虽然性格各异，但在某种程度上都萌萌的。

（选自微信公众号"书海鱼人"，有删改，2022 年 8 月 18 日）

@doge 扫文日记：

女主的性格我很喜欢，武力值和智慧兼具，而且巨沙雕……男主是奶妈属性，非常有男德！！！一开始是一本正经的端庄君子，遇到女主以后渐渐被带跑偏……

（选自微博 doge 扫文日记的投稿，有删改，2022 年 8 月 31 日）

@罴遥行：

我太喜欢牛逼女主徐徒然了！胆肥头铁脑子活，撸起袖子就是干。除了女主之外，其他的角色也很讨喜。文中女性角色很多，她们虽没有女主那么突出，却也各具风采；男主不但不弱，还当得一手好奶妈——这种男强女更强的剧本，真的看得我好嗨！

……

作者的文笔真的很好，作者除了有惊人的想象力之外，还特会渲染气氛，梗也玩到飞起（笑 skr 人），甚至到最后还有点哲学意味。

（选自豆瓣，有删改，2022 年 10 月 23 日）

@monsieur zheng：

我一向觉得在小说中构建一个新世界是非常厉害的事。当然，这也分成两种：一种就类似《小蘑菇》那样的，是虚构的世界，但是有明显的从现代社会到虚拟社会的过渡，虚拟世界的制度会引人反思；还有一种就类似这本小说，虽然整个世界以及世界的制度都是虚构的，但是其逻辑是自洽的。

我其实更喜欢第一种，不过觉得第二种也挺厉害的。这本小说有一个比较大的隐线和设定，就是女主的真实身份。这个悬念一直到非常靠后的地方才被解开。

世界中有比较特殊的存在，即能力者，能力者的能力有 8 个方向，两两相对应，所以有 4 个大类的方向。每个方向又有 5 个或 6 个等级，所以加起来已经很多了。再加上方向里还有不同的技能，就跟游戏的角色设定一样，有各种相克的设定，还挺复杂的。所以我觉得作者能想出这么一套东西，真的很厉害。

（选自知乎，有删改，2022 年 7 月 8 日）

（作者及作品简介、读者评论摘编：王玉玉）

为规则怪谈创造答案

——评撕枕犹眠《她作死向来很可以的》

王玉玊

《她作死向来很可以的》（以下简称《作死》）最亮眼之处有二：一是塑造了一个独立、强大的女主人公徐徒然；二是借用克苏鲁与规则怪谈元素，创造了一个复杂而有趣的世界观。

前者赶上了今天"大女主爽文"的潮流。随着网络女性主义的发展，女性读者渴望看到清醒、自主、不依附于男性而能创造自己事业与价值的女性主人公，能在危机四伏的世界中或大杀四方或庇佑一方，而不必等待谁来拯救。在这一向度上，《作死》常与《女寝大逃亡》（晋江文学城，火茶，2021）、《穿进赛博游戏后干掉 BOSS 成功上位》（晋江文学城，桉柏，2021）等作品一同被提起。

后者则顺应了近几年克苏鲁与规则怪谈元素兴起的风尚。2021 年发布于二次元小众论坛 A 岛的《动物园规则怪谈》使得规则怪谈类作品流行一时，但规则怪谈这一题材的后续创作却很快遇到瓶颈——这种几乎没有人物与情节、全由规则说明组成的作品创作难度较高，又很难出新。而以《作死》为代表的一些作品成功将规则怪谈元素融入网络文学中本已存在的无限流等题材，为规则怪谈赋予了新的生机。

但"大女主爽文"与规则怪谈实际上是存在冲突的。无论是克苏鲁设定还是规则怪谈，其核心关窍都在于"不可名状"，即世界本身或世界上的某种存在是不可察知、不可理解的，因而不可掌控、不可战胜。它超出了人类理性的认知界限，随时可能带来疯狂与毁灭，因而成为人们心中不可名状的恐怖梦魇。意义与秩序的缺席、无孔不入的不确定性，以及由此带来的恐惧感正是克苏鲁设定与规则怪谈的魅力所在。但"大女主爽文"这一类型却迫切要求作者在故事中对于女性价值给出明确的回答，任何暧昧与迟疑都有违"大女主爽文"的"爽"的规定性。如果世界本身是不确定的，那么女性价值就不可能是确定的，因而无解的规则怪谈天然反对有唯一解的"大女主爽文"。

撕枕犹眠解决这一矛盾的策略是：为规则怪谈创造答案。

或者说，撕枕犹眠保留了规则怪谈的形式，但取消了它的内核。在《作死》中，规则怪谈的形式主要体现于"域"中的"规则纸"。人类能力者所要对抗的"可憎物"会创建"域"，特定的能力者可以让"域"中的规则呈现在"规则纸"上——呈现形式与规则怪谈文本高度一致。"规则纸"上的规则并非尽善尽美，按照规则行动也并非就安全无虞，这同样与规则怪谈高度类似。但每一个"域"终归都有一个答案，这个答案是靠徐徒然杀穿全"域"解出来的。答案可以说是徐徒然找到的，也可以说是徐徒然赋予的，毕竟徐徒然"只要作不死就往死里作"的破关路径是旁人模仿不来的，倘若破解这个"域"的不是徐徒然，而是另外一个人，那么其对规则的理解、行动的方式，以及最后找到的得胜之法或许也都不同。

总之，大女主徐徒然依靠自己的力量，为她经历的每一个"域"中的"规则怪谈"创造了一个独属于她自己的解答，这个答案是她的自我彰显，也是她的自我印证。

而《作死》的整个世界观，就像一个大型规则怪谈，这个故事中的世界法则、术语多得异乎寻常。比如可憎物与能力者的等级依次为萤、烛、灯、燧/炬、辉、辰，除了等级，又分为混乱、野兽、长夜、永昼、预知、全知、天灾、生命、战争、秩序十种倾向；能力者根据经验总结出这些倾向的规律，比如混乱与秩序对立，不会出现在同一个人身上，预知与秩序为人类所独有，预知、天灾、野兽、长夜等倾向是"安全"的，而全知、战争、混乱与永昼是"不安全"的。但这些规律未必准确，导致规律存在的原因亦不得而知。

对这个世界一无所知的徐徒然，就好像面对着一片巨大的规则迷宫，她必须行动起来，去探索、战斗、思考，寻回／创造出属于自己的那份答案。徐徒然的"作死"精神在此时发挥了巨大的作用，不断挑战规则边界的过程是徐徒然理解世界的过程，同时也是她寻找自我、决定自己的生存方式的过程，而这就是她作为"大女主爽文"的女主人公，回应女性价值这一议题的方式。

徐徒然面临的最终抉择是这样的：母神"育者"沿着星轨在宇宙间流浪，并在适合的星球上诞下"星辰"。同一个世界中，如果存在复数的"星辰"，便会彼此吞噬，直至剩下唯一的胜利者。"星辰"会将自己所在星球上的所有生命吞噬殆尽，然后召唤自己的"育者"，"育者"将吞噬"星辰"以完成一次进食。徐徒然就是一颗"星辰"，她也曾按照本能吞噬同类。但徐徒然被自己所在星球上的人类吸引，也与这颗星球的古意志杨不弃相爱。她该遵从本能，与这颗星球一起成为"育者"的食粮，还是反抗"育者"，像一个人类一样与爱人相伴余生？

以"育者"形象为中介，生育与吞噬被连接起来，它们都不过是生命本能，不具备价值维度，因而无所谓残忍或者高尚。这一设定或许与网络空间中关于女性生育价值的看法相干——生育机能本身并非女性价值的衡量标准，徐徒然的人生意义必须在别处寻找。徐徒然杀死了自己的"育者"，消灭了不怀好意的同类，改变了自己的生存方式，她将自己从作为"育者"食粮的天命中剥离出来，也将自己从种族和血缘归属中剥离出来。而家世血统与繁衍后代的能力，曾经是评价一个女性的地位与价值的关键指标。徐徒然被还原为一个绝对自由的理想个体，一个独立的现代人的原初典范状态。

与此同时，她与一颗星球、一群人建立起深刻的牵绊，这成为她为之战斗的理由。在尘世之中，在恋人的注视下，徐徒然创造了她自己，决定了自己生命的意义。徐徒然交出的答卷多少有些老套，但相比于答案本身，或许更重要的是她曾走过的路。

狐尾的笔：

《道诡异仙》

作者及作品简介

　　狐尾的笔（以下简称"狐尾"），本名胡炜，90 后，阅文集团新晋大神作家，曾从事游戏代练、网吧网管、验光师等工作。狐尾在起点中文网的第一部作品为《太吾传人响当当》（2018—2019），是关于 B 站游戏区知名 UP 主王老菊《太吾绘卷》游戏解说视频的同人文，有很强的玩梗意味；接着，他又创作了以《魔兽世界》游戏为背景的《艾泽拉斯变形大师》（2019）。这两部作品分别为 69 万字、50 万字，均不是上百万字的大长篇作品。后来狐尾受《诡秘之主》（爱潜水的乌贼，2018—2020）的影响走向克苏鲁题材，先后创作了带有洛夫克拉夫特经典克苏鲁风味的《诡秘地海》（2020—2021），以及融合了修仙与民俗元素的《道诡异仙》。前者为他奠定了均订 3000 的读者基础，后者则意外破圈，在连载 1 年零 2 个月后，获得了均订 10 万的火爆成绩。而狐尾本人也凭借这部小说登上"2022 年起点十二天王"首位，获得"2022 现象级破圈王"称号，并在次年获得"2023 阅文全球华语 IP 盛典"的"年度新锐作家"称号。《道诡异仙》完结后，狐尾又结合知名游戏大作《赛博朋克 2077》等，转向赛博朋克题材，开始创作《故障乌托邦》（2023 年 12 月开始连载），该作品仍旧以混沌与疯癫见长，只是来源从克苏鲁变为肉身与计算机交融的感官、记忆错乱。值得一提的是，该作主人公"孙杰克"灵感源自孙悟空。

　　《道诡异仙》发布于 2021 年 12 月，次年 1 月 4 日上架，2023 年 5 月完结，共 220 万字。作品连载期间曾长期位列畅销榜前五、阅读榜榜首和订阅榜前十①。作品拥有广泛的讨论度与二次创作吸引力，相关视频

---

① 上观新闻:《专访网文作家"狐尾的笔"：写一两百万字才算入门》，腾讯网，2024 年 2 月 7 日。

在 B 站的播放量突破百万，主要角色也成为同人写作、绘画等圈的人气角色，是一部现象级的网络文学作品。

【标签】克苏鲁　修仙　民俗　志怪

【简介】

高中生李火旺是一个特殊的精神病人，他穿梭于两个世界之间，一个是现实世界，另一个则是云谲波诡、人心莫测的道诡修仙世界。李火旺在一个世界的行为会在另一个世界复现并得到回应，因此他分不清哪个世界为真，哪个世界为假，永远徘徊于迷惘之地。更为要命的是，李火旺在道诡世界乃是稀有的"心素"，具有"相信即真实"的"修假为真"的能力，浑身上下俱是可炼制强大法器的天材地宝，因此遭到各方势力的觊觎。为了自保，他被迫隐藏身份，用只有通过自残才能获得力量的祆景教《大千录》提升功力。而他内心的迷惘，更是决定了他注定被混乱邪恶的乐子人组织"坐忘道"耍得团团转。在这样一个有"诡异的天道，异常的仙佛"（狐尾语）的世界中，李火旺将如何自处？他该如何面对无法确定存在的亲朋好友？又该如何在真真假假、漂浮不定的认知错乱中寻得稳定的真实？

《道诡异仙》是一部"重度克苏鲁"小说，也是"中式克苏鲁"的代表。"重克"意味着理性归零这一精神危机是小说表达的核心。在此基础上，狐尾还大量考察了佛教、道教与民俗知识，将中式恐怖与克苏鲁的疯狂绝望完美融合，呈现出独特的风味。

读者评论摘编

@卢诗翰:

以往的克苏鲁小说和恐怖小说,大家之所以不怕,甚至将它们读成爽文,原因就在于西方克式那套在这边水土不服。不论是丧尸潮还是大白鲨,抑或是不可名状的旧神,在大家眼里都无法带来直观的恐怖,只会觉得这是经验值。

但《道诡异仙》不一样,他找到了国人最害怕的东西——家人和秩序的崩溃。

你可以将主角理解为是一个横跨修仙世界和现实世界的人。

在修仙世界,他觉得现实世界是心魔,是幻术;在现实世界,他怀疑修仙世界是精神分裂的臆想。

在修仙世界里,他有关心他的朋友;在现实世界里,他是精神病院的病人,有不惜倾家荡产帮他治疯病的父母和对他不离不弃的初恋女友。

于是,他就这样活在两个对立的世界中:一会儿,他在病房中吃着母亲为他做的香喷喷的饭菜,祈求着早日康复出院;一会儿,他却发现自己啃着石头。在一个世界里,他为了自保挥舞武器;在另一个世界里,这却变成他六亲不认的无差别攻击。

而当主角的母亲跪倒在主角面前希望他不要再打人,家里为了赔钱已经把房子都卖了时,所有读者无一例外全部破防。

这就是中式恐怖,它不会撕咬你、伤害你或对你这个个体进行直接攻击,但是会告诉你:你的作为,会让你爱的人受伤。

(选自新浪微博,有删改,2022年5月26日)

@大门ZRR：

如果只是间歇性的胡言乱语或发癫抽风倒也罢了，但"道诡世界"毕竟是一个充满了怪力乱神的危险异世界。李火旺经常在自己与怪物邪祟战斗到命悬一线的关键时刻，两眼一花，发现自己正躺在精神病院的病床上；抑或是在自己正提着刀斩杀若干魑魅魍魉之时，两眼一花，发现面前是倒在血泊中的普通市民。

如果有一个世界是假的，那他不会疯，可惜似乎两个都是真的；如果李火旺能选择其中一个世界一直待下去，那他也不会纠结，可惜他没得选。故而李火旺比一般的调查员更具悲剧性：他不仅仅是两个世界之间的桥梁，甚至可以说是两个世界之间唯一的那根钢丝。他永远在"清醒"与"疯癫"之间左右横跳，不仅没法回归现实，连彻底拥抱疯狂的权利也没有。

（选自B站，有删改，2022年8月12日）

@高原守Channel：

一篇传统的克苏鲁小说通常是从某个精神病院开始的，《道诡异仙》也是；故事的主角通常被大众当成疯子，但他坚信自己没有疯，《道诡异仙》也是。不一样的是，《道诡异仙》的作者和主角可能有同样的烦恼。我怀疑他真的是坐在精神病房里给我们更新小说的，还得是和土笔章人和藤本树住的同一间（摘编者注：二人皆是日本知名漫画家，以恐怖或癫狂的世界观与情节见长）。克苏鲁小说的读者大多扮演倾听者，很难和角色共情，但《道诡异仙》可不一样，它开辟了全新的蓝海市场，将自己的病例与小说串联打通关键路径，高频触达用户痛点，成功击穿用户心智。我愿称之为神经内科挂号流——看完可以直接挂号。

（选自B站，有删改，2022年8月27日）

@近战型自干五：

《道诡异仙》其实是一本读起来会让读者难受的小说。但凡读者带入了主角李火旺，那就是无尽的迷惘、挣扎和痛苦，喘口气就是最大的幸福。但是，狐尾是个知道自己在写什么的作者，所以为了帮读者缓解痛苦，他设计了个乐子人团体，坐忘道。火子哥太痛苦了，所以没人想当火子哥，可人人都爱当乐子人，所以《道诡异仙》连载到现在，看书的早就没有啥心素心蟠了，全是坐忘道啊。

（选自知乎，有删改，2023 年 2 月 22 日）

@9527：

我看了十来年的盗版书了，其他书的盗版就算章节缺失、顺序不对我也能继续看下去，但这本书，正常的章节都看得我一脑门子混乱，更别提章节缺失、顺序不对这些错误了。它硬生生地逼得我下载起点中文网 App 看正版去了。我只能说这本书为打击盗版产业作出了杰出的贡献，起点中文网得给它颁个奖。

（选自知乎，有删改，2023 年 4 月 2 日）

@坐忘道：

《道诡异仙》是同名游戏的同人文，别看名字有点怪，却是一部非常棒的小说，男主是天朝高中生，父母双全，家庭美满，自带青梅竹马，金手指是自由穿梭两世界，并且可以把物品带到另一个世界。小说有双女主，感情戏写得很甜，很舒服，另一个世界的 NPC 非常友善，主角基本上过着种田打怪的日常生活，偶尔也会有一些很有意思的冒险。剧情总体很轻松，有许多爽点和甜点，睡前看一会儿，定能做一个美梦，没看过的，一定要去看一下。（编者注：这类评论散见于各大平台，无确定来源）

（作者及作品简介、读者评论摘编：王鑫）

幽明殊途，人鬼实有

——评狐尾的笔《道诡异仙》

王　鑫

"妈！我分不清，我真的分不清啊啊啊！"

《道诡异仙》第一次走进大众视野，便是因这句话。彼时，主人公李火旺设计捉拿修仙世界中的邪祟腊月十八，终于成功；就在他准备杀死对方时，现实中却有一个无辜的小女孩被他搂在怀里，生死一线。哪边是真？哪边是假？绝望中，李火旺嘶吼出了这句话。一个"妈"字，将他的无助与慌乱剖得淋漓尽致。痛，痛彻心扉，却又无济于事。

是的，《道诡异仙》是一部"修仙 + 克苏鲁"的类型融合小说，尚未高考的李火旺是个精神病，而且病得不轻。如果说，正常人的现实感往往来自客观世界的连续性与一致性：从 A 点移动到 B 点的空间连续变化，昨天与今天事件的相继关系，环境、物品不会突然变化的稳定感……那李火旺就与这样的"现实"彻底无缘。他被悬在现实与道诡两个世界之间，一动一静、一言一行都与两边同时发生交互：女友喂的巧克力会变成敌人灌在嘴里的钉子；取暖的小火堆能酿成惨绝人寰的大祸；上一秒登上的哨塔会在下一秒变成苍茫大海上的甲板……时空、事件、处境，无一不割裂，无一不错乱。李火旺疯了，可又疯得那么合理，那么正常。

如果疯的只是高中生李火旺也就罢了。我们大可以祝他积极治疗，早日康复；或干脆抛弃现实，择日飞升。然而，道诡世界的火子哥也是"精神病"。他拥有特殊身份——心素。心素是一群真假不分的人，内心充满迷惘，却拥有"认为什么是真的，什么就是真的"的"修真"能力。即便脑袋已经不在脖子上，只要心素认为自己没有死，他就真的不会死。此时，所谓"现实世界"的真实性也变得可疑了：万一现实只是心素的脑补，而道诡世界才是真的呢？或者两边都是假的呢？又或者两边都是真的呢？

真是令李火旺摸不着头脑。

如果只是李火旺分不清——不管是哪个李火旺都行——也就罢了。这本小说的强悍之处在于，读者也分不清。因为狐尾会对着读者的认知"贴脸开大"。他用最简单的文字，表现最惊心动魄的错乱："李火旺把头往脖子上一安，跑了出去"；"龙脉"就是历任天子头脚相连而成的、物理意义上的"龙脉"；一场高维存在的斗争被投影为"榛"字与"爵"字的打架，它们抢夺彼此的横竖撇捺，"榛"打不过"爵"，便扔出"多"仓皇逃生（此时人们错位地，但又重新想起了汉字确实是一种象形文字：因为不认识的字堵住了声音，只留下彻底的外观）；而在某个仿佛是 AI 绘制的闹市场面中，所有的人与物都退化为"混沌的色块"，李火旺吞下一些颜色，也"感到了温暖"……这类描写在小说中比比皆是。狐尾可能真的是个天才，他有意或无意地拓宽了克苏鲁的描写手法，不再只是通过否定性的各种描述抵达不可名状，而是钻进了承载着意义的各种文字、图画，乃至仪式、风俗的物质性，通过具体可感的形象，动摇了约定俗成的意义和表意方式，开凿了肉体的通道，①并在无法同一化的各种感官体验中，完成了一个悖论性的任务：精准地传达混沌。

于是，读者也深度共情了李火旺，被迫视其所见、听其所闻，纷纷理解了他的精神病实乃是一种"你踩你也麻""你得你也癫"。如果借用

---

① 对熟悉当代理论的读者而言，可以说，狐尾走的其实不是洛夫克拉夫特的经典克苏鲁路线，即不可名状的崇高化，而是与阿尔托不谋而合：为了揭示文明地底的物质性与肉身性，需要语音中心主义之外的"不可发音"与象形文字。在阿尔托那里，不可发音落地为辅音与野兽般的嘶吼，而象形文字却只存在于弗洛伊德以来的、关于梦与意义碎片的理论讨论中。相比之下，作为汉字使用者，狐尾对"中式"表达出了一种洞穿了现代性的理解，一种始于象形与会意的、基于单字而非双音节词的对宇宙的"触摸"与"领会"。而这种凿穿了形与声的运用汉字的方式，令狐尾的进攻总是那么"真实有效"，他调用的字就像道士的符，或云头鬼脚的讳，以形象而非意义见长，陌生却又充满力量感，令人不禁感叹这才是这门语言的本来面目。但他又并非简单地回归传统，而是借此表达了同一性的失落，这是一个现代命题。在这个意义上，狐尾的技法非常独特且具有创新性，令象形与现代这两种意识同时落地，值得更加深入的讨论。

现象学的说法，将代入解释为一种读者与作者的"视域融合"，那么狐尾就称得上是一位"视域恐怖分子"了。在猛烈的精神攻击下，"本章说"几乎成了"白塔医院精神内科挂号区"，读者们哀号着"分不清"，从半夜三更号到朝阳破晓，心力交瘁之时，又看众象皆虚妄，浑浑噩噩地冒出一句："道爷我成了。"

然而，即便有无数的"分不清"，这里仍然有一种赤裸裸的、清晰而残酷的真实：疼痛。李火旺说："就算所有都是假的，我的感受也是真的。"李火旺验证感受真实性的方式，就是疼痛。在道诡世界，李火旺长期以流血自残的方式取悦掌管痛楚的司命，以获得力量。甚至必要时，他还会主动回想亲朋丧命的场景，以求"痛彻心扉"，功力大增。身体与心灵的可摧残性，宣告了二者具有底线般的真实性——特别是每次他疼完，总是保护了想保护的人，自己、妻子、女儿、一众天残地缺的师兄弟姐妹……疼痛的真实，又从人际伦理的交互中得到了强有力的印证。因此，对他而言，忍受就变成了不可回避的责任。

此刻，堂堂登场的"坐忘道"，便理所当然地成为这个世界逃避痛苦的喘息之地。这个以麻将为灵感的组织，以"修假"为目的，怀着"看热闹不嫌事大"的乐子人心态，四处行骗，把世界当成牌桌，"耍"了一圈又一圈。无数读者自愿加入这个组织，屏蔽了精神伤害，获得了真实快乐，走向小说之外的玩梗狂欢。而在这个李火旺也下场了的巨大游戏中，诸葛渊这一角色又显得格外珍贵，"人之相知，贵在知心"。他是李火旺在糟糕世界中唯一的朋友，为李火旺带来了关于感受的另一种真实——真心，一种超越表象、抚平痛苦、无需伦理明证却又直抵灵魂的救赎。

然而世界真真假假，李火旺在现实世界中没有这么一位朋友，道诡世界也容不下一声"妈"。李火旺始终摇摆不定，心无安处，不见吾乡。这不禁令人想起修仙文中常有的一类劫难，"入红尘"或"众生意"，即要修行者尝遍世界上千千万万的人生，领悟千千万万的意义，进而修成大道。相比之下，从两个世界的裂缝中艰难挤出来，浑身是血地宣布自己存在的李火旺，或许正是这芸芸众生中不曾存在之人，反倒更接近鬼

（诡）了。然而，"旺相休囚死"，生克不息，流转不止，没有位置，便要一直当个过客；没有人，作者坦言，"有鬼也行啊"①。因此结局也总可以解释：无论一个世界的病是不是治好了，另一个世界的仙是不是修成了，哪怕一切都像不曾发生，所有人都像不曾存在，他们留下的痕迹也不会消弭。幽明殊途，人鬼实有，真真假假，又有何碍——真心仍在这里，故事仍在这里。

这就是李火旺所修的真。

---

① 狐尾的笔：《道诡异仙》第 1230 章 "大结局"，起点中文网。

天瑞说符：

《我们生活在南京》

作者及作品简介

天瑞说符，生于 1996 年，江西九江人，阅文集团大神作家，2014 年开始创作网络文学，尝试多种题材，终以科幻成名。2018 年在起点中文网发表作品《死在火星上》。这部仅有 60 万字的科幻网文在网络上迅速走红，硬核的技术细节和乐景衬哀的温情被众多老白读者称赞，于次年获第三十届中国科幻银河奖"最佳网络文学奖"。此后，天瑞说符创作了《泰坦无人声》（2019）、《我们生活在南京》（2021）、《保卫南山公园》（2022）3 部作品，作品延续其一贯风格，将人置于绝境，意在展现出宏大冰冷的黑暗中那一两点生命火花的闪烁，形成一种极具辨识度的、悲怆浪漫的科幻想象。

《我们生活在南京》连载于 2021 年 6 月 1 日至 2022 年 3 月 31 日，全文约 40 万字，连载期间广受赞誉。2021 年 11 月，小说获第三十二届中国科幻银河奖"最佳网络科幻小说奖"。2023 年 5 月，获第十四届华语科幻星云奖"2022 年度长篇小说金奖"。2023 年 9 月，获第二十届百花文学奖"网络文学奖"。这部作品以跨时空的无线电波为引，讲述了分别身处当代与末日南京的两个少年拯救世界的故事。天瑞说符以轻小说之轻盈点染末世，令纯净的青春之情贯穿厚重岁月，让两个人、两座城焕发生机，为作品带来与同类末世废土文迥异的活泼气象。

【标签】科幻　末世　废土　青春

【简介】

2019 年，南京高三学生白杨偶然用自家的旧电台联系上一个神秘的频道，对方自称是 2040 年世界上的最后一个人类，名叫半夏。经过"线下见面失败""时光慢递"等一系列事件确认后，两人不得不相信彼此竟然隔着 20 年的漫长时光。此端的白杨生活在和平安逸的烟火人间，彼端的半夏却游荡于文明废墟中，与鸟兽草木为邻。白杨从半夏处获悉：毁灭人类文明的浩劫发生在 2024 年，已迫在眉睫。他将此事告诉父亲，父亲又联络朋友、上报国家。为了查清人类文明毁灭的真相，也为了帮助半夏更好地活下去，双方通过电台开启了一场超越时空的拯救行动。然而，来自未来的信息将如何改变过去的"既成事实"？过去的行动是不是造就了未来的"命中注定"？控制论、信息、时间、因果交织成一片迷雾，让他们的前路扑朔难明。

读者评论摘编

@ 杨多荦：

悲欣交集、劫后余生、怅然若失，也许是最适合形容这本书的词吧。我偶尔会被梦惊醒：追杀、鬼魂，可转到现实，不过是操劳情爱道德生活，生离死别在他人看来只是平常一日的小小水漂。灭世对我们这群 21 世纪原住民而言实在太过遥远，核弹、饥荒、疫病变成单纯的环境描写。可我在读这本书的时候，手心却不由自主地沁出了汗：那是一种酷暑中静止时四望无人的惧怕。这本书用细密的语言编织出一个灭亡后安静的濒危生物生态圈，并在间隙描述隐藏的恐惧，而此地，是那座被梧桐覆盖的、再熟悉不过的南京。

（选自豆瓣读书，有删改，2023 年 7 月 13 日）

@ 百萧：

同样生活在南京，真实感太强了。如果都市文都能有这种深入到某一个城市骨子里的真实感和现实感，那才是国内都市文真正宏伟的未来。

（选自优书网，2021 年 7 月 3 日）

@ 鱼杪 MIA0：

天瑞说符可能是目前起点中文网上文笔最有辨识度且作品最适合影视化/动画化的作者之一。《我们生活在南京》展现了极致理性的物理数据考究、最感性的勇气与人性、充满生活气息的日常画面，却又带着极其不真实的动画滤镜、丝滑流畅的转场描述、或壮美或恐怖的绚丽奇观、跨越时空相识的少男少女——这是现代南京版《你的名字》、动画青春版《信号》、地球版《火星救援》，当然还是高清重制版《死在火星上》。

（选自微博，有删改，2022 年 9 月 11 日）

@ 最认真的书评客：

天瑞的优势是丰富的科普知识和大胆的想象力，叙事技术也足够纯熟；缺陷呢，则是天赋。天瑞讲故事的天赋不行，剧情永远是清汤寡水、粗枝大叶。作者善于避开自己不擅长讲故事的短板，专注于自己擅长的铺场子、讲设定，一到关键时刻就用"访谈 + 倒叙"组合拳把剧情点混过去，虽然有点让人恼火，但不得不说确实好用。

（选自优书网，有删改，2022 年 12 月 23 日）

@ 火车经过山下：

在我看来，近未来的半夏线颇得世界系美学精髓。想象力与现实的脱节、去政治化和个体无能性在霓虹多表现为精神的空转和对时代病的隐喻，在本作却以实实在在的"末世"光景全盘落地。小说抽干人文物质与社会关系等中介，任由少女一人一弓奔驰在自然与文明的交错之海，牧养天地、鲸吞造化，傲娇地宣告智慧生命的尊严未可旁落，是何等的壮阔与凄艳。故此，不需用想象支撑起另一个等价甚或溢价的现实，只需披着日常的皮子对着非日常穷追猛打、追魂摄魄，就已是最优解。

半夏起床、吃饭、睡觉、狩猎、采集、窖藏，所有平平无奇的生活轨迹皆可构成流动的恐怖，同时也蕴藏着永恒的失落。越蓬勃，越寂寥，越美好，越无望。

（选自微博，有删改，2022 年 12 月 31 日）

@ 不死战马：

很有韵味很有意思的一部轻小说，有点类似于那种高中生拯救世界的青春幻想，虽然我们都知道我们的结果必然是平庸和老去。

……

我们所追求的一切仅仅在几个赤道弧度升起又落下的东西飘起之后就消散得一干二净了。

大家皆是蝼蚁，却无一为理想而活。

（选自优书网，有删改，2021 年 11 月 26 日）

@ 菜籽 _ 夜雨满城楼：

这个故事让人想起新海诚的《你的名字》：分处于两个时空的少年少女借助未知的力量相互沟通，共同努力化解灾难——而天瑞说符的文笔也的确俏丽青春，就如新海诚那干净轻盈的画面。末世的灾难融入少年少女的闲话家常，跳跃在"苏南铁三角"的扯淡吹嘘中；白杨走过热闹繁华的新街口，半夏在茂密的藤蔓和草丛间穿梭，而他们都同样生活在南京。就在这轻盈美妙得仿佛青春本身的气息中，一把达摩克利斯之剑已然悬在了所有人的头顶：半夏的存在证明，人类将被一种庞大而未知的力量毁灭。

假如这就是确定的未来，那么人类该如何拯救自己？但看似绝望并不是放弃抗争的理由。作者将浩大的"拯救世界"命题浓缩到南京市梅花山庄 11 栋二单元 804 中，借由一台老式电台，浸润到少年少女的对话中，浪漫到极致的"时空慢递"就此产生。它让半夏不再是孤独一人，也让 70 亿人有了改变命运的可能。

……

私以为无论是武侠还是科幻，都是依托武艺／科技对宏大虚无作出回应。武侠小说里永恒存在的对强权的拔刀一怒，科幻小说中对庞大宇宙或是三体人的殚精竭虑，都是如此。

那是相对弱势的个体／群体在面临超出自己百倍的宏大力量前的以卵击石、螳臂当车，是明知不可为而为之。放到《我们生活在南京》里，就是半夏在无人的荒野里大声给自己唱的歌，是画在信纸背后的大大微笑，是冬夜里划破整个夜空的磅礴流星雨，是在漫天尘埃中跑向太阳的小小身影。

一切的缺憾，一切的不足，一切这样或那样的指指点点，至此都化作不值一提的小事。我能看见这些，足矣。

（选自微博，有删改，2022 年 11 月 23 日）

（作者及作品简介、读者评论摘编：谭天）

以末日封存青春

——评天瑞说符《我们生活在南京》

谭 天

  南京是一座双面之城，一面是金粉靡丽，一面是乱世悲歌。美好与苍凉在它的历史文化中沉淀结合，凝练为繁华易逝的意象。"我们生活在南京"，不仅指明故事发生的地点，也暗喻两位主角的生存境遇。

  无线电波穿越遥远的时空，意外将2019年的高三学生白杨与末世幸存者半夏联系起来。借由这一羁绊，二者展开了一场拯救世界的行动。

  半夏活在末世，但这末世并非不毛之地。人类灭绝后，大自然生机勃勃地侵占了钢筋水泥的废墟，野草从公路裂缝中滋长，鹿群在高楼大厦间嬉戏，半夏骑自行车穿行于末世南京，矫健挺拔，元气淋漓。在文明与社会之外，"最后的人类"恣意绽放出自己的青春活力。

  人类社会虽然消失，文明成果却以物质形式残存下来。面对整个城市的"遗产"，半夏将残留的现代工业制品化作己用，使其变为自己生存的助力。因此，她既能舒展开自然天性，又能享受到文明成果，还不用跟社会打交道，不受任何制度的规训和管束，一人一世界，呈现出典型的御宅族式生活理想。

  白杨的房间是未来半夏居住的房间，他的无线电台也是半夏的无线电台。两人隔着漫长的时光，却在空间上重叠，近在咫尺又遥不可及，如同真人与镜像。不错，白杨与半夏互为倒影。除去青春的真挚情感外，白杨方方面面都与半夏相反。白杨是一个身体孱弱的宅男，一个被应试教育压得透不过气的高三学生。他生在人潮熙攘的南京，只见过被灯光污染的夜空，从未见过茫茫荒野的星河。以时间胶囊验证半夏的话属实后，白杨有了新的负担，那就是对世界末日的恐惧。他恐惧那不知何时降临但注定到来的灭世危机，恐惧它败坏自己珍视的平凡生活。繁盛的文明、日常的烟火，非但没有赋予白杨坚韧的生命力，反而令他比"野蛮生长"的半夏更加脆弱，哪怕半夏并非身处纯粹的苍莽自然。

一个小小的高三生当然无法承担这样的巨大秘密，白杨把整件事告诉了父亲和他的两个挚友。三个中年男人经一番验证后上报国家，获准成立救援指挥部。经由父辈三人，白杨连通国家，以全国之力探索末日真相，救援未来。如果说过去的白杨只想通过电台与半夏聊天交往，用"时光慢递"让她过得更好，那么在父辈的主导和生存的压力下，他不得不走出自己的小天地，将电台用在寻找灾难成因和保卫人类文明上。

此时，叙事的重心发生偏转。白杨的戏份越来越少，人物形象渐趋黯淡。父辈三人组开始占据越来越大的比重，作者常常一面描写他们油光可鉴的脑门、凸起的啤酒肚等中年身体特征，一面让他们激情澎湃地做出种种壮举。父辈三人成为典型的"老男孩"式形象，以中年之躯重燃青春热血。"老男孩"是一种生理上成熟、心理上仍是"少年"的状态，只要有某个契机出现，就可以唤醒他们心中沉睡的热血——逆转未来、拯救世界，正是这样的契机。

然而"老男孩"们的努力事与愿违。他们借助国家力量发射人造卫星，为遥远未来的半夏放烟花鼓劲，确认了跨时空羁绊的真实性。但这个烟花却唤醒了留在地球的外星入侵者"刀客"，给半夏带来生命威胁。此后，半夏再无法回到过去那种任意自然的生活状态。为解决"刀客"，"老男孩"们又从过去"运送"一颗核弹到未来。核弹消灭了落单的"刀客"，却让天外的"刀客"大军重返地球。父辈三人组的另一大努力是在南京地下为半夏修建了避难基地，基地中不仅有生活物资，还装备了记录仪器，用来查清人类文明毁灭的全过程。最后，半夏以牺牲为代价，顶着"刀客"大军的攻势把基地里的数据传输回过去。人们从数据中发现，召唤出世界末日的，正是指挥部为探明末日来历而举全球之力执行的观测计划。

在情节上，半夏的每况愈下恰好对应白杨的日渐黯淡。二者借电波相连的倒影，实为一体两面。按小说设定，世界末日发生于2024年，这一年正是2019年高三生白杨大学毕业、走向社会的时候，也是他青春的尾声。至此，这部小说的隐喻才串联起来。从天而降的灾难，就是青春终结。白杨的黯淡与父辈的高光，暗合一个学生走入社会的过程。学生气的白杨已成昨日之我，中年的父辈才是今日之我。远隔在时光之外、文明尽头的半夏，就是封冻结晶的青春，是最真挚纯粹的少年之心，是白杨的澄澈回响。她无法被成人社会容纳，只能在一个无社会的末日中存活。一旦"老男孩"们试图吸取过往的激情，重焕活力，他们也就破坏了那份被封存的美好。半夏的青春如此绚烂，又如此脆弱，甚至经不起中年人回忆的磋磨。

值得思考的是，为什么"成长"在小说中变成了难以忍受的灾难？成长本是一种名实结合的叙事，指身体的成熟与心灵的成熟同时发生。反观故事，"老男孩"却是身体成熟、内心"中二"的中年男人。父辈三人所谓的"调动国家力量"，被表现为浸满形式主义意味的"文山会海"。"文山会海"与"老男孩"都指向一种形式空转而实质缺乏的状态，恰似抽干意义的符号、丧失魔力的仪式。

在空洞的成人礼中，"老男孩"们献祭了青春，却无法换来真正的成长，他们尴尬地徘徊在校园与社会的夹缝处、少年与成人的中间态，承受着浪费生命的苦痛，如此"成长"自然是末日与灾难。小说的问题也是社会的症候。或许，我们是时候去想象一种新的成长了，让白杨与半夏能如其所是地生活、栖居……

情何以甚：

《赤心巡天》

作者及作品简介

情何以甚，起点中文网新晋大神。2016 年开始在知乎发表短篇故事，很快被出版社看中，陆续出版长篇武侠《豪气歌》、短篇故事集《我爱你的时候剑拔弩张》和长篇神话《西游志》。2019 年从实体出版转向网络连载，开始在起点中文网创作《赤心巡天》。历经"转型"与"跨界"，他始终奉行"文字上的完美主义"，将写作视为与世界相处的方式，其作品设定力求精细深入，兼具爽感、厚重感和文青气。2023 年 1 月，情何以甚列席起点中文网"网络文学榜样作家十二天王"。

《赤心巡天》从 2019 年 10 月 8 日起在起点中文网连载，目前尚未完结，已有 890 余万字。小说在连载之初因"不类网文"而不被看好，但终以颇为讲究的文笔、激烈险峻的情节和对赤诚质朴的坚守脱颖而出。小说于 2022 年 9 月被收录大英图书馆的中文馆藏书目，于 2023 年 7 月登临起点中文网月票榜、畅销榜和阅读指数榜"三榜第一"，于 2024 年 1 月获得 2023 年起点月票年榜男频第三名。《赤心巡天》以主人公姜望的逆袭复仇开篇，书写不忘"赤心"的侠义精神，兼顾宏大叙事与个人成长，描摹出一幅雄奇壮丽的仙侠图景。

【标签】古典仙侠　群像　热血　慢节奏

【简介】

在赤心世界里，人要么开脉修行，一步登天；要么坠入凡尘，了此一生。因身怀"开脉丹"而受到陷害的姜望抓住一线生机，重返枫林城，手刃仇敌，自此踏上仙途。然而，看似平静的修炼日常中其实埋藏着邪神降世的巨大阴谋，白骨尊神、庄国皇室等多方势力纠葛一团，彼此利用，竟使枫林城毁于一旦。姜望侥幸得脱，万里赶赴齐国，以天骄身份闪耀于世，于壮大自身的同时寻找复仇契机。

在此期间，姜望一面横推同辈，建立功勋；一面以"赤心"行走世间，开辟新道。他摘取神通，勇夺黄河大会魁首，更鏖战人魔，成就青史第一内府。凭借赤诚的道心和出众的战斗才情，姜望虽常置身于强敌环伺的险境，却总能不断超越自我，化险为夷。先后征讨迷界、镇压祸水，为人族立下不世之功。而随着妖族、魔族的秘密浮出水面，赤心世界数十万年的风云变迁也渐次展露：方才止戈定乱的人族，似又要应对万界围攻的危局；众多绝巅强者亦伺机而动，试图于乱世中谋求超脱。

尽管与宏大叙事紧密相连，姜望却始终不曾忘却枫林城旧恨，他一路追查、多方谋划，在愈发接近真相的同时，也注定迎来与始作俑者的正面对抗……

读者评论摘编

@攸鱼：

这是一本群像文，它讲主角无敌路，也讲霜尘簌簌；它讲快意恩仇，也讲世事无常；它讲天才豪杰，也讲路旁枯骨。它是一个世界。世界里有大国的背负、小国的耻辱；有群雄并起，日月争辉；有传说人物，小镇风物……每一个人物都生动鲜活，每一场争斗都有因果。

网络作者一般很难仔细推敲用字，读者也没空阅读太深的文字，《赤心》并不孤高清冷，仍是一本通俗读物，只是阅读时需要一点点思考，去领略文字的美，感受作者的精妙安排，看看那些文字外发生的故事。我止不住赞叹——赤心的世界里时间是流动的，并不是只有文字提到的部分时间才在流动。

（选自起点中文网书友圈，有删改，2022 年 1 月 4 日）

@点睛师：

枫林旧梦，我一看到章节名字，就狠狠地震了一下。它象征着姜望的开始，也扭转了姜望的命运，它是姜望背着安安远走他乡时被风扰乱的白发，也是姜望赤手握剑时掌间流出的鲜血。但它所代表的又不只这些，它还是我们书友的粉丝称号，是连接现实与幻想的桥梁。我们仿佛也是心系枫林的游子，与姜望同悲欢，共离愁……

结尾的三段怒吼更是震撼，评论里书友说有肖申克的感觉，的确。那不仅是一章的结尾、一卷的结尾，更是一个主线的结尾。不断抬高的情绪，压抑了太久，隐忍了太久，伪装了太久，终于得以宣泄！重复是在强调，而简单代表了一种极致。不知为何，三声怒吼让我回想起姜望一路走来经历的风风雨雨，回想起我每次看书时反复看的封面：那人持剑衣染血，背对众生，面对血日。一切皆成今日我，到今日我，跨越了不只万水千山，日月星辰。

（选自起点中文网书友圈，有删改，2023 年 7 月 3 日）

@ 三千春江水：

赤心给我的感觉似乎脱离了一部网络小说所能带来的，它让界限变得模糊，在这个追求爽点密集砸死读者的快节奏小说时代，它娓娓道来一个波澜壮阔的仙侠世界。它用实体书般缓慢的节奏和真实的质感让大家沉醉其中。比起《诛仙》《凡人修仙传》等超经典的仙侠作品，赤心的群像构造属实让我觉得夸张。在我看来，起点网文在群像描写上似乎很少有能与之媲美的存在，赤心中的每个人都活灵活现，有着自己的灵魂和思考。所有的读者心中都有一个自己的哈姆雷特，角色创造出来以后，赤心的人物角色就不单单属于阿甚了，他并没有角色的拥有权和对角色生杀掠夺的能力。角色有着自己的使命，并不为谁而折腰。

（选自知乎，有删改，2023 年 8 月 3 日）

@ 马贤：

杀庄帝后作者完全没了大纲，水了两卷，主角没有目标，不知道要干什么，因此作者就将各种事件强行朝他身上凑，通过这样的方式来推剧情。

这是词穷的表现，更是双标的表现。我早就说过了，这本书的世界背景是个封建社会，作者为了赤心却硬生生地套上现代价值观，譬如齐军进攻夏国秋毫无犯，看到这一段我自己都忍不住笑出来。

……

还有作者老是沉迷于下大棋，求求了……不要做第五名著的美梦——倒不是说有追求不行，我当初看这本书，就是因为它与其他网文不一样，但作者现在沉迷于"伏笔""反转"这些技法，而对真正的问题避之不理，在我看来这是一种收不住的表现，很大可能烂尾。

（选自知乎，有删改，2024 年 1 月 24 日）

@JoKer874：

赤心的文戏太过于优秀，主角的所有行动几乎都和他的性格感情相连，与他想要做的事扣在一起：复仇是因为真的有仇恨而不是仅仅因为被人瞅了一眼，战斗是因为双方立场不同而不是仅仅为了小小宝物，升级是有更远大的现实目标作为动力。主角走的每一步路都是有明确意义的，是书中活生生的人在按照他自己的意愿做事，而不是作者为了读者提线操纵人物做事，能给人这种感觉的作品才是真正优秀的作品。

（选自微博，有删改，2023 年 8 月 1 日）

@UID63154440：

剧情方面，有人与人之间的内斗，有人与外族之间的"非我族类，其心必异"，由内部利益冲突导致立场不同，进而影响配角选择的场面比比皆是，赤心将每个角色都融入了那片天之下，把每一片天总和起来，就变成整个赤心巡天的世界。大国有大国的尊严和霸道，小国有小国的倔强和坚韧。放在更深的剧情中，便成了根据力量所承担的不同风险，而这一剧情更是和之前所总结的"道争"息息相关（涉及剧透所以不深入展开）。而在那些广为人知的故事中，隐藏的是背后的腥风血雨和深谋远虑。

从主角的心路历程来看，"知见"是一个非常好的词，它简洁地囊括了一个人心中世界的宽广。正是在这样"知见"的补充过程中，主角的心性、三观，乃至道才在其中慢慢塑造出来，角色成为一个活生生的人，让读者见证了一个人是如何攀登高峰的。作者让最开始的白纸，自己折成了想要的形状。

（选自 NGA 玩家论坛，有删改，2023 年 10 月 22 日）

@ 贴吧用户 _7S1D7K2：

……

而后再说赤心不是圣母心一事。我认为这件事不能全怪书友，只要读过这本书的人都会发现，作者有意将姜望塑造成一个心怀大义、光明正大的楷模榜样，以至于他的私心像是为了佐证他还是个人，这就过了。我个人比较喜欢七分白三分黑的姜望，如在山海境我就不会写姜望斥责方鹤翎（可以不认可但没必要占着高地去鄙夷），地狱无门杀游缺时，我会写姜望是为友压阵或者为杀庄请地狱无门做准备，而不会写姜望在迷界之战之后痛哭等等。

　　说句实话，姜望到目前为止除了引人魔一事不算干过什么不地道的事，大家觉得做作的原因之一便是作者有意用道德绑架姜望，我也赞同一些书友将赤心理解为本心的说法，希望作者能把姜望写得再可爱一些。

（选自百度贴吧，有删改，2023 年 10 月 19 日）

（作者及作品简介、读者评论摘编：李重阳）

文青气与爽感的两难

——评情何以甚《赤心巡天》

李重阳

没有五花八门的脑洞，也不曾赋予主人公出奇制胜的金手指，甚至早先还被许多读者评为"不类网文"——以此前所谓的"商业眼光"度之，《赤心巡天》不具备在网文市场流行的必要条件。然而，面对首订60的惨淡局面，情何以甚并未选择换个"马甲"另谋新篇，仍坚守自身创作理念，逆着大数据时代的马太效应向前进取，终于焕发"神"光。此前被诟病的"文青"气质，恰恰成为《赤心巡天》突围而出的凭仗。后来居上，是起点读者对情何以甚踽踽独行的酬报，也显示出网文"文青"传统内蕴的巨大潜能。

在网络文学语境下，"文青"是一个好坏参半的词，既能用以批判矫情造作、不够爽利的叙事姿态，又同时可以指代某些气质卓然、不落俗套的优秀小说。和人们预想的不同，成熟的"文青文"也会是爽文，并且爽得更加精巧、坚决和落落大方。情何以甚不但具有这种野望，还执行得十分果决：他在一开始就不讳于拥抱爽感，跳出了自怨自艾的藩篱。《赤心巡天》以姜望诛杀方鹏举开篇，敞亮地告诉读者，这将会是一部关于逆袭和复仇的爽文。

不过，男频网文中有太多主人公从最低走向最高、由边缘移至中心的爽文剧情。如何使这一陈旧的情节模式焕发新姿？情何以甚冒险地舍弃了当前密集布置爽点、强调即时性满足的主流套路——三章一个爽点的写法虽然能出产好的"粮草"，但也极易陷入同质化和套路化。循着"文青"一脉不与人同的旨趣，情何以甚采取了以卷为单位铺排情节、制造高潮的长线叙事模式，把逆袭、复仇归为一体，使爽感的铺陈更加精致和整全。《赤心巡天》极推崇草蛇灰线、伏脉千里的布局方式，常常于漫不经心处撇下两三处闲笔，而在卷尾一并收拢，激发读者解谜式的阅读趣味。《豪杰举》卷末的神魂大战、《鹤冲天》首尾情节的照应，甚至第一卷《明月在天》对全书剧情的导引都属此类。当千里伏脉汇聚一处，历经多重反转，以结卷章为媒介喷薄而出时，一路追更的读者即能全身心地投入其中，捕获更高层级也更具效力的爽感。

可是，渐次推演得来的爽感固然长效，但漫长的等待过程也的确难熬。为了克服这重障碍，小说还需为爽感的架设寻求一个支点，使其鲜活可感，也经得起推敲——这是"文青"作者们不约而同的文学探索。如果说《雪中悍刀行》的支点是"风骨"，《赤心巡天》的支点则是第四章就和盘托出的"赤心"。何谓赤心？对于姜望而言，赤心是一种果决勇毅、明心见性的行为模式：我知我意欲何为，便放吾心猿，乘兴而去。当然，这种自由当以道义和悲悯为边界，赤心必起之于正义本身。历数主人公的崛起和逆袭，其行为往往由一颗赤心驱使：誓杀方鹏举、施救竹碧琼、巡游青羊镇等未必做得尽善尽美，但立足于正义的执拗本就是姜望最具魅力之处。情何以甚对于赤心最高妙的修辞就在于使之与小说逆袭复仇的主线相互缠绕，枫林城覆灭未必是姜望赤心的起点，但由之蔓延的紧迫感却必然使一颗赤心更加凝练纯粹。主人公的成长，其实也就是不断打磨赤心、使之至强至刚的过程；也只有凭借这颗一往无前的道心，姜望才能步步登顶，雪除旧恨。领会到此的读者便不会再汲汲于引起快感的行止本身，而能循着赤心的运转关注小说每一处细微的铺垫。况且，姜望的复仇并非源自个人好恶，其背后牵扯着为弱小执言、为生民立命等诸多宏大议题，因而天然具有最高的正当性。在这种一以贯之的正义之举的辉光下，姜望的赤心愈发圆满自洽，能够引人共情，为读者提供更踏实坦荡的爽感。

但既然是修辞，就绝不会牢不可破。姜望的赤心与复仇互释共通，而当这条主线结束，主人公注定要从个人情仇转向国族大义，如太阳至公般巡游周天时，作为个体意志的赤心便不再那么完备无暇。《皆成今日我》卷之后，读者对赤心概念的争论愈发激烈。《天上白玉京》卷尾，姜望借太虚阁员的身份之便诛杀靖天六友，是否有公器私用、不顾大局之嫌？斩杀六妖，又是否真正能和斩杀六"真"功过相抵？由此上溯，姜望参与伐夏，是否违背其不恃强凌弱的准则？本质是侵略的扩张战争，正耶邪耶？或许主人公在原初的设定下并非圣人，但随着作者的正向晕染，姜望不可避免地在读者眼中成为正义的化身。放下仇恨的负担后，问题便随之显现：既是赤心，便应当公正，可姜望为人，如何能不偏私？

这重矛盾实际要归于"文青"气质与爽感的两难。不够爽利的"文青文"若想将其思考传达给读者，则必然要依托于某种修辞，使读者的爽感与之息息相关。但当这种爽感衍生到极致，便无法再以修辞来遮掩其利己的本相。读者终会发现，爽感所凭附的支点可能是虚假的，或者至少与爽感本身相冲突；那么小说先前最令人神往之处，则可能变成阻滞阅读的最大"毒"点。正因如此，随着读者群体的分化，赤心在祛魅的过程中难免会被误指为"双标"，由此连带出小说此前被掩盖的其他问题。

然而，这种固有的缺陷又何尝不是"文青文"的迷人之处？好文引人沉迷也引人思索，作者的任务在于引人入胜，而大可以将争辩论说的空间留给读者。何况，绝对的正义本就没有实体，需要我们以各自的切身经验去比照和体悟。《赤心巡天》在牵引我们叩问本心的同时，也再度宣告：以质取胜的"文青文"同样可以赢得大众。

王梓钧：

《北宋穿越指南》

作者及作品简介

　　王梓钧，1987 年生，四川自贡人，阅文集团大神作家。他于大学时开始创作网络小说，曾以"得闲读书"的 ID 在起点中文网发表都市小说《台湾娱乐 1971》（2011—2013）、网游小说《我为神主》（2011）和修仙小说《邪王》（2013）。后来，他改笔名为"王梓钧"，连续创作都市"娱乐圈文"《梦幻香江》（2013—2017，原名《调教香江》）、《盛世巨星》（2015）、《星光灿烂》（2015—2016），成为"后宫流"代表作者，与姬叉、威武武威并称为"推土机娱乐文三巨头"。① 这些"娱乐圈文"因审核转严下架后，王梓钧被迫转型，创作的首部历史小说《民国之文豪崛起》（2017—2018）便颇为成功。在都市文《重生野性时代》（2018—2020）反响一般后，王梓钧彻底由都市转向历史，创作《梦回大明春》（2020—2021）、《朕》（2021—2022）等作品。

　　《北宋穿越指南》发布于 2023 年 2 月 2 日，截至 2024 年 2 月 20 日，已有 230 余万字。因 2023 年 3 月 10 日上架时王梓钧操作失误，将 VIP 章节发成了免费章节，意外提升了该小说的讨论度。《北宋穿越指南》首次订阅数达 32229，创下起点中文网历史类小说首订纪录，并长期位居起点中文网历史类月票榜、人气榜、收藏榜前十。《北宋穿越指南》的"双穿"设定较为新颖，节奏掌控也较出色，父子一起穿越时性格、技能形成互补，他们辗转多个地区，跨越多个领域。小说对北宋末年的社会生活、政治形势、文化制度、商贸、农业技术等方面的状况表

---

　　① "后宫"指一个男主角对应多个女主角的人物设定模式。（参见邵燕君主编、王玉玊副主编：《破壁书：网络文化关键词》"后宫"词条，吉云飞、肖映萱编纂，生活·读书·新知三联书店 2018 年版，第 277 页）在网络小说流行语中，"推土机"的"推"是"推倒"。"推倒"即把某人推倒在床上，这是"后宫"小说的核心爽感。

现得较为翔实。

【标签】历史　宋穿　双穿　种田

【简介】

　　朱国祥和儿子朱铭在回老家的路上意外穿越到了北宋政和三年（1113）的陕西汉中地区。穿越前，朱国祥是农学专家，刚升为副院长，有一定的管理才能；朱铭学的是历史学专业，毕业后辞去工作，从事历史文化方面的自媒体。父子穿越后发现，此时距"靖康之变"还有15年，宋徽宗骄奢淫逸，导致政治腐败、民生凋敝。他们决心积蓄力量、伺机造反，改变历史走向。父子二人寄宿在寡妇沈有容家，后来朱国祥与沈有容结婚。父子二人收服了白胜、张广道等人。朱铭借助县衙弓手的势力，打下了土匪盘踞的黑风寨，将其改名为大明村。他们以此为基地，开展建设。朱国祥指导农业，推广玉米，培育出巨大的灵芝作为祥瑞，令宋徽宗龙颜大悦。朱铭改造理学，根据后世思想，提出了"道用论"，鼓励读书人学习自然科学知识，一些学生后来成为父子的造反班底。父子二人相互配合，周旋在朝堂和江湖之间，树立声望，积蓄实力。后朱铭考取探花，被宋徽宗任命为濮州知州，他在那里整顿秩序，推行改革。因得罪蔡京势力，他被调至兴元府任知州，后又在兴元府倡导新学，触怒宋徽宗，被调去黎州汉源任知县。在此过程中，朱铭与张锦屏完婚。朱铭流放广西后，形势危急，父子决定同时造反。很快，他们占据汉中、四川、荆州，推翻了北宋统治，消灭了割据南方的钟相势力，准备北伐金国。

读者评论摘编

@修行真知未曾更：

首先，不得不说，作者野心很大，居然敢写"双穿"。在历史文里，"双穿"几乎算是毒点，很难驾驭。但本书切入得很巧妙，父子"双穿"，男主一心造反，父亲则是小富即安的心态，这一方面约束了男主，另一方面也为日后负责后勤种田这些做准备。

"双穿"最基础的看点，在于两人各开一条知识线外挂，一个专注历史韬略，一个专注农业种田，听起来更靠谱；未来种田、争霸剧情可向多方面发展，也更合乎逻辑。

不过，就本书而言，最重要的还是作者在日常这块笔力不错，将父子感情描写到位，让人可以将父子视作一体，而不至于过分抵触"双穿"这一设定。

而在"双穿"这一核心元素外，作者十分擅长写民生百态的日常，将宋朝的社会风貌写得活灵活现。如此一来，再加上"双穿"及父子性格上的塑造与铺垫，小说逻辑基本自洽，显得本书前期剧情实在，有种确实就该如此的感觉，说服力强。

我看到有不少书友认为本书主角轻佻乃至于略显轻浮。这方面我倒是没啥异议。但我觉得，这主要是因为作者想写出人物弧光、人物性格的成长，所以故意在前期留有一些轻浮剧情，展现主角对穿越一事的迷茫彷徨等等。

这方面的问题，我觉得只要不是很敏感、很挑剔的读者，应该都谈不上有什么影响。

真正关键的，私以为还是在于对"双穿"戏份的分配驾驭上。像本书前 15 万字，个人觉得算是很不错的开头，看得出作者精心打磨与设计过。但之后的剧情，或许是因为以种田为主，个人感觉主角的存在感不是特别强，不如主角他爹，使得主角相对来说有些神隐，整体阅读体验也就随之显得有点平淡，高开中走吧。

（选自起点中文网书单，有删改，2023 年 5 月 8 日）

@dfghhg433：

老实说我个人很反感"双穿文"，哪怕之前口碑很好的《晚明》也因为这个没看下去，这本估计是因为父子关系、各种斗嘴以及气氛偏诙谐吧，算我近十年第一本看到 10 万字的"双穿文"。老王写书的特点是考据到位，虽然某些时候因为过于注重考据顾此失彼，故事性较差，但目前这本还算恰到好处，通过抄书跟文人辩经的情节比传统文抄公抄几句诗词就能让人惊为天人的情节好得多。

（选自优书网，有删改，2023 年 3 月 11 日）

@大书荒之三十六：

这书也就是老王，换了一个人，在第二章估计就被弃了。"双穿文"在网文圈不是一般的不受读者待见，但由此可见，这两年作者确实攒了一波忠实读者，否则也不敢轻易动这个元素。

有人觉得老王不擅长写故事，对合理性也不敏感，实际上，还真不是那么一回事儿，你看他转型以前的书就会发现不仅故事性好，合理性也不错，现在不好主要是因为他摸到了赚钱的套路，也就是满足了同价值观的"键政"人群胃口。

人的精力是有限的，老王现在拥有的读者人群更注重考据和思想价值观表现，对故事性、合理性不那么在意，那么，作者在关键方面加力的同时，在其他方面必然减力，于是就形成了现在以辩经私货为主的写作风格和套路。

总之，如果你是键政型读者的话，个人觉得还是可以尝试阅读一下这部作品，万一三观契合，那简直就是天赐仙草；但如果你是奔着严肃历史文来的，呃，那就要谨慎一些，因为故事和人物都显得比较轻佻，较为随意，所以毒感也会比一般的书更强。

（选自优书网，有删改，2023 年 12 月 14 日）

@ 入正玩盗：

本来看到"双穿"，我是拒绝的。但是能把父子关系写得自然而然、不尴尬、不做作，这个就有点不容易了。

多少作者自命孤儿，就是因为对亲情关系难以把握。最真实的亲情往往夹杂在家长里短中，枯燥乏味甚至烦人，写真实一点就不好看，写假的又糊弄读者，费力不讨好。

作者把亲情写得很自然，没有脸谱化、套路化，甚至融入了兄弟情、战友情以后还是很自然。

这本书也不是没有缺点，两个人的性格还是有点单薄，各有各的突出特征，有亮点，有独自的人格魅力，但是厚度不够。

这一本书完美地打消了我对以往"双穿""群穿"的偏见。两条线的写法非常独特，双线发力也让造反这个看起来难度顶天的事情变得合理化，没有强行降智，也看不出来特意的主角光环。

另外就是两条线相互补充，相互支持，一主一辅，一明一暗，一快一慢，新奇、合理，读者读起来不会觉得累。并线、分线给人柳暗花明又一村的感觉，让人期待后续剧情。

好的小说配角多而不乱，这部小说的配角也不错，目前达到中上水平。配角惊艳固然好，但是能理清关系网，写出一个社会，让各路人马交织在剧情里面，一同随着剧情发展，这种功力更为难得。

（选自起点中文网书评区，有删改，2023 年 7 月 24 日）

（作者及作品简介、读者评论摘编：李强）

父子同心，欲断何"金"？

——评王梓钧《北宋穿越指南》

李 强

关于北宋的"穿越指南"，大有过剩之势。北宋留下的谜团不少，逸闻也多，《新宋》《宰执天下》《绍宋》等名作，或探求变革"祖宗之法"的路径，或寻找预防和应对"靖康耻"的法子。重述北宋历史的可能性似乎已被穷尽，"宋穿文"难再出新。

《北宋穿越指南》最大的新意，是父子"双穿"设定。朱铭、朱国祥父子穿越到了靖康之变前15年的陕西汉中地区，积蓄力量，最终扭转了历史走向。网络历史小说罕有采用主角"双穿"设定的，名作仅有《晚明》（柯山梦，2014）。《晚明》的两位主角陈新与刘民有是大学同学，穿越前一个是腹黑的办公室主任，一个是厚道的技术骨干，性格和业务特长都互补。这种处理方式，是将过去那个"挽天倾"的穿越者拆成了两半，呈现"挽天倾"过程中的理想与现实、道与术之类的矛盾问题。但在重视代入感的历史穿越小说中，主角功能是不宜分散的，有些矛盾交给配角呈现即可，"双穿"人物设定有些出力不讨好。

朱铭父子"双穿"后的分工也像陈新与刘民有一样，一个管军，一个管民。但朱国祥还做了皇上，要"过了皇帝瘾"之后再传给儿子。穿越前，朱国祥是个刚熬出头的中年人。早年他和妻子为了科研事业，把朱铭留在农村"放养"。后来妻子病故，朱国祥把儿子辛苦拉扯大，但儿子大学毕业后却不听他的安排。好在他有事业，升为副院长后，他开着新买的宝马，带儿子回老家过年。人到中年的他并无多少负担，使命是守护家庭，也就是守护儿子，安稳度日。刚穿越到北宋时，他和儿子曾就未来的道路展开过争论。儿子想改变历史走向，朱国祥则想独善其身，躲去南方，慢慢发展成大地主，毕竟南宋还能撑个百八十年。儿子问："那蒙古人来了呢？你不为自己的子孙后代考虑？"朱国祥说："只要做了大地主，该投降时投降。"但儿子认为"既然穿越回来，就不能让历史重蹈覆辙"。最终朱国祥还是听了儿子的意见，陪他一起"造反"。

相较于其他历史穿越小说，朱铭父子"造反"的过程可谓无惊无险，更像是共同打了一款叫作"北宋穿越"的亲子游戏。这个游戏有"北宋"的逼真外壳，作者考据颇见功力，其他"宋穿"小说中的"规定动作"，《北宋穿越指南》都完成得不错。该作的出彩之处，主要是作品的舒缓节奏和明快风格。"舒缓"是"种田"成功的秘诀；"明快"多半得益于王梓钧在创作历史小说之前写都市"娱乐圈文"的经历。写"娱乐圈文"，也要仔细考证历史现实，这是王梓钧转向"历史文"的优势。但更重要的是，"娱乐圈文"重在营造气氛，渲染场面，捕捉人的内心变化。从"娱乐圈文"转向"历史文"创作的榴弹怕水，其长处也在这里。相对于榴弹怕水，王梓钧的"娱乐"烙印更深，风格也更明快。

明朗欢快，表面看是一种叙述历史的新风格，内在却是一种想象历史的新方式。确切地说，是一种新的对待历史中的幽暗、恐惧的方式。历史上，杨坚和杨广，李渊与李世民，都是父子搭档造反，打下江山，最终反目。血缘是开疆拓土、维系统治的纽带，但亲情往往经不住皇位的考验。朱氏父子之间之所以没有悲剧，不是因为他们之间没有夹着一个太子，而是因为他们都来自现代社会，价值理念一致。这种"一致"是强制设定的，在队伍壮大、局面复杂之后，他们也担心被人离间，便思考对策。朱国祥说："只需要记住一点，我们两个是自己人，剩下的全是外人。出了问题，及时沟通，在矛盾激化前协商解决。有为了私利，刻意挑拨我们父子矛盾的，我们必须联手把他给摁死！"朱铭很赞同这个法子。问题在于，父子二人在穿越后都组建了家庭，也有自己的班底。这些人早已构筑起复杂利益网，有些问题不是信任与沟通就能解决的。只能说，这些人都像是游戏里的NPC，游戏的通关指南不是历史的"后见之明"，而是"父子同心"。也就是说，"父子同心"是一种"设定真实"，而非"人性真实"。

基于人性幽暗展开的紧张刺激的权斗、谍战，在《北宋穿越指南》中踪迹全无。这并非从"娱乐圈文"转向"历史文"创作的作家的先天局限，换个视角来看，这背后何尝不是两种历史观的差异？一种是厚黑的"中年史观"，热衷挖掘"潜规则""权谋智慧"，这种历史叙事走向极致便是成功学与心灵鸡汤；一种是意气风发的"少年史观"，他们认为穿越者有责任让世界更美好，这种历史叙事具有热情天真的童话色彩。虽说冷酷复杂的"中年"都曾是明朗单纯的"少年"，但人们基于自己的"阅历"，更愿意相信社会和历史的酱缸会将一切同化，这令人绝望。文学恰恰诞生于绝望之时。如果"少年史观"由"中年智慧"来守护，共同讲述一个爽快利落的"历史童话"呢？《北宋穿越指南》的"双穿"提供了一种可能性：让守护者和被守护者都站到台前。实际上，这也提供了一种新的想象历史的方式，这种方式是张扬的、向上的，是信任世界并对世界负责的。

　　父子同心，其利断金。在一般的"宋穿文"里，"金"是"靖康耻"的祸首。但在《北宋穿越指南》中，直捣黄龙的伟业只是"支线任务"。"断金"的意义可以更复杂，它指向穿越时空的守护，指向最深处的时间。一寸光阴一寸金，"金"的尽头是死亡。在这个意义上，《北宋穿越指南》揭示了历史穿越小说的潜能——以或然性的历史叙事来消除人们对必然性的死亡的恐惧。在一个名为历史的游戏里，人们以爱、想象力和知识，去抵御光阴一寸一寸地蚀刻。

金色茉莉花：

《我本无意成仙》

作者及作品简介

　　金色茉莉花，1996年生，四川省资阳市人，"日常流"小说代表作家。金色茉莉花从初中开始迷上网文，高二时用手机创作20余万字，大一时正式成为签约作者，本科毕业后开始全职写作。2016年，其转入起点中文网后的第一部作品《我的时空穿梭手机》虽是跟风学习之作，但在连载期间就进入起点精品频道，更在小说后半段找到了个人写作风格。此后，《我的时空旅社》（2018）拿到了万订的好成绩；《这只妖怪不太冷》（2019）在小众读者中口碑出众；《谁还不是个修行者了》（2021）入围2022年9月"探照灯好书"之"十大中外类型小说"。这些作品虽属不同题材，但都延续和深化了他独特的"日常流"风格：不以情节的奇险取胜，少有大起大落的激烈节奏，多是在娓娓道来中讲述一个又一个动人的小故事，并连缀成一片错落有致的丰盈。

　　《我本无意成仙》自2023年1月28日至2024年1月1日连载于起点中文网，总字数达230余万字。上架后首日订阅即破万，长期居于"轻小说"分类销售榜、月票榜和阅读榜前三，连载期间曾进入月票总榜前十。2023年10月，凭借书中对制香、制墨、造纸、打铁花、古琴、陶瓷等非遗技艺生动且深入的描写，小说获恭王府博物馆与阅文集团联合举办的"阅见非遗"第一届征文大赛金奖。2024年1月，金色茉莉花凭借本作入选起点中文网2023年度网络文学榜样作家"十二天王"。这部"近乎游记形式的古典仙侠志怪传说文"，一反修仙逆袭、升级打怪的套路，主角无意成仙，不求长生，读者阅读时亦如行山阴道上，一路山川风物自相映发，使人目不暇接、难以忘怀。

　　【标签】日常流　古典仙侠　轻小说　无敌流

【简介】

三花猫、枣红马,姓宋名游的道长在此方天地漫游20年。穿越者宋游是个孤儿,在阴阳山上伏龙观长到20岁,被师傅按照观中旧例赶下山去。自逸州出发,栩州柳江,小舟几日穿过千里画卷;凌波送信,重诺的江湖女子第一次与他拱手。义庄之中,他偶遇绝世剑客;大山深处,他拜访先天山神,多年后回首,印象最深的仍是那满山的姜朴花。北方战乱,道人入阵除妖,几如上古世界的封神大战;越州青桐树林,有神鸟划过夜空的震撼,那日得知,师傅离他而去。幸好一路结识的诸多故人还在,最重要的自然是当年山间小庙中与他警惕对望的那只猫儿神:"我乃三花娘娘。""吃了你的鱼,我就是你的猫了吗?""三花娘娘的灯笼很厉害,能将夜晚烫一个洞。"

读者评论摘编

@ 四时景秀：

道士下山，这是一个能引起无数浪漫遐想的小说开头。这样的故事，往往能带你窥探高深莫测的仙侠世界，却又拉着你一下坠入万丈红尘的光怪陆离，来到人人向往的、传说中的"江湖"。在江湖，有仗酒走天涯的潇洒不羁、诗书酒剑的肆意张狂，更有苦乐参半的世情百态。跟随主角的视角，我们体验生而为人的七情七苦，因而领悟"昼短苦夜长，何不秉烛游"的人生态度。这样的人生体验虽不能至，但我们心向往之。

而《我本无意成仙》就为我们塑造了这样一个世界，一个包含了我们所有想象，一个仙与侠、江湖与市井交织的世界。它以修仙为题材，以人生漫步为主题，将主角一路上的所见所闻、所思所感编织成一段段难以复制的生命体验，带领读者一同在似真似幻的世界中前行。小说在修仙世界中加入了公路电影的元素，不免令人耳目一新，在同类型作品中属于佳作。在阅读的过程中，我原本被日常琐事占据的心脏竟被作者笔下的光风霁月撩拨得心旷神怡，更为书中角色三花娘娘的可爱彻底攻陷。最后唯有一边看，一边催更，一边按头安利。

（选自百度号，有删改，2023 年 4 月 21 日）

@ 我没故事阿：

金色茉莉花的这本《我本无意成仙》，对于浮躁的系统流、爽文流读者来讲，接受难度较大。但好在小说写得不赖。它不是传统意义上的升级修仙，却更符合我们对于修仙的认知——修行、感悟、行善，而非杀人、夺宝、练功。它的内核，也许在于日常。无论是让每一代传人自己去走遍人间，感悟所学道法，还是对展现人生百态的好人坏人、妖、神、鬼的刻画，都各有特点，给人一种西游记里求取真经的既视感。

从某种角度上说，这是一篇无敌文。有别于其他无敌文的卖弄打脸，它用的是传统的路见不平的思路。从文字上看，这部小说减少了对决的描述，增加了日常生活和对话的内容，没有戾气，没有迫切需要增加实力和卖弄打脸的必要，整体文字温柔且平和，行文连贯自然。从剧情上看，逻辑相当流畅，因果设计得很好，前面有恩，后面就报，前面相遇，后面就重逢。这是一本可以被高度影视化的优秀作品，一个不错的 IP。从人物塑造上看，正派角色各有各的好，反派则太少太弱。我认为最难受的莫过于主角去找三花娘娘麻烦，三花娘娘束手就擒的这一幕。越是读到后面，我越会想起那只清澈的猫，那只勤勤恳恳的猫儿神，它的轨迹就那么突然地变了，有点难受。不过好在作者也是爱它的，将它的形象塑造得很成功。吴女侠、舒大侠、国师、俞知州等等人物的塑造都相当不错。虽然说起来有些人篇幅很少，但是性格清晰，这得益于作者的写作功力。

（选自知乎，有删改，2023 年 9 月 15 日）

@ 安迪斯晨风：

这是一本风格很独特的仙侠网文，没有苦大仇深的主角，没有"莫欺少年穷"的卖弄打脸，没有一山更比一山高的升级模式，与其说是长篇小说，更像是由一篇篇散文游记连缀而成。没有什么大悬念、大阴谋，胜在清新恬淡，读者就像是跟随在主角宋游身后，看他在山水田园、乡村城镇间游历，看遍人世风光。

说实话，前四章平平无奇，我看得漫不经心，等到第五章三花娘娘一出来，我才两眼瞪圆。现在很多网文中都有猫，但这本书里的小猫格外可爱。它原本是只饥一顿饱一顿的流浪猫，也不知道怎么就开了灵智，山里有人家给它庙里送来小鱼，它就跑到人家家里帮着抓耗子，兢兢业业，勤勤恳恳。它不懂什么人情世故，也不知道规矩，只知道有恩必报。

"要是路远呢？走快一点。"后来三花娘娘跟着假道士宋游踏上漫漫旅途，不管风霜雨雪，始终陪伴在他的身边。他们一起揭露道貌岸然的高僧真面目，一起赶走侵扰山村的大老虎，一起听村里老人给孩子们讲的故事，又一起走上千里水路给素不相识的人送去家书……通过这只小猫的眼睛，我们会发现，原来人间有这么多好玩的、可爱的事情。

故事也实在没什么可说的，通常是这样：宋游和三花娘娘路过一方，帮当地人解决一件难事，这段经历被人变成故事传颂。之后他们到了另外一地，会在说书先生的故事中听到关于自己的传说。按理说这种写法也属于卖弄，但写得自然大方、从容不迫，我很喜欢。

不过这本书实在太日常系了，故事性比较弱，没有悬念吊着，可能放下以后会捡不起来，如果不喜欢日常文，可能会追不下去。

（选自微信公众号"书海鱼人"，有删改，2023 年 9 月 18 日）

@ 伊卡黑石 orz:

本作给我的感受就是"端着"。所谓"端着"，就是读小说的时候很难代入，不管是主角还是配角，有一种完全游离在小说主角之外的感觉，不会因为主角有奇遇而感到欣喜，不会因为主角遇到了困难而期待奇迹，熬夜指数很低，也就 1 分吧。

亮点自然是三花娘娘。众所周知，猫好人坏。现在起点小说还是很流行用猫做主角而不是狗，我想主要还是因为猫的刻板印象是可爱、调皮和不听话。这样的性格在小说中特别适合。

……

至于文笔，当然是没有的，小学生文笔，偏偏又无比契合本作。毕竟作为小说亮点的三花娘娘，按照其心智来说，就是一个小学生啊……一只猫咪一边捉蝴蝶，一边问你"你要吃吗"，这种描写画面感真的很足。所以我也不是很清楚这到底是作者故意为之还是水平有限……

综上所述，作为一本没有情节、没有文笔、只有猫猫的小说，当然是适合于一个休息天的下午，坐在阳台上，怀中抱着一只毛茸茸的小猫咪，一边撸猫一边看。

（选自微博，有删改，2024 年 1 月 13 日）

（作者及作品简介、读者评论摘编：吉云飞）

"且借一抹霞光，以消寒夜漫长"

——评金色茉莉花《我本无意成仙》

吉云飞

　　故事讲的是一人一猫的 20 年。人是下山道士，猫是三花娘娘，20 年间二者在天地中漫游、歌唱、漂泊，一路也观景、听书、历世、结友、降妖、诛神。

　　这部有着"聊斋风""烟火气"的古典仙侠"公路文"，被作者有意放在了起点中文网的"轻小说"频道。的确，《我本无意成仙》不符合主流修仙小说读者的阅读期待，道士宋游不但无意成仙、从不升级，还对整个世界有一种挥之不去的疏离，浑身上下都和小说的情节、文字一样透着清冷。不过，作品的气质虽清冷，但质地并不轻巧，似轻而实重，只是部分契合"轻小说"读者对轻松日常的喜爱，被归入"轻小说"类别主要是因其独特之处难以被现有的分类体系收纳。"轻小说""聊斋风""烟火气"，可以为它贴上的标签有很多，但最核心的应当还是"公路文"，更准确地说是"游记体"。

　　作为一种类型，"公路片"起自 20 世纪 50 年代的美国，虽然立意经历了从《在路上》（1957）、《逍遥骑士》（1969）的自由和反叛，到《雨人》（1988）的回归和救赎，但它的主题从来是青春成长。20 世纪末以来，中国的"公路片""公路小说"也在社会整体处于上升期的氛围中塑造了一种典型的当代青年：归来的叛逆者。从"大话西游"系列电影（1995—1997）、《悟空传》（2000）到《后会无期》（2014），它们表现的都是理想失落，或者说激情消散之后的年轻一代，如何将反秩序诉求和反叛精神一同收起，并被现有规则收容。而从周星驰、今何在到韩寒，年轻一代愤怒的情绪越走越弱，收编的犒赏越尝越甜，待到没有挣扎、直奔编制的时刻，也就意味着这一青春形象的落幕。

《我本无意成仙》接续的并非这一相对精英的叙事传统，而是以网文的资源为"公路文"开辟异路，提供了另一种既新且旧的青春形象和成长方式。"公路文"的前置条件恰是目的地的失落，"在路上"不再是为了某个终极目标的实现。在修仙小说中，目的地的消逝正体现为无意成仙、不求长生。作者金色茉莉花对成仙和长生的拒斥，主要是对成功的价值和代价的反思。在主流修仙文中，主角为了成仙这一终极目的往往可以不顾一切，也会几乎不加怀疑地相信，长生久视和神通广大就是幸福的标志。这类"升级文"同样是对20世纪末以来中国高速增长期的文学反映，只是更加"草根"：长期处在极度匮乏中的普通劳动者见到获取丰饶的可能性后，向往的自然是通过个人奋斗来改变命运。

作为95后的金色茉莉花，所处的则是一个物质相当丰富、上升通道快速收窄的时期，更关心的也从成功转变为成长。成长的起点是一种相对自足且看似不需外求的生活，于主角宋游，就是山居、宅居的隐修生活。对穿越者宋游来说，他对此方天地更有一种远超原住民的疏离：他本没有任何探索和改变世界的意愿和动力，只是由于观中惯例和师父之命，才在20岁下山，并有了一段20年的历世之旅。正因如此，他视人生如逆旅，将行路本身化为目的而非过程，如作者借狐妖之口所说，"洗却平生尘土，慷游万里山川，去做江山风月的主人"。作者由此呈现了《我本无意成仙》的青春形象和成长历程：自足自立却也自我封闭的青年如何与他人、与世界建立真正的联系，找到并完成自己的使命，从而摆脱人生的冷气和虚无。这一在现代中国崭新的古典仙侠"公路文"，暗自打通了中国古人的壮游传统，特别是对游侠与游仙的包容。

在这场漫游中，最受读者喜爱也最具文化症候的人物/妖物，自然是刚一下山就"金风玉露一相逢"，从此陪伴宋游一同游历天下的猫儿神：三花娘娘。书中有不少出彩的人物，从江湖侠客、边关大将到书生、医者、国师、皇帝，以至人间大妖、天宫众神，宋游与其中不少人、妖、神相交莫逆，有令人动容的故事。尽管本觉山中无聊、世界也无趣的宋游在游历之中被这些或脏污或美丽的人与事激发了血气和热情，发现了值得去做甚至必须去做的事，但他与他们既相识于江湖，也相忘于江湖。只有三花娘娘，打破了他的清冷与疏离，为其增添旅途的温馨与欢乐的同时，也让小说的日常不至于重复和无聊。

为什么是一只三花猫？作为受欢迎程度远超主角的配角，读者在评论区中为它献出了数以万计的赞美，也给出了无数的理由。但对小说整体而言，最重要的或许还是这一重非人又类人的视角，将文明／秩序带给人类的诸多压抑和枷锁打碎，借助小猫妖的眼，世界重新恢复了它久被尘埃掩埋的部分本真。最终，不是有道之士宋游感化了三花娘娘，而是爱吃耗子的三花娘娘感化了道士。三花娘娘的存在，照亮也温暖了宋游的旅途，恰如他们相约上路的第一晚：

> 宋游依然坐在悬崖边，欣赏天边色彩和脚下山脉剪影，忽地好似想起了什么，于是伸手拎起刚买的灯笼，一手将灯笼举起来，另一手对着远方天边遥遥一捻，捏了一点虚无投入这灯笼中。
>
> 一瞬之间，灯笼之中亮起了如此刻天边一样如梦似幻的光芒。
>
> 且借一抹霞光，以消寒夜漫长。

杀虫队队员：

《十日终焉》

作者及作品简介

　　杀虫队队员，1991 年生，山东青岛人，番茄小说金番作家，擅长悬疑幻想类题材，代表作有《传说管理局》《十日终焉》等。杀虫队队员自 2021 年底开始创作网络小说，此前曾尝试过诸多职业，包括游戏主播、B 站 UP 主、淘宝店主等。2022 年 12 月，其于番茄小说网开始连载长篇网络小说《十日终焉》，截至 2024 年 9 月已有约 280 万字，故事即将迎来大结局。作品因紧凑明快的故事节奏、环环相扣的剧情进展、新颖丰富的背景设定、震撼恢宏的整体布局在中文社交平台上迅速走红，异军突起，位列番茄悬疑榜 TOP1。《十日终焉》上架一年累计千万读者，追更人数突破 300 万，长期蝉联番茄总阅读榜 TOP1，已成近年来少有的"破圈"作品。

　　【标签】悬疑　推理　无限流
　　【简介】
　　齐夏经历地震醒来，发现自己置身于封闭的房间中，与其他九人一起被迫参与游戏。房间内不同身份不同城市的参与者，都是经历了地震才来到这里。在九死一生的考验后，齐夏和同伴真正来到"终焉之地"。

　　"终焉之地"聚集了众多有罪之人，由天、地、人十二生肖"管理者"主持着死亡游戏，通关游戏可以获得"道"，而玩游戏也需要"道"来做筹码，集齐 3600 个道就可以离开。这里每隔十天湮灭一次，只有在前一周目中敲响"回响"的人，才能在轮回中保留记忆。

　　齐夏因心心念念着自己的"妻子"余念安，决心不惜一切代价离开。随着对"终焉之地"的探索深入，他和同伴逐渐发现这里除了主持者，还有"天堂口"和"猫"等其余势力团队。离开的方式不止一种，人们在"终焉之地"各有目的，齐夏本人身上更是有诸多谜团留待揭晓。

读者评论摘编

@ 兔爹哭晕在厕所：

真没想过能在番茄看到质量这么高的文，质量高到震惊我！！！爱看无限流和爱玩游戏闯关的有福了。小说越看越深入，人物线越铺越丰满。希望千万不要烂尾。一定要好好完结啊！！！！！

（选自微博，有删改，2023 年 12 月 22 日）

@ 臻鼎 Jz：

第一次点评，老实说本书在我心中已经封神了。作为一名资深老书虫，各色各样的书我都看过，番茄这个软件的书说句实话没有一本能看的，直到我点开了这本书。我几乎是一口气看完的，无论是剧情还是作者的脑洞，以及各种人物的背景，都太好了，我已经无法找出一个词来形容了，这本书就不应该出现在番茄。作者太神了，什么脑洞能写出这么神的剧情啊？

（选自番茄小说，有删改，2023 年 5 月 5 日）

@ 阿阿阿阿鱼扫文 -：

《十日终焉》，一部悬疑脑洞无限流文。

故事发生在一个叫"终焉之地"的地方，这里的人每十天湮灭一次，并清除一次记忆。作者脑洞超级大，伏笔超级多，里面有无数个非常烧脑的生肖游戏，各种计中计、连环计。

读到现在我都不知道女主到底是主角自己幻想出来的还是真实存在的。人可以拥有神力，神不能随意杀人，各种游走在规则缝隙之中的谎言、合作与欺骗，读起来 CPU 真的是不够用。

（选自微博，有删改，2023 年 12 月 25 日）

@tianzec：

世界观很奇特，400多章看下来十分抓人。

故事发生在一个为已死之人专门建设的空间，这个空间里的所有人都要争取逃出去的方法，或者永远在这个空间经历一次又一次的轮回。有的人具有特殊能力，可以保留在空间里经历的所有记忆，所以导致很多人各怀鬼胎。为了出去，有的人投靠官方，有的人捣毁空间，还有的人要保护这里。

至于说它是一个智斗文，也就还好吧，没有那么出彩，反而是世界观架构和空间让人觉得很有意思。总体可看，是番茄为数不多的我能看到400章的小说。

（选自优书网，有删改，2023年8月17日）

@s1344961876：

这个作者的小副本其实写得很一般，至少不太对我口味。

但是其对大框架的把握是真的厉害，可以说是草蛇灰线、伏脉千里，前期伏笔往往在后面都能收回，这种前后呼应能给读者很大的满足感。

我觉得智斗文的核心不是"智斗"，因为没有一个作者能不间断地输出好的智斗场面，而是让读者读的时候感觉"在智斗"，是一种不明觉厉的情绪输出。

（选自优书网，有删改，2023年11月25日）

@withsave：

真的，一开始真的是低估这本书了，真的真的很好看。就是感觉剧情里像藏着小钩子一样，看下去那个钩子就像被整个吞进去了，整个人就跟着剧情一路期待，而且前后有很多反转。反转也就罢了，它还有前后联系，一口气读下来真的很爽，而且里面的人物也都立得住脚，女性角色都很正常，不是说里面的角色都是那种片面的贤妻良母、反派什么的，而是很有生活感，就感觉这个人是立得住的，不管是正派还是反派。中间有一些小瑕疵，但是从整体上来看，还是可以忽略的。人物之间发生的碰撞很有意思，适合一口气看多点，不适合断断续续看，因为还是有点不合理在的。

（选自优书网，有删改，2023 年 7 月 19 日）

@被万千爱妃宠爱的狗帝：

这本书对我来说太有吸引力了，每个人都有自己的形象特点，人物传记写得很真实，能打动人。随着真相一点点浮现，故事的前因后果都串联在一起，真相大白的瞬间特爽，真是让人欲罢不能啊！在一次一次的轮回中找寻真相，有的人记得，有的人忘记，在循环往复中赎罪。有的人保持理智，有的人变得疯狂并且获得了强大的力量。

不够看的啊，篇幅真的太短了！

我是齐夏，我要开始说谎了。

（选自番茄小说，有删改，2023 年 6 月 7 日）

@ATL：

好看，能感觉作者是在用心写，伏笔能呼应上，确实有挺多反转，不是那种一眼惊艳的智斗文，写得挺踏实的，是难得的用心刻画女性角色的男频文。人鼠小姑娘、章律师的故事都挺让人印象深刻的，就是看到后面感觉有些压抑。

（选自优书网，有删改，2023 年 10 月 17 日）

@shuhao89：

所有游戏内的智斗、解密都普普通通。

可游戏外整个故事的主线、世界观的设定、各个角色的布局破局、各种伏笔的揭露、一步步探索真相的过程，都是非常纯正的硬核男频味，称得上严谨用心。

跳过一些无聊的"智斗"小游戏，只看主线的话，非常推荐。

（选自优书网，有删改，2024 年 1 月 8 日）

（作者及作品简介、读者评论摘编：何健）

免费平台的"老白"之作

——评杀虫队队员《十日终焉》

何　健

对番茄小说网来说，《十日终焉》的出现既在意料之外，也在情理之中。它证明这家野蛮生长的免费网络文学平台已经发展到足以孵化出和以往内容气质不太一样的作品的地步。许多读者看到这部小说的第一反应都是惊叹"这不像是免费网站里能看到的"——《十日终焉》虽然阅读门槛不高，但的的确确是面向"老白"而非"小白"群体的作品。更准确地说，它面向的是正在从"小白"向"老白"过渡的读者。

虽然不能说《十日终焉》是悬疑解密这一类作品的集大成者，但它显然算得上是站在巨人肩上更上一层楼的成功范例。小说博采众长，重点吸收了日本漫画如《弥留之国的爱丽丝》《赌博默示录》等前人作品资源。作者以他山之石，攻国风之玉，将日系作品擅长的"精巧谜题"与中国网文所擅长的"长篇结构"结合起来，在小说中做到草蛇灰线，伏脉千里，自圆其说，前后呼应。作者在数百万字的大长篇中所展现出的如此强大的剧情掌控能力，是相当了不起的。

《十日终焉》以一连串的谜题开局，节奏紧张明快，反转接踵而至，塑造了一个多智而近妖的主角，其面对生死危机始终保持冷静，"无论你在哪一层，我永远在大气层"，让读者在智商被碾压的过程中获得阅读满足感。相对于简单粗暴，围绕"升级""权力""异性"等开展剧情的诸多"小白文"，这类以"谜题"和"悬念"为核心竞争力的作品在手法上无疑更高级。尽管作者已经有意识地将小说中不那么必要的阅读门槛降到最低，比如在设定上采取了完全本土化的"天地人"和"十二生肖"，并以此树立"国风"的标签，但它还是因更成熟而有着更大的创作难度和更高的阅读门槛，对读者群体的要求较一般"小白文"更苛刻。

《十日终焉》从设定、情节到语言都在水准之上，是一部颇为精彩的悬疑解密小说。不过，这部小说的最大价值恐怕不在作品本身，而在它所体现出的网络小说生产机制和行业生态的新变上。换言之，这部作品出现在番茄小说网这一最大的免费阅读平台，并长期登顶推荐榜、口碑榜，才是最值得我们重视和讨论之处。它能诞生自番茄，但未必能诞生自七猫，《十日终焉》所取得的成功，既是作品的成功，也是作者的成功，更是平台的成功。相对于《十日终焉》本身所取得的成就，它背后所代表的免费平台的转变意义则更为重大。

《十日终焉》在番茄小说网中诞生、生长，并取得极大的成功，这件事所蕴含的意义比作品本身更令人惊叹。它的诞生意味着年轻的免费平台在内容生产上已经向老牌的付费网站靠拢，免费平台中的读者生态已经足以支持这样的作品茁壮成长，以起点中文网为首的老牌付费网站的护城河似乎没有看上去的那样坚不可摧，原本驻地观望的作者们或将开始摇摆。但是，一部《十日终焉》真的能摧毁20多年来前人辛苦构建的网文付费传统吗？这当然未必，但《十日终焉》能取得成功，未来就有可能诞生出更多的此类作品。从这一点来看，《十日终焉》诞生于番茄小说网的意义，即是宣告免费平台对付费网站的进攻，将比以往来得更加猛烈；而对网文行业的意义，则证明"老白"之作有超过此前认知的更广大的市场和受众，免费平台也可以让好故事影响更多人。

又一个鱼雷：

《暴风城打工实录》

作者及作品简介

又一个鱼雷，独阅读人气作者，深耕《魔兽世界》同人小说领域，以《暴风城打工实录》一书成名。曾以笔名"邪人鱼雷"在起点中文网连载《伊利达雷魔影》（2019），后更名"一枚鱼雷"于有毒小说网连载《艾泽拉斯的红龙法师》（2020），2021年转站至独阅读，现有已完结作品《暮光的艾泽拉斯》（2021）。其作文笔细腻，构思精巧，擅长描摹异世界风土人情、刻画鲜明各异的人物形象，在《魔兽世界》玩家群体中有一定声誉。

《暴风城打工实录》于2022年7月14日开始在独阅读连载，至今已超过1800章，约500万字，长期在独阅读收藏、畅销、推荐、点击、催更五榜总榜占据榜首，是此平台毫无争议的当家作品。作为2021年4月才独立建站的新兴网站，独阅读主打"西幻历史小说"，以"有深度的阅读平台"为宣言，吸引了不少钟情小众题材的"老白"读者，本书正是因其细腻的描写和怀旧的题材为这批受众所青睐。

【标签】魔兽世界　奇幻　同人　小众

【简介】

故事发生在艾泽拉斯大陆的暴风城，此时正值联盟整军穿过黑暗之门反攻德拉诺之时。早在《魔兽世界》剧情开始的十余年前，穿越到游戏世界已17年的杰斯·塞索便在暴风城过着极不稳定的冒险生活：作为玩家，他知道这片大陆未来会动荡不安，因此来到"安全"的暴风城，一边艰难维生，一边攒钱期望买个房子，把尚在洛丹伦的父母接过来。

作为一个穿越者，他没有系统，没有金手指，甚至几乎没有法术天赋——连奥术和圣光都未对他敞开怀抱。加之出身底层，从未接触过游戏里的知名人物，对游戏剧情的熟知无法给他帮助，还要谨防因改变历史引起青铜龙的注意。于是，他只能凭力气和胆量在底层做一些雇佣工作，冒着生命危险赚几个银币，甚至是几十个铜币，只为了交上自己那个小房间的房租。唯一值得庆幸的是，他有一位靠谱的矮人同伴——前狮鹫骑士格瑞德。

围观著名的英雄奥蕾莉亚·风行者出征的这一天，杰斯注意到大法师伊登·马林的助手招聘，从此正式接触到这个世界危险而瑰丽的一面：他先后遭遇凶恶的豺狼人首领、残暴的兽人萨满、墓园里群起的活尸、诡异的纳迦女妖……同时他也逐步掌握暗影的力量，练习剑术、学习奥术，甚至学会如何召唤恶魔……

波澜壮阔的征程是否就此展开？不，他只是终于有了一点成长的机会。读者将陪他一起，一步步地丈量这个真实的艾泽拉斯，"点亮"那些游戏里踏足过的城镇，偶尔"解锁"往日的游戏角色，继续为微薄的奖赏挣扎求存，在"打工人"的旅途中，回忆自己青葱的"脚男"时光。

读者评论摘编

@ 太平 dog:

从小说的字里行间，可以看出作者在认真构造一个更真实的艾泽拉斯，并且不是一个劲地脑补，是下了功夫研究过游戏剧情与背景设定的，不是一股脑地往书里塞游戏任务。

作者让一个真实的艾泽拉斯在凡人主角与读者眼前缓缓展开，即使是完全不了解魔兽的读者也可以把它当成一本西幻小说来看，书中完全不会有突兀的魔兽名词影响阅读。

……

我看过太多学两天剑术就能陷阵杀敌的主角，但这本书的主角很接地气、很真实，当豺狼人来袭时，他没有武器，没有护甲，只有一颗勇敢的心，以及一个矮人朋友，作者真的写出了两人间朋友的味道，而不是一个名为朋友实为小弟的配角。

（选自龙的天空，有删改，2022 年 9 月 3 日）

@ 真逆天无双:

杰斯没有什么深仇大恨，也不曾背负拯救世界的巨大压力。他最大的人生目标不过是想在暴风城买套房子，把居住在未来天灾军团入侵前线洛丹伦的父母接来，苟活于乱世而已。

诚然，接任务冒险、提升自我战力是故事的主线，然而最吸引我的却是男主在异世界认识的朋友们。他们虽然社会地位不同，诉求不同，性格各异，但多数人都保有一份善良。

……

生活在现实世界的我们，真的太难有这样的体验。每天重复无趣的工作，还要提防同僚，友情早就很难顾及了。

《魔兽世界》曾经是我们梦想中的世界，在那里，我们可以和朋友们一起拯救世界，开团打金，帮助朋友完成成就。没了朋友，即使有了一身神装，坐骑满仓，又有什么意思呢？

（选自 NGA 玩家社区，有删改，2022 年 11 月 7 日）

@enses：

虽然书名是打工，目标也是有些戏谑成分的暴风城买房，但本文实质上是体现艾泽拉斯世界的冒险公路文。主角穿越到远征军时期，在不断的冒险中探索艾泽拉斯升级，参与主线。小说中不乏收集、寻宝、升级、咒语集会、刷声望之类的爽点，金手指就是常见的暗影亲儿子以及看过编年史。

文笔不错，可读性强，有点文青气和开玩笑的情节，但不多。毕竟作者总要写些自己喜欢的内容才能有动力写好（指推巨魔）。各个角色的交互写得很详细，哪怕是主角遇到的路人 NPC 都有后续交互，给人一种很真实的感觉。

（选自优书网，有删改，2022 年 11 月 29 日）

@赤戟：

主角穿越到二次兽人战争后的年代，成了一个平民出身的暴风城打工人，不断尝试各种上升渠道。因主角没外挂、没武功、没魔法，小说详细地描绘艾泽拉斯人生存和上升的艰辛历程，同时融合游戏中丰富的衣食住行等各类资料，将世界观、细节、友情描绘得相当细腻，情节合理，平凡真挚，沉浸感与代入感极强。需要注意的是，剧情推进慢，存在剧情老套生硬的问题，主角金手指很少，更多展现的是主角于底层奋斗的艰辛，为了几个硬币，好几次差点把命丢掉（甚至为了两个金币，对女巨魔下口）。但作者文笔确实不错，主角虽然很惨，但没有太憋屈。

（选自微信公众号"赤戟的书荒救济所"，有删改，2022 年 11 月 27 日）

@B 站-默默成神：

《暴风城打工实录》，也是看 NGA 大家推的，发现写的是真好。特别是人物描写，每个人说话的语气、行为都很符合他的身份、种族，矮人就像矮人，精灵就像精灵，魅魔就像魅魔，小鬼就像小鬼，兽人就像兽人，这是很难得的。我看过不少魔兽的同人文，写出来的角色其实感觉都是人类，兽人也就是多喊几声"为了部落"，没有差异感，很难代入进去。《暴风城》通过对不同人物的描写，让世界变得特别生动，特别有血有肉。

（选自 NGA 玩家社区，有删改，2023 年 7 月 24 日）

@ 安迪斯晨风：

这本书写得非常真实。很多我们玩游戏时候忽略的细节，都被写得有声有色。作者用大量篇幅讲述了杰斯的底层生活：为了赚几个银币，他四处冒险，甚至不惜给法师当实验材料；为了挖几根草药，他出生入死，前往暮色森林，从死人骨头上刮墓地苔。尤其是主角弱小时候的几场打斗，写出了拳拳到肉的感觉，读之都感觉疼痛，主角多次被打晕在地，直至第二天才幽幽醒转。

……

跟随着主角的脚步，我又一次重温当年那些让我魂牵梦绕的地方：艾尔文森林、西部荒野、赤脊山、荆棘谷、藏宝海湾、湿地……只是做玩家的时候我满脑子想的都是多打几个怪、多做几个任务，没太注意那些地方的风土人情。这次我从一个"当地人"的视角去重新观察，又多了一份新的体会。

（选自微博，有删改，2023 年 7 月 26 日）

@ 奥利比比：

该怎么体现出杰斯谦逊的同时，又不超出最初的剧情设计？

这在大表哥卷的 10 万字级别单篇中可能还好驾驭，可如果是 300 万字的体量呢？

鱼雷做到了。

鱼雷不仅做到了，还在实际呈现时用了"一情节多用"的手法，同时塑造了杰斯与基尔加丹。他甚至玩了一把叙述性诡计，连带着骗了读者，却又出人意料地让杰斯看穿了基尔加丹的"阳谋"。

换言之，300多万字的描写，鱼雷写出的垃圾时间是极少的，他笔下的每一段情节几乎都有所作用，每一个桥段都前后呼应，每一把挂在墙上的枪最后都变成了加特林。

光是想想都能把头薅秃了。

我佩服的从来不只是这一段构思的精妙，还有鱼雷为了这本书花费的巨大努力，这完全不是一个优秀点子就能做到的效果，这是300万字、长达一年半努力的结晶。

（选自 NGA 玩家社区，有删改，2024 年 1 月 23 日）

（作者及作品简介、读者评论摘编：蔡翔宇）

中年社畜魔兽玩家的冒险之旅

——评又一个鱼雷《暴风城打工实录》

蔡翔宇

2023 年 1 月，暴雪结束了与网易的合作，旗下游戏在中国大陆地区正式停止服务，其中就包括家喻户晓的《魔兽世界》。这款昔日热门的网络游戏于 2005 年进入中国市场，作为 MMORPG（大型多人在线角色扮演游戏）的代表，曾是网游在一个时代的代名词。近二十年后的今天，它的玩家大多已是三四十岁的中年人，已许久没有登上服务器与过去的战友并肩打怪。又一个鱼雷的《暴风城打工实录》正是在这样一个时期获得了越来越多的关注，成为小众阅读平台"独阅读"的当家作品。

作为 2021 年才独立建站的小网站，独阅读本身并没有多少忠实用户。它虽然从有毒小说网继承了部分读者，但后者本身长期受众寥寥，仅以《赛博剑仙铁雨》（半麻）等几部小众新奇的作品掀起一时声浪。独阅读给了自己一个明确但狭小的定位，它以"有深度的阅读平台"为宣言，在网站名称后写着"独为高书龄读者服务"，将"西幻历史小说"写在了 App 图标里，有着清晰的目标群体——喜欢西幻、历史两类小众题材，已经厌倦了大站流行趋势的"老白"读者。

《暴风城打工实录》出现在独阅读是顺理成章的。独阅读的西幻题材作品多以《战锤》《龙与地下城》《魔兽世界》等桌游或网游的设定为世界蓝本，或为此背景的同人小说。《暴风城打工实录》是异军突起的，许多人为了它才下载独阅读的 App。在 NGA 玩家论坛、龙的天空等热议它的地方，还有不少帖子讨论如何购买此书的章节较为划算；它是独阅读第一本获得万订的小说，在独阅读收藏、畅销、推荐、点击、催更五榜总榜以绝对优势占据榜首。

有读者说《暴风城打工实录》"对中年社畜魔兽玩家特攻"，精准地概括了它的目标受众。小说开篇，主角杰斯·塞索就表明自己的目标是赚钱在暴风城买房子并把爸妈接过来，此时他年仅 17 岁——在一般的小说中，这个年龄的主角要么还在青春洋溢地学习，要么已因为心怀高远想要争霸天下。但杰斯却是一个典型的中年社畜：穿越而来的他已在这个世界生活了 17 年，并不高贵的出身、并不出色的天赋让他饱受挫折，多年以来已经失去了雄心壮志，甚至没有对工作的抱怨，只想接活儿赚钱，最大的梦想就是一个安稳的家——他早早过了向往自由的年纪，将目光再次放回家庭。本书开更的 2022 年，正是《魔兽世界》进入中国大陆的第十七年，与其说杰斯是 17 岁的少年，不如说他是那千千万万个在 2005 年第一次进入艾泽拉斯大陆的玩家的投影，在开荒团本过程中，穿越的他正是读者得以代入的窗口。

但杰斯毕竟有一具少年的身体，或者用一句流行语说："男人至死是少年。"又一个鱼雷有时会开单章阐述自己的创作思路、与读者对话，有一次他说："这本书就是冒险故事，当杰斯成为一个冒险不下去的人物的时候，就会完结。"嘴上说着赚钱、买房、平安养老的杰斯行动上却切实践行着自己的冒险：他的"打工"并非出卖苦力，而是一次又一次冒着生命危险面对凶残的敌人，只为完成一个个临时任务，获得并不丰厚的赏金；他甚至为了生存向暗影寻求力量，摸索着踏上了术士的道路。这是读者继续阅读的动力，也是他们玩家身份的再临。

这个冒险故事是一场漫长的行旅。匆匆十余载过去，老玩家大多已经忘记当年游戏里的细节，但杰斯从暴风城起步，去闪金镇，去赤脊山、去洛丹伦……在他打工的路上，这些读者和当年的玩家也从自己早已模糊的记忆中打捞起一些过往，并在丰富的细节中重温探索艾泽拉斯的乐趣。本书最为人乐道的就是它细腻生动的风土人情，往往用短短几段就描摹出迥异的地方风貌，从地理环境到特色美食，乃至活灵活现的异族和怪物，呈现出一个颇具真实感的异世界，几乎摆脱了数值化的游戏逻辑。

是的，虽然以《魔兽世界》游戏为基础背景，但本书没有系统，没有等级，也没有特别的金手指。作为一个"真实"的人，杰斯在"真实"的世界中摸索求存：他有超常的语言天赋，也因此招致一些施法事故；他受到暗影能量的青睐，也免不了受此影响变得易怒、焦躁、轻率、傲慢；他无法准确地估计他人的实力，要分高下只能拳拳到肉地打一场。没有数据、没有复活，他在模糊地成长，一点点掌握力量。

不过，小说去数值化的叙述方式也让剧情显得拖沓，读者对主角的成长亦感知不强。本书无疑是慢热的作品，它要求读者能沉下心来慢慢品味。另一方面，即使已做了大致的补充说明，但对于非玩家的读者来说，它仍是一部颇为艰涩的作品：错综复杂的势力、繁复相似的人名、漫长纠缠的历史、难辨方位的地名、未曾见过的奇幻种族，还有那些既是游戏的过去又是杰斯的未来的已有剧情，无一不是难挨的阅读门槛。作为商业作品，更麻烦的或许是它清晰的同人性质所带来的潜在版权风险。

《暴风城打工实录》忠实地服务了作品自身与所在网站针对的目标人群，但它的局限或许也正在此。对于更为广大的非玩家、"云玩家"来说，"没玩过能看吗"成为普泛的问题，并在相关的推文帖中屡屡出现。或许，安迪斯晨风在微博上的回复是恰当的：

"应该也可以，但如果没有情怀，不如读别的书啊。"

冰临神下：

作者及作品简介

冰临神下，1977 年生，起点中文网签约作家，粉丝昵称"冰大"。2000 年毕业于吉林大学汉语言文学系，曾在多家报纸担任编辑。2010 年辞职专心写作，并于 2011 年 10 月开始在起点中文网连载首部长篇小说《落榜神仙》，中途因无法忍受套路写作的同质化而断更。2012 年遵照个人兴趣创作《死人经》，后被一群"老白"读者发掘，将此作誉为"武侠类网文巅峰之作"。其后相继连载《拔魔》（2014—2015）、《孺子帝》（2016—2017）、《大明妖孽》（2017—2018）、《谋断九州》（2018—2019）等小说。从冷峻、克制且精准的行文风格，到精妙的限制性视角，再到对人性命题的深入处理，中文系背景为冰临神下的创作注入了浓厚的纯文学基因。他的作品不但丰富了网络类型文的形态，也探索着超长篇连载小说的边界。

《星谍世家》自 2021 年 2 月 21 日至 2022 年 1 月 23 日连载于起点中文网，共 207 万字，是冰临神下迈出历史小说领域、进军科幻题材的转型之作。小说开头节奏慢热，中后期渐入佳境，虽未能出圈，但在读者中口碑极佳。全书除冰临神下一贯对权谋与人性的描摹之外，更对人工智能、人机融合、元宇宙等将重塑人类生活的科技有大胆而合情的想象，超越了一般科幻网文的写作程式，整部小说在冷酷而深邃的质感中透露出对未来的深刻思考。

【标签】星际　科幻　谍战　权谋

【简介】

地球毁灭 300 年后，人类散居于七颗行星，并组成松散而脆弱的星际联盟。一颗新的"第八行星"的出现，不仅打破了七大行星之间微妙的平衡，也将翟王星新手间谍陆林北拖入漩涡。"第八行星"继承人被杀事件，引发了陆林北效忠的家族与其他家族的争斗。他先是被当成诱饵抛入局中，又作为棋子陷入家族内斗，最后一步步被卷进星球之间的博弈，乃至人类与人工智能的对抗。虽然是新手上路，但陆林北冷静的头脑、谨慎的性格与敏锐的直觉使得他数次反客为主、化险为夷。在一次又一次与敌人、朋友的交锋中，他逐渐习得了间谍的游戏规则，也开始触摸到历史漩涡的中心。然而，陆林北天生缺乏野心，也不热衷于名利，他在乎的只有在一次任务中邂逅的命师陈慢迟。陈慢迟和陆林北一样同为星际孤儿，他们之间的爱情纯粹、热忱，但是却遭到命运一次次地阻挠……

读者评论摘编

@项十一：

大神佳作，设定宏大，逻辑严谨，文笔高超，佳句频出，阅读起来比前作轻松，但也需要仔细阅读，不然会错过很多细节。每个出人意料的转折都在前文留有大量伏笔。每次看到揭秘，回去翻看前文留下的线索，都有一种逻辑严丝合缝的满足感。

（选自微博，有删改，2021年12月14日）

@captaindaniel：

从科幻小说角度来说，内容足够新颖，情节引人入胜，人物也足够丰满。

原点理论很是那么回事，各种新型数据、人类思考天马行空，但细思却都有合理之处。优秀的科幻小说往往有科学的构思，甚至能预测未来。

……

小说结尾戛然而止，虽意犹未尽，但不像之前几本书那样剧情过度冗长，是一部非常优秀的作品。

（选自百度贴吧，有删改，2022年1月23日）

@钟离言：

本书的科幻部分还不错——只要不和正统科幻小说相比。小说引用了很多普遍的科幻设定，包括空间站、星际战舰、外骨骼机甲、网络入侵等等，但也有一些很有趣且核心的设定，比如数字大脑、程序人以及癸亥这个非常特别的人工智能。这几个设定贯穿全文，真正地让小说有了科幻色彩。

间谍这个部分对我来说非常新奇，是我前所未见的手法。……这本书的间谍完全颠覆了我对这个行业的想象，却又那么合理——主角公开在别人眼皮子底下换情报，发展情报员亦非常随意。不得不承认是我对间谍这个词想得太狭隘。

当然上面两个也只是基础设定，真正重要的还是权谋。即使是星际文，冰大依然交出了一份完美的权谋作品，而且一点也不与科幻背景违和，两相结合反而成了我最喜欢的冰味小说——毕竟科幻对我来说加分太多了。如果爱看权谋，这部小说依然不容错过。

（选自知乎，有删改，2022年3月26日）

@ 安迪斯晨风：

本文是一篇星际背景的科幻文，前期立足本星球，后期则涉及星际大战。同时，人工智能、人机联网、元宇宙等概念也多有涉及，虽然这些概念并不算新颖，但是作者基于这些概念塑造的世界确实独一无二并充满质感。

掌握能源的统治者依靠家族和关系把持上层社会，压迫无依无靠的百姓，新科技导致生产力改变，从而导致生产关系发生变化，引发底层人民革命、殖民星球暴动，而此时的高层政府却还在内斗不休。

一切推演都合情合理，读者似乎能从历史中看到似曾相识的地方，并对故事未来的走向好奇不已。

（选自微信公众号"书海鱼人"，有删改，2022年6月18日）

@ 东2风3随3云3：

我一直觉得中国史书的记载方式和严肃新闻报道没有什么本质区别，通过冷峻的笔触和精心谋划的详略得当，向读者呈现出一个广漠无垠的空间。对于历史而言，这个空间大多时候是王侯将相们的舞台，少数时候则是人民自我意识不断觉醒的、充满希望而又血腥的祭坛。对于新闻报道而言，这个空间则是将芸芸众生囊括其中的市民社会。

听说冰临是新闻行业出身，不知真假，但他每一故事的结局都采用近似的处理：主角和配角们精心编织起来的舞台突然被一股来自历史和市民社会的巨大洪流冲垮，顺着洪流，每个人漂流到广袤世界的不同地方，尽管他们之间的联系没有中断，但这种关系已经和之前完全不一样了。

……

再严密的计划也无法控制人类和历史的走向，同样的，再小的行动也能影响故事的结局，因此我们每个人总是平等地、不多不少地参与到历史进程之中。这种逍遥又充满强烈齐物平等色彩的老庄思想，注定会在中国互联网小说史上留下不可磨灭的印记。

（选自起点中文网书友圈，有删改，2022 年 1 月 25 日）

（作者及作品简介、读者评论摘编：陈晓彤）

"他人即地狱，而地狱是热的"

——评冰临神下《星谍世家》

陈晓彤

    一个封闭的空间——翟京，一个固定的叙述视点——陆林北，一个迷雾重重的事件——第八星球继承人被杀。迥异于一般科幻文，《星谍世家》的开篇既未醉心描摹光怪陆离的新世界图景，也没有进入披着科幻皮用异能打怪升级的套路，而是通过复杂密集的谍战情节，向读者呈现一个待开发行星的出现将如何改变另一颗星球的利益分配与权力格局。倘若是"老白"读者，很容易一眼识破——这种熟悉的叙事风格，与其说是科幻小说，不如说是"冰味儿"小说。

    手术刀般精准的文字，对波谲云诡的权力博弈与不可直视的幽深人性的描写，对宏大叙事的无情解构，再加上一点不时闪现的冷幽默，构成了冰临神下小说独有的"冰味儿"。这种风格特征，源于冰临神下作品的核心标签——"权谋"。通过《星谍世家》，冰临神下再次证明，"权谋"是一种可以与历史分割的类型要素。它可以与帮派武侠题材结合为《死人经》，可以与架空历史世界组装成《孺子帝》《谋断九州》，当然也能在未来星际背景下变化为《星谍世家》。所谓冰味儿，正是冰临神下对"权谋文"类型化叙述技巧的纯熟运用而产生的风格化标识。

    "权谋文"的书写基于对人性幽暗面的强调和展开。人的本性是自私的，揭开温情脉脉的面纱，一切人与人之间的交往不过是弱肉强食与利益交换；为了实现自身的欲望，人与人注定互相倾轧和利用，上一秒的敌人也会是下一秒的朋友——这是"权谋文"共享的对人性的黑暗预设，可以概括为"他人即地狱"。冰临神下牢牢抓住了这一核心预设，从他对小说主角的设定便能看出——杀手、谋士，再到《星谍世家》的间谍——冰临神下十分钟爱描绘行走在人性"地狱"深处的职业。而在人物设定之外，更为重要的是他对叙述视角的选择。

《星谍世家》的叙述基本保持在从主角陆林北出发的有限视角，读者难以深入其他人物的内心，也无从得知他们的真实想法，这无疑放大了读者对于除主角外所有角色的不信任感。当初出茅庐的陆林北被莫名其妙投放到那间出租屋时，语焉不详的上司枚千重、性格冲动的搭档陆叶舟、空降出场的前暗恋对象枚忘真——主角身边的伙伴全都因为视角的限制而蒙上可疑的阴影，更不必说后续在更宏大背景下粉墨登场的来自各色阵营、不同立场的人物。视角的限制还有助于冰临神下发挥他对于线索和伏笔的精妙掌控力，纷至沓来的细节信息宛如无数线头，使读者嗅到背后激烈涌动的博弈，但由于视角受限，读者无法将它们织成完整的情节网络，从而导向对其他角色无尽的猜测与怀疑。再加上冰临神下冷漠疏离的行文风格，用平静克制的文字压住汹涌的权力斗争，凡此种种，形成了奇特的美学张力。

从此种意义上讲，地球毁灭300年后的八大行星与大明王朝或架空的大楚王朝对于冰临神下或许并无区别，都是他对"他人即地狱"展开描绘的宏伟画卷。然而，恰恰是"科幻"这一类型元素的加入，将冰临神下关于人性的沉思推向了更深的维度。科幻为《星谍世家》提供了一种后人类的视野：掀起星际战争的人工智能"癸亥"失望于人性的贪婪，企图融合全人类的思维，抹平个体之间的鸿沟。他认为只有这样，"人类才能结束争端，才能走上一条更加宏大的进化之路"。"癸亥"是"天干地支"的终结，而通过"癸亥"，冰临神下则想象出"权谋"的终结："权谋"的根源在于主体间差异所必然导致的冲突，那么，只要将个体整合为同一的整体，猜疑和博弈便会消失，"权谋"也就此终止。小说最终将这一观点诉诸身心二元论的逻辑："欲望来自身躯，多么可悲的事实，占据进化最高点的思维，却要受到原始本能的推动，将欲望进行美化，为它们编造一个又一个理由，甚至生发出宏大的体系。"因厌倦了权谋，厌倦了黑暗的人性与无休止的猜忌，"癸亥"选择彻底抛弃身躯，畅想着思维得以自由融合后人类乌托邦式的未来。

然而，乌托邦的出现意味着它的解构与反讽也将如影随形。"癸亥"唾弃人性，但它的存在却依赖于人性——因为丁枚的人类意识侵入了代码，"癸亥"才从单纯的程序进化为真正的人工智能，不断诞生新的想法与念头；因为不断地通过网络感知人类的情绪与欲望，"癸亥"才保持着独立的意识，没有被程序同化并消亡。它希望整合人类的思维，让他们摒弃私心与欲望，然而这个目标本身恰恰是它自己的私心与欲望。"癸亥"意味着"终结"，但它诞生的星球却被命名为"甲子"，因为它既致力于对权谋的终结，也因此悖谬性地成为整个小说权谋斗争的开始。

这也是冰临神下的小说没有沦为纯粹的厚黑学教材的原因，因为后者将黑暗等同于人性的全部，而前者却意识到了人性的复杂。欲望不是黑暗的，而是色彩斑驳的；人不是冰冷的理性经济人，而是多变、冲动、不可预测的温热的生物。权谋斗争中的每个人都在追逐利益，可问题是：什么被你视作你的利益？它又为什么被你视作你的利益？《星谍世家》不讲述纯粹的 AI，因为纯粹的 AI 无法创造故事，"癸亥"行走在人类社会的肉身"赵帝典"富有人类的激情、懦弱和恐惧，也因此能够挑起争端、煽动战争。同样，小说也不讲述全然理性的人，因为理性的人必须如同文中支持"癸亥"的极端分子农星文所说，用某种东西将自己"点燃"，才会成为真正行动着的主体。所以骄傲的大王星间谍关竹前会在任务完成后，坚持为在小说第二章就死去的小人物刺杀枚千重，只因这个小人物不只是棋子，还是自己一手提拔的亲密下属；胆小怕事的计算机专家李峰回为了自己的求知欲，哪怕冒着生命危险，也愿意帮主角利用网络与"癸亥"交战；任性的官二代马祥祥用思维控制飞船后，一面肆意报复政敌，一面却对无意间关照过他的女明星茹红裳抱有善意。而对于主角陆林北来说，"点燃"他的则是与妻子陈慢迟的羁绊。这段感情是他一路从翟京到甲子星与各方势力斗智斗勇的动机，也是他一次次在思维被程序融合后坚定地回到现实身躯的理由。作为一篇权谋文的主角，陆林北拥有书中最为理智冷静的大脑，然而支撑这颗大脑运转的底色，却是冲动浪漫的爱情。

陆林北曾将陈慢迟形容为他的"地盘"——"人人都有自己的'地盘'，只有身处其中才最舒服、最坦然"。也正因圈定不同的"地盘"，人类才在土地上云集而彼此争斗，以谋略角逐权力，谓之为"权谋"。在"科幻"的视角下，"权谋"又一次被观照为人性本身，在有关"人工智能"与"人"的交往与竞争中，冰临神下终于补全了这句话——它本来是甲子星居民要求控制人口的荒诞言论，作为一个冷笑话在文中出现，但却显得格外意味深长——"他人即地狱，而地狱是热的"。

我会修空调：

《我的治愈系游戏》

作者及作品简介

　　我会修空调，1993年生，起点中文网白金作家，悬疑恐怖类网文代表作者。毕业于工科专业的我会修空调曾在空调企业工作，先以笔名"宇文长弓"在磨铁中文网兼职写作《超级探险直播》（原名《超级惊悚直播》，2016—2018），后于起点中文网连载《我有一座冒险屋》（原名《我有一座恐怖屋》，2018—2020），该作打破起点中文网悬疑类均订记录，他也在一书封神后成为职业作家。其作品文笔娴熟、线索清晰，在平衡套路节奏与氛围营造的同时，注重人际温情的传达。

　　《我的治愈系游戏》自2021年1月25日至2023年3月1日连载，共327万字。小说构建起庞大的、风格化的诡怪世界观，可视为前作背景设定的延展和补全；在此基础上，我会修空调引入更具收束力的主线，托起"治愈"这一与悬疑类型相关，却少有人涉及的主题。《我的治愈系游戏》连载期间长期居于起点中文网悬疑分类月票榜前列，虽未能破圈达成更好的成绩，但在超长篇悬疑小说的结构、节奏和主题的探索上有了长足进展，为这一类型的成熟作出很大贡献。

　　【标签】都市　悬疑　游戏　温情

　　【简介】

　　韩非是一个名不见经传却怀抱梦想的喜剧演员，他因受排挤而失去了工作，接受了旧货商店老板给的虚拟现实游戏头盔。韩非戴上头盔后却发现怪事：游戏画面写实却毫不治愈，自己身处闹鬼居民楼中，游戏任务暗藏陷阱，左邻右舍处处暗藏杀机。韩非被"治愈系游戏"绑架了，他必须每天上线完成任务，为了自保，韩非只好与自己的鬼邻居们搞好关系。很快他就发现这款游戏没那么简单，自己所在的游戏世界与即将公测的游戏互为镜面，游戏中暗藏着现实中悬案的线索……

韩非在"治愈系游戏"中收集线索、体验人性，并回到现实协助破案，很快成为一名与警方关系密切的惊悚片演员。生活似乎重获希望，但游戏和现实中的线索在韩非脑中却越来越快地交织为一片巨大的网络——为什么自己的游戏和他人不一样？为什么游戏能够映射甚至解析现实？连环案件的主谋是谁？他的目的是什么？自己为什么会被"治愈系游戏"选中？"太好了，又活了一天"，自己真能这样一直活下去吗？

小说借紧锣密鼓的系列案件快速推进前期局面，但就全书着力打造的庞大"深层世界"来说，案件只是前菜。伴随着新地图的不断点亮，惊悚图景、乖戾怪形、怪异的温馨、困惑的浪漫在每个副本和任务中渐次涌现，给韩非带来不同寻常的温情、羁绊与治愈感受。

读者评论摘编

@ 惊扰风色：

《我的治愈系游戏》相较于《我有一座恐怖屋》进步不少，点子非常多，是一部披着黑盒网游的伪无限流，每一个篇章都很不错，总能在黑暗中给予人温暖向上的力量。剧情上主线明确，支线紧凑，人设或者说鬼设较为出彩，符合从一而终念想，战力没有出现崩坏，好评。

（选自优书网，有删改，2022 年 1 月 5 日）

@ 多巴胺成瘾者：

我会修空调的小说有一种微妙的一致感……这本书也大同小异，但韩非的杀心挺重的，感觉作者有意识地将他与陈歌分开，目前看来观感不错，毕竟我很吃他那一套，人性光辉是我永远的 G 点，而且是难得的帅哥主角。就算是文字，看着也赏心悦目。

（选自优书网，有删改，2021 年 9 月 11 日）

@ 赤戟：

引入了娱乐圈元素的泛灵异文，副本流，质量有起伏。作为喜剧演员的主角，在得到一个游戏头盔后，穿梭于现实世界和恐怖游戏世界之间，利用信息差破案升级做任务，完成鬼怪的救赎，同时借鬼魂之手破人间悬案。主角级别升上去后，恐怖氛围不如开头，部分副本太过短平快，导致人物脸谱化，很多细节没有展开就结束了；主角设定则有点过于"伟光正"，中后期整体有点套路化（"了解鬼，帮助鬼，收服鬼，不断循环"）。

（选自微信公众号"赤戟的书荒救济所"，有删改，2022 年 3 月 10 日）

@Niya leung:

在作者看来，战斗力是最简单无脑的架构，只要画好框架，主角就能沿着这个框架不断地跨阶挑战，这是最能省事和水字数的。事实上，我听过的小说里面，不论是玄幻、恐怖还是风水算卦，只要上800集，都会出现战斗力体系，让主角以极快的速度打怪升级，然后成神。

……

《我有一座恐怖屋》（以下简称《恐怖屋》）是我更喜欢的作品，《我的治愈系游戏》虽然更克制战斗力，但有点过于克制了。另外，每个神龛任务实在太长了，故事里面套故事太多了，导致主线不明朗，但这也是和《恐怖屋》相比来说。

谢谢作者能写出这么好的作品，让我们看到鬼怪的另一面，真的很治愈。

（选自知乎，有删改，2023年6月3日）

@韩非的往生刀：

《我的治愈系游戏》（以下简称《游戏》）的惊悚恐怖色彩要浓于《我有一座恐怖屋》（以下简称《恐怖屋》）。如果说《恐怖屋》里的搞笑幽默元素是小说不可或缺的组成部分之一，那么在《游戏》里这些只是作为偶尔的调剂、润滑油出现。

《恐怖屋》里的绝望是狂暴的，从精神病人到厉鬼、变态，都狠狠地宣泄自己的痛苦。这种精神像血色城市，绝望中带着挣扎和反抗。《游戏》的绝望是深沉、内敛的，好像被无时无刻笼罩着，但又很难摸到。这种精神更像黑色雾海，连一丝光芒都难看到，慢慢腐蚀绝望的主人。超越想象的罪恶，摸不到的人性极限。

……《恐怖屋》对外围读者更友好，《游戏》更压抑，或许这就是《游戏》没有《恐怖屋》火的原因。

在精神方面，两部小说是相通的，都是通过反抗黑暗和罪恶，追寻绝望中的一丝希望和生机。

（选自知乎，有删改，2022年6月3日）

@Shibainxm：

以前爱看男频后宫，后面长大了才知道纯爱不易。所以我才爱看《恐怖屋》和《我的治愈系游戏》，至少这两部作品在恐怖里面有纯爱，在绝望里面长出了爱的花。

（选自微博，有删改，2024 年 1 月 3 日）

@祈岱：

我认为文中韩非的人物性格有着极端利他性的倾向。

……

他潜意识相信世界是公平的，他会下意识地维护这种公平。他认为杀人犯罪就应该得到惩罚，好人好鬼就应当得到救赎，如果世间不给好人一个交代，就由他来做。

在故事最开始，孤家寡人的韩非就曾为了帮助孟诗而犯险救晨晨。随着家人队伍的扩大，他给予自己的责任也越来越重。

从玩游戏开始，他几乎无时无刻不在内控，趋利避害是他的本能。

他想当喜剧演员是为了让大家获得幸福与快乐，有利他型人格的特点。

尤其是韩非有很强的移情能力。

……

我认为这实际上是一个很危险的征兆。他是可以为了保护他人而将自己的性命摆上交易台的。也就是说，如果有一刻，他觉得一件事情高于自己的生命，他会毫不犹豫地去做，而不会介意自己是否会从中获得什么利益。

在我看来，拥有这种极端利他型人格的人，他的求生欲不应该像韩非那么强烈。

……

所以我个人臆测，狂笑的出现并不是一个意外，而应该是一种必然。正是有了狂笑的存在，完美人格才真正完美。狂笑或许是利他人格的相反面，也就是极端自我，这种人一定有着极强的求生欲。正是狂笑的强烈求生欲才使得韩非能够从当年的血色夜存活下来，也使他拥有了不符合利他人格的求生意志。韩非就像是太极中的阳仪，白中带了一点黑，整体是善良的，而其中暗藏的那一点黑能够让他更加灵活地应对事物。

一个人如果极端偏向善的一面，他可能会过早地被社会淘汰、背叛；如果极端偏向恶，就会无视一切法度，不与社会相融。只有善恶兼具的人才能够在这个社会存活下去。这也许就是韩非当初打开黑盒时选择上下都开的原因吧。

（选自起点书友圈，有删改，2021 年 12 月 10 日）

（作者及作品简介、读者评论摘编：雷宁）

"疯狂"与"治愈"的置换反应

——评我会修空调《我的治愈系游戏》

雷　宁

作为《我有一座冒险屋》（该作品原名《我有一座恐怖屋》，以下简称《冒险屋》）之后的悬疑新作，《我的治愈系游戏》（以下简称《治愈系游戏》）在庞大世界观、诡怪副本与多线索穿插上风味依旧，令人意外的是由"冒险"向"治愈"的"再进一步"。

在恐怖悬疑这一小众类型下，我会修空调连续达成了两项创举。悬疑题材与长篇网文常见的升级骨架间存在一对天然矛盾：小说前期，恐怖消弭"强力感"；小说后期，升级消弭"悬疑性"。《冒险屋》通过"收鬼"和"经营鬼屋"情节的切分与循环，妥善安放了两种需要，进而以长篇连载积累起人气，突破该类型的订阅天花板。在这部小说中，暴力既是善的锋芒也是恶的宣泄，善恶截然二分，"冒险"意味着以暴制恶的正义与爽快。在此基础上，《治愈系游戏》则探索"治愈"这一新的主题。恐怖与温情的组合并不新奇，其开创性在于，作者不满足于在原框架下妆点式地兑入人性的温情汤药，而是揭开"善"对人性的凝视，直视满溢着困惑的内在之池。《冒险屋》中，主角陈歌的自足感源自四处征伐、除恶务尽，流畅的外循环包覆着稳固的价值核心。但在韩非身上，这一由外向内的链条却被重重迷雾阻隔，价值感陷入混沌。治愈不仅在于渡人，也在自渡。善是什么？给予了善，为何依旧迷茫痛苦？

韩非不是通常意义上的强者、英雄或爱人，而是似圣人的"疯人"。"疯"在陈歌身上也有体现，作为暴力美学的载体，他的疯是"象征战力"，是对恐怖和恶意的震慑。相较陈歌，韩非有更复杂的经验维度。

他战胜鬼怪，也不断接纳和理解鬼怪，为此挑战了游戏的超高难度。韩非的升级之路充斥着紧张、疲惫和越级对抗的疼痛，为拯救他者，他又毫不犹豫地选择牺牲。随着难度的攀升，疯狂仍是他解放战力的标志，甚至成为更重要的力量源泉，韩非的善意越发呈现出倒错感：目的越是正当和迫切，随后陷入的疯狂状态就越是"状况升级"。

福柯曾对疯癫有详尽的解析。在他看来，疯癫难以自述，也不存在本质化的定义，而是为不同时期的话语历史所框定。疯癫曾被视为真理的映射物，是生命力的爆发和思维的极度活跃，可以绕过冗杂的理性，揭示常人所不敢言、不能言的真相；又是非理性的古老意象的复活，如放逐"愚人船"的未知水域，寄托着人们对存在之虚无性的焦虑与恐惧；最终，在理性的全面支配下，作为其对立面的非理性状态之代表，疯癫被隔绝于病房内，受到来自"正常"无孔不入的监管与审视。韩非的"疯"，叠加着疯癫的多重意涵，呈现出复杂的症状。而《治愈系游戏》的优秀之处在于，治愈主题在主线情节的发展下自然推进，疯癫的内涵也在这个过程中透过设定的浮现而不断揭示，多故事排布，少刻板说教。

小说大体延续了前作平衡恐怖与爽的双线设计，并通过全息游戏的设定，将对抗恐怖和收获认可分散在游戏和现实两个世界交替完成。进而，小说又以贯穿两界的谜团统摄起两条线索，从"游戏中的事件为何能够解决现实悬案"开始，一环扣一环地引出"游戏为何有表里世界""当年发生什么事""与我有何联系"等谜题，赋予单元化的故事以前后连贯的张力，在结构上给小说以追逐爽感之外的支撑力和趋于稳定的叙事节奏。

在这一过程中，疯癫首先成为真相的隐喻。韩非发现脑海深处的狂笑声和痛感，在完成任务的极端体验中多次接触这一征兆后，逐渐找回为浅层自我意识所遮蔽的过去。原来，韩非的记忆曾遭到改造，所谓的治愈系人格，的确不是自然产物，而源自被称为"人格整形"的实验性技术。为制造出"完美人格"，一批孩童成为人格整形的实验品，韩非是唯一的"成功者"，因其里人格"狂笑"在实验过程中屠杀了所有代表自我杂念、恶念的人格切片，并自我禁锢于潜意识里的"孤儿院"中。韩非在实验中诞生，但他这样仅有善意和利他性的人格，虽"纯净"，却偏执、残缺。

疯癫与真相在形式上的相连，是其古典意涵的体现，但在小说中，这一真相内容又承载着对现代文明的批判。理性与技术对人的统治，使疯癫被革除出健全主体的定义范围，正如儿童也被认为是不够成熟、需要监管的个体，韩非的"孤儿院"，也即狂笑的"疯人院"。更为讽刺的是，在小说中，正是技术的暴力使韩非和狂笑诞生，理性认定的完美与正确，却是疯癫最根深蒂固的症状，也是导致疯癫的根本原因。"治愈"的可能性存在于一个莫比乌斯环式的恐怖悖论中：理性的极端统治导向人格的解体，"解体"的结果也同时是将人诊断、切割、付诸审判的技术依据。

自我的解离最后在小说中获得艺术性的升华与治愈。疯癫令人忘却疼痛，忘却对未知与死亡的恐惧，忘却恐惧，冲破虚无。决战之幕在疯狂与治愈的复调合奏中拉开，面对恐惧之压迫性秩序的化身，韩非选择自尽，解放对疯癫的束缚。孤立已久的利他性化作本真欲望，汇入人性解放的超凡力量洪流。紧接着，狂笑献祭自己和恐惧本体以唤回韩非。血海翻卷，苍穹垂泪。四散的自我在这场盛大的象征仪式中奔向自由与整一，以悲剧式的癫狂和美丽，对"善"作出最后的召唤。

救世虽老套，"归来"却很治愈。在故事末尾，从未学会发笑的喜剧演员终于露出一个由衷的笑容，这是世界赠他的礼物。

远瞳：

《深海余烬》

作者及作品简介

　　远瞳，起点中文网白金作家，2010 年 9 月开始在起点中文网连载出道作《希灵帝国》（2010—2014），此后又相继完成《异常生物见闻录》（2014—2018）、《黎明之剑》（2018—2022）两部长篇，并于 2022 年 7 月起连载新作《深海余烬》，2024 年 5 月完结，全文共计 259 万字。从科幻尚属网文小众题材的 2010 年，到网文科幻热潮正盛的 2024 年，远瞳始终坚持深耕科幻领域。存在于虚空之中，由无数个各自具有完备宇宙规律的世界构成的高维宇宙图景成为远瞳所有作品共用的科幻世界观，而其间诸文明如何在走向末日的过程中以不泯的希望和巨大的勇气面对灭世级灾难，则是这些作品中反复出现的主题。远瞳的小说有着鲜明的二次元特征，人物间吐槽玩梗的轻松氛围与末日史诗的悲壮感交织，构成其独特的叙事风格。

　　《深海余烬》在连载期间长期位列起点中文网月票榜科幻类前二，男频月票总榜前十，并获得第三十三届中国科幻银河奖"最佳网络科幻小说奖"，有着出色的读者口碑与商业成绩。《深海余烬》延续了远瞳的二次元科幻风格和基本主题指向，又加入近年来流行的类克苏鲁元素，行文与叙事更为纯熟老练。故事大开大合、环环相扣，细节处又有婉转灵光，体现出步入成熟期的网文大神作者的从容气度。

　　【标签】科幻　克苏鲁　蒸汽朋克

　　【简介】

　　周铭的单身公寓被无边的浓雾封锁，他只能推开那扇前往异界的大门，成为幽灵船"失乡号"的船长邓肯。人类聚居于数座孤岛，环绕孤岛的广袤海域诡秘莫测，下潜穿过幽邃深海便是亚空间，不可感知、不可理解的极端危险之物盘踞其中，向人类世界伸出致命的触腕。在这过分逼仄的陌生世界中，邓肯（周铭）结识了习惯于"分头行动"（头和身体分家）的异常人偶爱丽丝、聒噪至极的山羊头大副、用跳劈解决一切的"体育系"深海教会审判官凡娜、与幽邃猎犬阿狗共生的粗口少女雪莉、乖巧懂事的太阳碎片妮娜等一众船员。通过与普兰德、寒霜、轻风港等人类政权以及四大教会的接触，邓肯逐步揭开自大湮灭至深海时代的历史：数个世界相互撞击造成的大湮灭彻底毁灭了所有的旧日文明，而今的世界不过是旧日文明的余烬，诸神在这余烬之上重造万物。但大湮灭所带来的混乱与冲突始终深深扎根于这万物之中，于是新生的文明一次次走向死寂长夜。在邓肯（周铭）的帮助下，所有不愿顺从地走向灭亡的人们一次次克服危机，一点点逼近真相。临近黄昏的深海时代摇摇欲坠，但在看似毫无意义的苟延残喘般的修修补补中，文明的余烬或将找到重生的希望。

读者评论摘编

@砥志研思日旰忘食：

《诡秘之主》火了之后，克系背景的小说就像雨后春笋般出现，而它们无一例外都是偏严肃、压抑的。西幻背景下的小说都是如此吗？也不尽然，就比如本书。大眼珠子依旧保持自己的风格，在西幻的背景下（甚至开头还有点克系的诡异之感），营造出一种轻松温馨的团圆气氛，别具一番风味。

……

大眼珠子的风格就是在偏严肃或是诡异的背景下，通过吐槽、反差等营造出一种轻松的氛围。作者的笔力越发强了，所创作的四部作品的背景从非常宏大（具有各个位面）的世界到现在单一的比较小的世界。众所周知，背景大更好写，更容易填充故事。而现在背景变小，故事却依然有趣，就不得不说作者笔力之强。

（选自起点中文网书友圈，有删改，2023年7月4日）

@关山月隐：

看完了寒霜副本。其实在这其中邓肯本人的参与更少了，视角进一步转移到人类的共同命运与挣扎中。这就是为什么作者写一个满级主角但依然不会缺乏代入感和情感触动。固然，主角本身在当前设定下是几乎没有任何危险的，但故事的着眼点并不是主角自身的经历，而是随着主角的视角——他本人即使实力再高，在对这个世界的认知上始终是和读者一样的水平——来慢慢了解这个世界，跟着大眼珠子笔下其他的人物一同体验作为人类的抗争与历史。这是和传统以主角为"主角"的小说不同的地方，是一种极好的群像描写手段，也是这本书精彩的原因之一。

（选自起点中文网书友圈，有删改，2023 年 7 月 31 日）

@ 岩伍：

整体由日常和一个个故事组成，缺乏紧张感，因为万能的船长会解决任何麻烦。沿用希灵系设定，人有人的勇武坚毅，神有神的慈悲担当。各种逗趣儿吐槽毫无违和感。

（选自起点中文网书友圈，有删改，2023 年 5 月 1 日）

@ 纳兰朗月月月月：

《深海余烬》中，人类陷入穷途末路，天上挂着的太阳是一个巨大的人造符文，幸存的几个城邦岌岌可危，夜晚的黑暗与海上迷雾中的怪物虎视眈眈。

然后，男主带着他的船和绿火闪亮登场了！

从亚空间归来的失乡号凶名赫赫，有不服的拿绿火烧一下就能消毒，船长还有更改高层次概念的能力——这也太强了！

小说延续了大眼珠子的一贯风格，仿佛是玄幻，但其实也是科幻。

庄严宏大三秒后，魔王得擦地板上用来画传送阵的酱油，哥特人偶也要担心掉头发无法再生的可怕后果。

动人和谐趣交织，很好看！

但很快，短板暴露无遗，导致我的评分一再降低。

进入第二卷后，节奏明显慢了下来，作者不得不用大量日常来填补，但此时失乡号上的各位颇有点儿各演各的味道，完全没有《异常生物见闻录》那种团队紧密配合的感觉，于是哪里都是散的，就连日常也是散的。

另一个问题是邓肯船长实在太"爹"了、太强了。他强到几乎没有什么概念和存在能够威胁到他，如果有，烧一烧就好了，城邦的危机绝对不会蔓延到他身上。烧一次拯救城邦的剧情很爽，一路烧下去就让人有点儿厌倦。

而他的"爹"，是那种"我是一个慈祥、和蔼又开明的父亲"的

"爹"，不算讨厌，但毕竟有身为爹的自觉，可以依靠、可以玩笑，但是没办法成为平等相待的朋友。

最后一个问题是结构。《异常生物见闻录》前几个副本的独立性比较强，"发现问题—直面问题—解决问题"的过程非常明显。而《深海余烬》伏笔太多太深，一上来就让整个世界呈现出处处漏风的状态，而到现在哪一个谜题也没能得到解决，这让我不免焦躁。

也许存一段时间，一口气看完会比追连载更舒服吧。

（选自微博，有删改，2024 年 1 月 14 日）

@ 意难平 bot--：

在 if 线（指第七百五十章 "火的未来" 中的情节）中，揭示了克苏鲁世界观下的悲剧底色。即使大眼珠子用诙谐来掩盖，也总能从某些时候泄露出来。

（选自微博意难平 bot 的投稿，2024 年 1 月 29 日）

@ 科幻世界：

从海洋到城邦，从现实到灵界，作品在宏大而充满悬念的设定中，诡异却又掺杂着幽默诙谐地讲述一个文明在时代洪流中不断挣扎、求得救赎的史诗。

（选自微博，第三十三届中国科幻银河奖 "最佳网络科幻小说奖" 授奖词，2023 年 3 月 25 日）

@ 木逢舟：

一首纯善的史诗，一个湮灭的终点，一段挣扎的起点，一条漂荡在勇气河流中的幽灵船，一个其实真的很好的船长伸出手拉住了即将溺死在无尽黑暗中的不同种族的剩余生物。

一流的文笔，一流的人物塑造和剧情设计，每个伏笔都死得瞑目，每段故事都让人啧啧称赞。

（选自微博，有删改，2024 年 2 月 16 日）

@昨夜春归：

优点是世界观非常新颖，故事也讲得很好，虽然不是克系，但是克味十足，尤其是前期探索的时候，荒诞诡异的感觉时时刻刻充斥文中。

……另外，远瞳真的非常擅长大场面描写，小说电影感十足，想象力丰富的我每次看到决战场景都直冒鸡皮疙瘩。

我很赞同另外一位书友的评论。阅读《深海余烬》的时候，我能够从字里行间看到老作者的游刃有余，在我这里体现的就是人物的脸谱化、工具化，每个点，这个人物要发挥什么作用都十分清晰，清晰到我有一种做阅读理解的感觉。啊，对，就是那种"简述这个人物的出场对于故事的发展有什么作用"的题目。要说好也好，不拖沓、利于故事发展和鲜明人物性格；要说不好呢……确实是有一点无聊，尤其是到后期，线索基本上给全了，谜题解开了，看久了实在是有点没惊喜。

（选自微博，有删改，2024 年 1 月 30 日）

（作者及作品简介、读者评论摘编：王玉王）

疯狂世界与人类赞歌

——评远瞳《深海余烬》

王玉王

　　"我们的世界，只是一堆渐熄的余火。"

　　打开房门，离开被浓雾封锁的单身公寓，周铭抵达的就是这样一个过分糟糕的世界。文明的孤岛漂浮于危机四伏的广袤深海，而知识正如深海，总在伺机吞噬人类的理智与生命，追求真理的旅程时时与死亡相伴。

　　深海与孤岛难免让人联想起美国作家洛夫克拉夫特写在《克苏鲁的呼唤》（1926）开篇的句子："我们居住在一座名为无知的平静小岛上，而小岛的周围是浩瀚无垠的幽暗海洋。"远瞳在《深海余烬》中确实使用了近年颇为流行的克苏鲁设定，而这套设定所包裹的意指是渺小人类的脆弱理性在面对庞大、诡秘而疯狂的外部世界时无可挽回的崩溃与退败。《深海余烬》描绘的就是这样一方天地。数个世界相撞，互不兼容的宇宙法则彼此摧毁，所有旧日文明都在瞬间灰飞烟灭。诸神于废墟之上重造万物，但世界撞击带来的混乱与冲突却始终深深扎根于万物之中，于是新生的文明一次次走向毁灭，而每一个新的文明纪元都比上一个更加逼仄和严酷。如今的深海时代亦在走向长夜，世界的不稳定性与日俱增，人类无时无刻不与未知的恐怖正面遭遇，而为了文明存续所做的一切努力又都显得太过微不足道。

　　但在非理性的世界设定之上，《深海余烬》的叙事却是高度理性化的，情节环环相扣、伏笔被层层揭开，故事中的人为之前仆后继、肝脑涂地都难知一鳞半爪的世界真相，就这样在读者面前层层展开。与这种行文风格相适应，整部作品的主题绝非人之溃败，而恰恰是人类赞歌。那些生活于深海时代的人们，冒着精神崩溃的风险仍不肯放弃动用自己的理智探索未知，面对最恐怖的敌人仍有勇气举起手中之剑，眼见前路晦暗仍怀揣希望跋涉，或明知绝望亦不肯停下脚步。无论他们最终抵达的是黎明还是长夜，都值得以片刻夺日赢得永恒的荣光。哪怕是这个世界最平凡的普通人，也都一边背负着巨大的恐惧，一边将日复一日的生活过得有声有色。正是在他们身上，主人公周铭看到了"文明的韧性"。

而那些已经死去并悖论般地与此同时正在缓慢而痛苦地死去的神明，也不过是在大湮灭中消亡的文明各自遗留的最后一人，他们为新的纪元设计蓝图，一次次犯错、失败又重来，直至完全疯狂或彻底消亡。没有至高的神可以依赖，也没有天启的通途可以践行，《深海余烬》所讲述的，是赤裸诞生于天地之间的人们，依靠自己的智慧、力量与勇气，守护自己创造的文明的故事。

在走向末日的过程中，一个文明将为自我存续做出怎样的努力与抉择？这是远瞳创作中反复出现的主题。《异常生物见闻录》中，主人公郝仁一行便堪称文明的扫墓人，游走于各式各样的文明遗迹，聆听那些灭亡文明的最后回响。探索与牺牲、勇气与坚韧也屡屡成为这些回响中的强音，引发读者的怅惘与敬意。与之不同的是，周铭正身处深海时代的末日进行时。在这个诸神已死的世界中，周铭本人却是一个巨大的、明晃晃的机械降神。周铭实在强得过分，随手点燃的幽绿火焰，便能燃尽一切威胁。无往而不利的周铭终将把文明的火种带往新的世界。

尼采曾在《悲剧的诞生》中对机械降神做出解释：欧里庇德斯的戏剧总有一个序幕，让一位可信赖的神祇交代故事的前情与走向，而在结尾处则通过机械降神确保主人公得到他应有的结局。如此，观众便不必分神思索每一个人物的意图倾向或冲突可能的发展方向，因而能够聚焦于主人公的激情与雄辩，而这才是欧里庇德斯所理解的悲剧的真正精华。欧里庇德斯的悲剧是理性乐观主义者的悲剧，在这里，重要的不再是太一、命运或者原初的痛苦与恐惧，而是具有独立理性的个人的自我呈现。周铭或许亦当如是理解，他不是故事的主人公，而是向读者许诺了故事起点、终点与发展方向的机械降神。正因周铭存在，读者才能全神贯注地感受那些在末日面前依然不屈反抗或努力生活的真正的主人公们的激情与锋芒。诸神已死，血脉的传承早已中断，历史早已破碎，而最终的胜利属于机械降神。于是，当读者为故事中的人们动容时，便不再是因为信仰、历史与传统，也不再是因为他们终能凭借自己的努力赢得胜利。人类的荣光只来自其存在本身，来自每一个此刻的思考与行动。

欧里庇德斯所处的时代，是个体化原则与理性精神初兴的时代，在那里，理性的激情来源于对世界之本质的可探究性的信仰，《深海余烬》中克苏鲁风格的世界则不然。在深海时代，人类理性是最不堪一击的小玩意儿，大湮灭意味着旧世界秩序的崩溃，而可靠的新秩序始终不曾诞生。理性并不强大，世界之本质亦不可探究，那么在《深海余烬》中，人类的赞歌或理性的激情究竟建基于何处呢？

或许答案是：生活。

没心没肺的爱丽丝照旧与"船员"们吵吵闹闹，像妮娜一样的小孩子可以每天早上出门上学、晚上回家吃饭，只是为了如此简单的原因，周铭开始介入这个原本与他无关的世界。深海时代不存在全知与全善，但人们心中对于好的生活，却有着相似的描画。远瞳的小说中，总有一群"谐门"的伙伴，每天插科打诨、嘻嘻哈哈，在非日常的间隙锲而不舍地享受日常生活。他们遮住了克苏鲁世界的悲观底色，或许也透露出文明向上发展的原初动力。

附录

2022—2023 中国网络文学榜单汇总

（榜单整理：陈绚、王欣泽、何健）

一、官方榜

2022 年度中国网络文学影响力榜

【按】中国网络文学影响力榜是中国作协发布的重要榜单，旨在树立标杆，强化引领，发挥优秀作家作品的导向激励作用，推动网络文学在文本质量、IP 改编、国际传播、队伍建设等方面实现高质量发展。2022 年度中国网络文学影响力榜共有 29 部网络文学作品和 8 位新人作家上榜，包括网络小说榜、IP 影响榜、海外传播榜、新人榜四个榜单，突出强调网络文学的主流化、精品化创作和海外传播。

一、网络小说榜

《关键路径》匪迦

《洞庭茶师》童童

《上海凡人传》和晓

《逆行的不等式》风晓樱寒

《我们生活在南京》天瑞说符

《夜的命名术》会说话的肘子

《寄生之子》群星观测

《长夜余火》爱潜水的乌贼

《黎明之剑》远瞳

《永生世界》伪戒

二、IP 影响榜

《开端》祈祷君

《云过天空你过心》（改编剧：向风而行）沐清雨

《小敏家》伊北

《烽烟尽处》酒徒

《萌妻食神》紫伊281

《九天玄帝诀》傲天无痕

《星域四万年》卧牛真人

《超级神基因》十二翼黑暗炽天使

《清穿日常》（改编剧：卿卿日常）多木木多

三、海外传播榜

《星汉灿烂，幸甚至哉》关心则乱

《遇见你余生甜又暖》沐六六

《他从火光中走来》耳东兔子

《光阴之外》耳根

《不科学御兽》轻泉流响

《一剑独尊》青鸾峰上

《战尊归来》在云端

《只有我能用召唤术》竹楼听细雨

《宇宙职业选手》我吃西红柿

《刀剑神皇》乱世狂刀

四、新人榜

本命红楼

阎ZK

听日

我最白

我爱小豆

裴不了

退戈

奕辰辰

第六届中国"网络文学＋"大会优秀网络文学作品榜单

【按】2023 年 3 月 24 日，第六届中国"网络文学＋"大会在北京举办，本届大会以"网抒新时代，文铸新辉煌"为主题，由国家新闻出版署、北京市人民政府指导，中共北京市委宣传部（北京市新闻出版局）、中国音像与数字出版协会、中国作家协会网络文学中心等单位主办。大会发布了《2021 年中国网络文学发展报告》及第六届中国"网络文学＋"大会 14 部优秀网络文学作品，旨在对网络文学新时代十年进行回顾和总结，对网络文学生存现状进行把脉和梳理，对网络文学未来前景进行展望和寄语。

入选作品

《长乐里：盛世如我愿》骁骑校

《生命之巅》麦苏

《樱花依旧开》陆月樱

《寂寞的鲸鱼》含朐

《廊桥梦密码》陈酿

《京脊人家》花清袂

《何日请长缨》齐橙

《他以时间为名》殷寻

《老兵新警》卓牧闲

《大茶商》童童

提名作品

《国风少女》邵子岐

《重生：湘江战役失散红军记忆》李时新

《故巷暖阳》鱼人二代

《三餐肆季》（原名《七公斤的爱情》）阿琐

2022年第四届"茅盾新人奖·网络文学奖"

【按】茅盾新人奖原名茅盾文学新人奖，于2014年设立，每两年颁发一次，奖励对象为45周岁以下（含45周岁）创作成绩突出的青年作家、评论家。从第二届开始，茅盾文学新人奖增设了网络文学新人奖，将网络文学作品纳入评奖范围。本届奖项由中华文学基金会、浙江省作家协会和桐乡市人民政府共同主办。

蝴蝶蓝

会说话的肘子

紫金陈

耳根

卓牧闲

蔡骏

藤萍

善水

横扫天涯

意千重

2023年第五届"茅盾新人奖·网络文学奖"

【按】茅盾新人奖原名茅盾文学新人奖，于2014年设立，每两年颁发一次，奖励对象为45周岁以下（含45周岁）创作成绩突出的青年作家、评论家。从第二届开始，茅盾文学新人奖增设了网络文学新人奖，将网络文学作品纳入评奖范围。本届奖项由中华文学基金会、浙江省作家协会和桐乡市人民政府共同主办，除10名正式获奖者外，还增设10名提名奖。

获奖者

骷髅精灵

沐清雨

天瑞说符

跳舞

远瞳

柳下挥

我本纯洁

胡说、终南左柳

妖夜

古兰月

提名奖

麦苏

匪迦

陆琪

我本疯狂

清扬婉兮

风晓樱寒

纯银耳坠

赖尔

善良的蜜蜂

阿彩

第二届天马文学奖

【按】天马文学奖由上海市新闻出版局、上海市作家协会、中共上海市虹口区委宣传部共同主办，旨在为上海乃至全国的网络文学发展贡献力量。自 2018 年 10 月启动的天马文学奖每三年一届，本届评奖对象为 2020 年 1 月 1 日至 2022 年 12 月 31 日在全国各大文学网站发表且已完本的华文网络文学作品，公开发表或出版的理论评论作品，以及已翻译成外文且在国外网站连载或出版的华文网络文学作品。

《长乐里：盛世如我愿》骁骑校
《诡秘之主》爱潜水的乌贼
《大医凌然》志鸟村
《北斗星辰》匪迦
《从红月开始》黑山老鬼

第八届紫金山文学奖

【按】第八届紫金山文学奖是 2023 年由江苏省作家协会主办的文学类奖项，共设置 13 个奖项，包括长篇小说、中篇小说、短篇小说、散文、诗歌、报告文学、儿童文学、网络文学、影视文学剧本、文学评论、文学翻译、文学新人等，共评出 48 部（篇）获奖作品。

网络文学奖
《女兵安妮》赖尔
《长安秘案录》时音
《身如琉璃心似雪》萧茜宁

中国小说学会 2022 年度好小说网络小说榜单

【按】中国小说学会是文学界最早发起排行榜评选的全国性学术团体，每年组织一次小说评选，旨在反映本年度中国小说创作的基本风貌和主要成绩。本次评选共选出 5 部长篇小说、10 部中篇小说、10 篇短篇小说、10 篇小小说·微型小说和 10 部网络小说。

《老兵新警》卓牧闲（起点中文网）
《一剑独尊》青鸾峰上（纵横中文网）
《从红月开始》黑山老鬼（起点中文网）

《公子凶猛》堵上西楼（中文在线）

《星门：时光之主》老鹰吃小鸡（起点中文网）

《折月亮》竹已（晋江文学城）

《黎明之剑》远瞳（创世中文网）

《我们生活在南京》天瑞说符（起点中文网）

《大明第一狂士》龙渊（掌阅小说网）

《月球之子》童童（番茄小说网）

中国小说学会2023年度好小说网络小说榜单

【按】中国小说学会是文学界最早发起排行榜评选的全国性学术团体，每年组织一次小说评选，旨在反映本年度中国小说创作的基本风貌和主要成绩。本次评选共选出5部长篇小说、10部中篇小说、10部短篇小说、10部小小说·微型小说和10部网络小说。

《道诡异仙》狐尾的笔（起点中文网）

《深空彼岸》辰东（创世中文网）

《我的治愈系游戏》我会修空调（起点中文网）

《全军列阵》知白（纵横中文网）

《我在精神病院学斩神》三九音域（番茄小说网）

《洛九针》希行（起点女生网）

《星际第一造梦师》羽轩W（晋江文学城）

《大国蓝途》银月光华（七猫中文网）

《拥抱星星的天使》妖怪快放了我爷爷（掌阅小说网）

《向上》何常在（七猫中文网）

第二十届百花文学奖

【按】百花文学奖前身为百花文艺出版社品牌期刊《小说月报》"百花奖"，其设立以来，不断扩展视野和关注领域，先后增设了散文奖、影视剧改编价值奖、科幻文学奖等奖项，并升级为"百花文学奖"。2023

年第二十届百花文学奖由天津市委宣传部指导，天津出版传媒集团主办，百花文艺出版社承办。本届设立了网络文学奖。

网络文学奖：

《北斗·星辰》匪迦

《长乐里：盛世如我愿》骁骑校

《我们生活在南京》天瑞说符

二、商业榜

（一）阅文集团

2022 年度网络文学榜样作家"十二天王"榜单

【按】阅文集团"十二天王"，自 2016 年起每年发布，由平台编辑部讨论投票决出十二位在去年一年中综合成绩最好、市场口碑最佳、最具代表性的非"大神"作者及其作品，是阅文集团每年发布的诸多榜单中最受关注的门类之一，入选"十二天王"即代表已在网络文学行业崭露头角，成为"大神作家"预备役。

"现象级破圈王"狐尾的笔《道诡异仙》

"仙侠儒道流王者"出走八万里《我用闲书成圣人》

"古风轻小说王者"一蝉知夏《我家娘子，不对劲》

"都市先锋王者"酒剑仙人《开局账号被盗，反手充值一百万》

"历史文爆款王"怪诞的表哥《终宋》

"古典仙侠王者"情何以甚《赤心巡天》

"玄幻反套路王者"南瞻台《当不成赘婿就只好命格成圣》

"奇幻基建冒险王"阴天神隐《高天之上》

"热血电竞人气王"这很科学啊《什么叫六边形打野啊》

"科幻创意王"南腔北调《俗主》

"玄幻武侠最强新秀"关关公子《女侠且慢》

"历史文畅销新人王"头顶一只喵喵《大秦：不装了，你爹我是秦始皇》

2023 年度网络文学榜样作家"十二天王"榜单

【按】情况同上年。

"都市最强新人王"错哪儿了《都重生了谁谈恋爱啊》

"仙侠爆梗王"最白的乌鸦《谁让他修仙的！》

"朝堂仙侠最强新秀"弥天大厦《仙子，请听我解释》

"古典仙侠精品王"季越人《玄鉴仙族》

"修仙公路文第一人"金色茉莉花《我本无意成仙》

"奇幻轻小说王者"可怜的夕夕《不许没收我的人籍》

"历史文创意王"西湖遇雨《大明国师》

"科幻新锐王者"拓跋狗蛋《最终神职》

"玄幻高武题材人气王"群玉山头见《神话纪元，我进化成了恒星级巨兽》

"古典玄幻复兴王者"裴屠狗《道爷要飞升》

"游戏文爆款王"布洛芬战士《说好制作烂游戏，泰坦陨落什么鬼》

"奇幻卖座王"新海月 1《国王》

阅文集团 2022 年原创文学新晋白金作家

【按】阅文集团"白金作家"，是起点中文网十数年来建立的文化品牌，代表网络文学行业至高荣誉，阅文集团每年颁布"白金作家"名单，人数不定，由编辑部讨论投票选出过去一年中综合成绩最好、市场口碑最佳、最具代表性的"大神作家"，颁发"白金作家"称号。跻身"白金作家"名单的作者，在事实上已立于行业金字塔尖。

卖报小郎君

千桦尽落

闲听落花

言归正传

阅文集团 2023 年原创文学新晋白金作家

【按】情况同上年。

晨星 LL

纯洁滴小龙

偏方方

我会修空调

西子情

志鸟村

阅文集团 2022 年原创文学新晋大神作家

【按】阅文集团"大神作家",是起点中文网十数年来建立的文化品牌,与"白金作家"名单一样同为行业内最重要、最受关注、最具代表性的年度榜单,人数不定,每年由平台编辑部讨论投票决出过去一年内综合成绩最好、市场口碑最佳、最具代表性的作者。榜单内多数作者由历届"十二天王"升级而来,跻身"大神作家"名单,则证明其在网络文学创作上已登堂入室,成为行业的中坚力量。

饭团桃子控

佛前献花

姬叉

历史系之狼

南之情

七月未时

轻泉流响

听日

阎 ZK

伊人为花

幼儿园一把手

郁雨竹

阅文集团 2023 年原创文学新晋大神作家

【按】情况同上年。

凤嘲凰

关关公子

海底漫步者

狐尾的笔

画笔敲敲

南瞻台

裴不了

卿浅

玉楼人醉

2023 首届阅文全球华语 IP 盛典榜单

【按】2024 年 2 月 5 日，2023 阅文全球华语 IP 盛典在新加坡滨海湾金沙举办。盛典以"东方奇遇夜"为主题，首次走出国门在腾讯视频上线直播。盛典现场，阅文集团发布了 2023 全球华语 IP 榜单。

年度杰出作家：爱潜水的乌贼

年度新锐作家：狐尾的笔

海外影响力作家：空谷流韵、眉师娘、须尾俱全

年度最受期待改编 IP：《大奉打更人》《鬼吹灯之南海归墟》《诡秘之主》《狐妖小红娘》《牧神记》《庆余年》《全职高手》《夜的命名术》《与凤行》《异人之下》

最具影响力 IP 角色：唐三、萧炎、叶修、克莱恩·莫雷蒂

最具突破 IP 改编网络电影：《赘婿之吉兴高照》

年度人气 IP 改编短剧：《宠妃凰图》火星计划

年度人气 IP 改编动漫：《斗罗大陆》《斗破苍穹》《凡人修仙传》

年度人气 IP 改编影视：《长相思》（第一季）、《莲花楼》、《异人之下》

年度人气 IP 改编游戏：《斗罗大陆：魂师对决》《凡人修仙传：人界篇》《天涯明月刀》

年度成就作品：《千里江山图》

年度影响力作品：《赤心巡天》《道诡异仙》《灯花笑》《国民法医》《剑阁闻铃》《灵境行者》《满唐华彩》《明克街 13 号》《深海余烬》《宿命之环》

（二）晋江文学城

晋江文学城 2022 年度盘点

【按】"年度盘点"是晋江文学城每年对当年优秀作品的记录和嘉奖。晋江文学城 2022 年度盘点设有"现实题材""古典题材""幻想题材""玄奇题材""科幻题材"五个类别。此外还设有"历年热门标签"栏目，记录了晋江文学城从 2008 年到 2022 年的热门标签变迁史。

现实题材

《别想掰弯我》林七年

《春夜囿渡》晏执

《动心你就输了》无影有踪

《[短道速滑] 从学霸到冬奥冠军》天予昭晖

《放学等我》酱子贝

《江医生他怀了死对头的崽》葫芦酱

《你不乖》臣年

《你听得见》应橙

《身为队长，必须高冷［电竞］》芝芝猫猫

《她来听我的演唱会》翘摇

《我被初恋退婚之后》三千风雪

《先婚后爱》梦筱二

《悬日》稚楚

《怎么还不哄我［娱乐圈］》墨西柯

《折月亮》竹已

《只要你》九兜星

《逐夏》木瓜黄

古典题材

《被将军掳走之后》望三山

《穿成摄政王的侍爱逃妻》若星若辰

《重生之贵妇》笑佳人

《大清第一太子》时槐序

《皇家第一福星》水晶翡翠肉

《继母不慈》张佳音

《嫁反派》布丁琉璃

《今天我仍不知道亲爹是朱元璋》木兰竹

《锦衣杀》九月流火

《［清］四爷，养生了解一下》岳月

《［清穿］后宫升职专家》顾四木

《［清穿＋红楼］皇子宠妻指南》千山不关

《求生倒计时》木兮娘

《日升青鸾》香草芋圆

《［三国］穿越后我开启了病弱主公路线》醉酒花间

《世上还有这种好事儿？》三日成晶

《岁时有昭（双重生）》八月于夏

《戏明》春溪笛晓

《养狼为患》青端

《长风有归处》语笑阑珊

《朕的爱妃只想吃瓜》延琦

幻想题材

《抱错后可爱妹妹重生了》浣若君

《变成动物也要端上铁饭碗（快穿）》上春正人间

《不许觊觎漂亮系统！！》温泉笨蛋

《超能力漫画家小林成实》十三木

《穿成女儿奴大佬的前妻》红芹酥酒

《穿成阴鸷反派的联姻对象》马户子君

《女配的悠闲生活》哈哈怪大王哈

《当社恐穿成网络渣攻后》八月中林

《工业修真［直播］》林知落

《和影后妈妈上实习父母综艺后》溯时

《金牌教练（电竞）》蝶之灵

《惊！清贫校草是孩子他爸》林绵绵

《猫想报恩真的好难》青鸟临星

《魔王摘下了他的小犄角》羽萌

《漂亮美人海岛养娃［七零］》似伊

《生而为王》边巡

《她作死向来很可以的［穿书］》撕枕犹眠

《偷风不偷月》北南

《万物风华录》非天夜翔

《位面超市》蜀七

《我的婆婆是重生的［七零］》香酥栗

《我靠玄学直播成为地府顶流》甜竹

《咸鱼小丧尸［无限］》芷衣

玄奇题材

《不见上仙三百年》木苏里

《重生成仙尊的掌中揪》一丛音

《和男主同归于尽后》画七

《剑寻千山》墨书白

《揽山雪》吾九殿

《魔尊怀了我的崽［穿书］》山有青木

《魔尊只想走剧情》即墨遥

《我靠抽卡凹人设》道长单飞

《我靠血条碾压修真界》暮寒公子

《我是一棵树？［洪荒］》玉食锦衣

《我以为我拿的救赎剧本》从温

《我用大锅整活带飞全仙门》盐焗大龙虾

科幻题材

《虫族之我来自远方》碉堡堡

《打完这仗就回家结婚［星际］》寒菽

《当魔王穿成小可怜［星际］》牧白

《第九农学基地》红刺北

《高维入侵》七流

《四院病友交流论坛［无限］》龙女夜白

《他好会（星际）》少予

《我不做人了［星际］》乌珑白桃

《游戏成真后眷属个个黑化了》西风醉

《星际第一火葬场》叶猗

《异世星屋囤货》南绫

《银河第一可爱》春风遥

2022 年热门标签

爽文

甜文

情有独钟

穿越时空

穿书

强强

天作之合

重生

无限流

宫廷侯爵

晋江文学城 2023 年度盘点

【按】"年度盘点"是晋江文学城每年对当年优秀作品的记录和嘉奖。晋江文学城 2023 年度盘点设有"现实题材""古典题材""幻想题材""玄奇题材""科幻题材"五个类别。此外还设有"历年热门标签"栏目，记录了晋江文学城从 2008 年到 2023 年的热门标签变迁史。

现实题材

《不许装乖［电竞］》路回清野

《潮湿夏夜》雪满山岗

《放学后别来我办公室》提裙

《给卫莱的一封情书》梦筱二

《公开［娱乐圈］》臣年

《婚后回应》六盲星

《结婚对象他诡计多端》温泉笨蛋

《恋爱预约［娱乐圈］》引路星

《社死夫夫抢救中》东风打耳

《谁说老二次元不能结婚！》鳄人行山

《十一年夏至》明开夜合

《水火难容》superpanda

《相亲对象他长得很凶》笑佳人

《向银河靠近》蒋牧童

《星星轻颤时》唧唧的猫

《于晴空热吻》璇枢星

《炙吻》弱水千流

古典题材

《臣好柔弱啊》马户子君

《穿成大秦暴君的"驸马"[穿书]》青鸟临星

《春台记事》盛晚风

《大唐第一太子》时槐序

《[大唐]武皇第一女官》顾四木

《东宫福妾(清穿)》南风不尽

《风月狩》尤四姐

《闺中绣》希昀

《黑莲花太医求生指南》弃脂焚椒

《宦官之后》雾十

《金缕衣》糖酥

《拉上始皇去造反》金玉满庭

《两个皇帝怎么谈恋爱》比卡比

《女配人美心黑，所向披靡》临天

《女配她一心礼佛》元余

《如何为始皇崽耕出万里江山》木兰竹

《[三国]谋士不可以登基吗？》千里江风

《食全食美》少地瓜

《桃花令》睡芒

《团宠小国舅》萌神大白

《为夫体弱多病》鱼西球球

《咸鱼继母日常》明栀

幻想题材

《摆摊算命［玄学］》易楠苏伊

《被读心后我成了团宠》芷柚

《穿进二百人男团中》远上天山

《从被解除婚约那天开始》青浼

《从盒而来》颜凉雨

《当夏油君拥有弹幕》温水煮书

《发家致富奔小康［九零］》九紫

《国民团宠小崽崽》陵渡

《豪门养子重生日常》黄铜左轮

《泂天》淮上

《开局先花一个亿［娱乐圈］》糖中猫

《路人甲心声泄露后被反派全家团宠了》夕朝南歌

《满级干饭人在年代文躺平》白茄

《美人妈相亲后带我躺赢［七零］》似伊

《室友们为什么都用这种眼神看我》公子于歌

《书呆子很苦恼》陈可羞

《替身受觉醒了》二月竹

《玩家都以为我是邪神》狮子星系

《我阿爹是年代文男主对照组》香酥栗

《我的妹妹不可能这么狗！》老肝妈

《我是首富的亲姑姑［年代文］》唯琛

《卧底系统抽风后我改刷怀疑值》夜夕岚

《一个普通人陷入了修罗场》杏逐桃

《早点睡觉》关尼尼

《咒术漫画里的我风靡柯学界》沐裕鹿

《竹马难猜》冻感超人

玄奇题材

《长央》红刺北

《穿成师尊，但开组会》宿星川

《大奥术师她今天赚钱了吗》胖哈

《怪物的新娘》爆炒小黄瓜

《嫁给铁哥们》衣落成火

《剑出鞘》沉筱之

《龙岛上的男妈妈》放鸽子

《魔王今天报税了吗？》配影

《女主决定抢救一下》叶猗

《女装招惹龙傲天后》魔法少女兔英俊

《清冷大师姐总撩我》三通七白

《求魔》曲小蛐

《神棍也要晚自习》拉棉花糖的兔子

《我穿成了精灵国的幼崽［西幻］》清尊

《我有一座美食城［基建］》织吖

《招魂》山栀子

科幻题材

《地球崽崽星际爆红》十江痕

《第一诡异拆迁办》撕枕犹眠

《顶级攻略［穿书］》焦糖冬瓜

《规则类怪谈扮演指南［无限］》月渡寒塘

《诡话第一BOSS》吾九殿

《进化游戏》轻云淡

《开局一条鲲》妄鸦

《可恶！被她装到了［无限］》艳扶

《猫猫 a 也是 a！》吞鱼

《虐文求生游戏》碉堡堡

《普通人，但外挂是神明》西风醉

《如何一人饰演狼人杀［综英美］》颜荀

《上交预言天灾手机后》睡觉能人

《睡醒发现我做的游戏成真了》梦满枝

《我不可能是移动天灾》一纸无稽

《我靠吃虫族爆红星际》夜半灯花

《我在神鬼世界杀疯了》冬行意

《信息素对撞》小文旦

《异界游戏制作人》蝶之灵

《在规则怪谈世界抽卡开挂［无限］》荔箫

《这里就我一个普通人吗？！》纸苏

2023 年热门标签

爽文

轻松

穿书

甜文

情有独钟

穿越时空

正剧

系统

年代文

强强

（三）番茄小说

番茄小说 2022 年平台年度书籍榜单

【按】2022 年末，番茄小说发布 2022 番茄小说年度阅读数据报告，报告统计了年度热门小说（最受欢迎网络文学男频榜 TOP10、最受欢迎网络文学女频榜 TOP10、被搜索最多、被催更最多、被推荐最多、被评论最多、最受欢迎出版读物 TOP10、最受欢迎影视原著 TOP3、最受欢迎漫画 TOP3、最受欢迎有声书 TOP3）、阅读偏好、阅读习惯、阅读情绪等内容。

最受欢迎网络文学男频榜 TOP10

《我在精神病院学斩神》三九音域

《老千》马小虎

《凡骨》壹更大师

《末世：开局先囤十亿物资》恨年少无知

《异世界：我的人生开了挂！》一条咸鱼 c

《从前有座镇妖关》徐二家的猫

《异兽迷城》彭湃

《惊鸿》一夕烟雨

《全职剑修》清酒半壶

《我闭世十年，下山已无敌》冯一病

最受欢迎网络文学女频榜 TOP10

《皇后重生要谋反》流心蜜糖

《相亲当天，豪门继承人拉着我领证》古凌菲

《见野》宁雨沉

《野心不大，你和天下》宋象白

《权倾天下：王妃狠绝色》一蓑烟雨

《够野》纠纠猫

《一品毒妃》墨千裳

《嫁给喻先生》达尔林

《秦爷怀里的真千金她从乡下来》竹报平安

《重生嫡女归来》鬼月幽灵

被搜索最多

《雪中悍刀行》烽火戏诸侯

被催更最多

《反派：我的弟弟是天选之子》家养了只肥兔

被推荐最多

《逆天萌兽：绝世妖女倾天下》初一见月

被评论最多

《神级选择：这个御兽师有亿点生猛》三凤 11

最受欢迎影视原著 TOP3

《苍兰诀》九鹭非香

《法医秦明》法医秦明

《梦华录》远曦

最受欢迎漫画 TOP3

《我的微信连三界》iCiyuan 动漫 & 艾鲁猫

《重生：回到 1983 当富翁》番茄漫画

《非人哉》一汪空气

番茄小说 2023 年平台年度书籍榜单

【按】2023 年末，番茄小说发布 2023 番茄小说年度阅读数据报告，报告统计了年度热门小说（巅峰榜男频文 TOP10、巅峰榜女频文 TOP10、最受欢迎出版读物 TOP10、最受欢迎影视原著 TOP3、最受欢迎漫画 TOP3、最受欢迎有声书 TOP3、最受欢迎完结文 TOP3、最受欢迎新书文 TOP3）、番茄社区互动、阅读偏好、阅读习惯、年度合作伙伴等内容。

巅峰榜男频文 TOP10

《我在精神病院学斩神》三九音域

《十日终焉》杀虫队队员

《异兽迷城》彭湃

《系统赋我长生，活着终会无敌》紫灵风雪

《开局地摊卖大力》弈青锋

《天渊》沐潇三生

《老千》马小虎

《风起荒古》家养了只肥兔

《北派盗墓笔记》云峰

《流氓帝师》板面王仔

巅峰榜女频文 TOP10

《缚春情》任欢游

《长矛老师》山外

《满门反派疯批，唯有师妹逗比》末小兮

《婉复闺中》礼午

《昭华乱》一见生财瞄

《掌上娇娇》支云

《逆天萌兽：绝世妖女倾天下》初一见月

《栩栩若生》小叙

《就算是假千金也要勇敢摆烂》纪扶染

《惜花芷》空留

最受欢迎影视原著 TOP3
《长相思》桐华
《狂飙》徐纪周、朱俊懿、白文君
《吉祥纹莲花楼》藤萍

最受欢迎漫画 TOP3
《斗罗大陆》风炫文化
《全球冰封：我打造了末日安全屋》番茄漫画
《小师妹明明超强却过分沙雕》番茄漫画

最受欢迎有声书 TOP3
《我在精神病院学斩神》
《刘兰芳：岳飞传》
《缚春情》

最受欢迎完结文 TOP3
《我在精神病院学斩神》三九音域
《从前有座镇妖关》徐二家的猫
《谢家的短命鬼长命百岁了》怡然

最受欢迎新书文 TOP3
《十日终焉》杀虫队队员
《全家反派读我心后，人设都崩了》喵金金
《向阳而生》李想想

2023 年度殿堂 & 金番作家榜单

【按】2023 年 8 月 23 日，番茄小说网正式上线作者等级体系，体系分为 level 1-3 和金番作家、殿堂作家。level 1-3 面向番茄全体签约作者，综合参考收入、更新情况等数据积分；金番作家和殿堂作家通过不定期评选邀请优秀作者加入，代表番茄顶尖作者实力。2023 年度的殿堂作家和金番作家名单如下。

殿堂作家

三九音域

燕北

金番作家

阿刀

80 年代的风

采薇采薇

丛月

恩怨各一半

冯一病

君天

洛宝儿

任欢游

杀虫队队员

岁月神偷

天香瞳

未小兮

小妖

续写春秋

徐二家的猫

弈青锋

朝云紫

（四）七猫中文网

2022 年七猫必读榜年度必读书籍

【按】七猫免费小说基于必读票、阅读人数、用户评价、质量稳定性、专家点评五大维度，综合评选出年度 100 部必读小说，其中男频 50 部，女频 50 部。男频 TOP10 与女频 TOP10 如下。

年榜前十作品（男频）

《一剑独尊》青鸾峰上

《盖世神医》狐颜乱语

《我有一剑》青鸾峰上

《北派盗墓笔记》云峰

《都市古仙医》超爽黑啤

《剑来》烽火戏诸侯

《龙王医婿》轩疯狂

《太荒吞天诀》铁马飞桥

《绝世强龙》张龙虎

《寒门枭士》北川

年榜前十作品（女频）

《第一瞳术师》喵喵大人

《全师门就我一个废柴》白木木

《重生之不负韶华》宝妆成

《惜花芷》空留

《离婚后她惊艳了世界》明姵

《在他深情中陨落》浮生三千

《福宝三岁半被八个舅舅团宠了》萌汉子

《陆少的隐婚罪妻》白七诺

《叔他宠妻上瘾》花惊鹊

《重生七零小辣媳》桃三月

2023 年七猫必读榜年度必读书籍

【按】情况同上年。

年榜前十作品（男频）

《我有一剑》青鸾峰上

《盖世神医》狐颜乱语

《一剑独尊》青鸾峰上

《太荒吞天诀》铁马飞桥

《北派盗墓笔记》云峰

《舔狗反派只想苟，女主不按套路走！》我是愤怒

《上门龙婿》叶公子

《寒门枭士》北川

《剑道第一仙》萧瑾瑜

《踏星》随散飘风

年榜前十作品（女频）

《第一瞳术师》喵喵大人

《穿成农家小福宝，逃荒路上开挂了》花期迟迟

《福宝三岁半被八个舅舅团宠了》萌汉子

《离婚后她惊艳了世界》明姵

《全师门就我一个废柴》白木木

《霍先生乖乖宠我》风羽轻轻

《重生七零小辣媳》桃三月

《春棠欲醉》锦一

《惜花芷》空留

《重生之不负韶华》宝妆成

2022 年第四届七猫中文网作者大会

【按】七猫中文网每年举办作者大会，本届颁发了"年度风云作品奖""年度最畅销奖""年度最佳正能量奖""年度最具影视改编价值奖""年度最佳文笔奖""年度最具潜力小说奖""年度最佳新秀作品奖"七类奖项。

年度风云作品奖

《我和软萌女友的恋爱日常》佛系和尚

《盖世神医》狐颜乱语

《寒门枭士》北川

《吞噬古帝》黑白仙鹤

《在他深情中陨落》浮生三千

《王妃她不讲武德》棠花落

《你的情深我不配》恋简

《逆天狂妃》尘沐沐

年度最畅销奖

《我有七个无敌师父》小骨

《原来我是世外高人》葡萄

《万古龙帝》拓跋流云

《极品天师》月下冰河

《神医毒妃不好惹》姑苏小七

《陆少的隐婚罪妻》白七诺

《大佬总想跟我抢儿砸》江墨甜

《重生八零辣妻当家》桃三月

年度最佳正能量奖

《法证专家》王文杰

《丛管》关中闲汉

《全师门就我一个废柴》白木木

《寒门娇娇女》闲处好

年度最具影视改编价值奖

《凝望深渊》墨绿青苔

《七种游戏》先笙

《登雀枝》二月春

《窥夜》金笑

年度最佳文笔奖

《重回 1991》南三石

《原来是篮球之神啊》兔来割草

《九狼图》纯银耳坠

《夺凤台》杨酒七

《夫人总想气我》竹子不哭

《千岁爷你有喜了》星月相随

年度最具潜力小说奖

《神医都市纵横》大小王

《重返 1987 当首富》乘风破浪

《篮坛传奇崛起》专注

《九天斩神诀》小知了

《剑镇诸天》沐潇三生

《武逆九千界》虚尘

《吞天圣帝》枫落忆痕

《我的岳父是崇祯》隔壁小王本尊

《我真没吃软饭》赵平凡

《你是我的万千璀璨》盛不世

《鎏光宝鉴》冬雪晚晴

《错嫁王妃》糖炒栗子

《宦宠天下》素律

《妈咪快看爹地又跪了》梦幻紫

《学霸女王马甲多》灰夫人

《冷情帝少神秘妻》月下松琴

《重生成前任叔叔的小娇软》九二六

《旺夫农女的诰命路》月姝

《辣妻重返 1980》明中月

年度最佳新秀作品奖

《重返 90 从捡个老婆开始》家巧

《我能采集万物》存叶

《不一样的控卫之路》灵感

《极品小侯爷》梦入山河

《荒野求生之我的运气有亿点好》在下不求人

《掌上齐眉》锦一

《第一瞳术师》喵喵大人

《大理寺探案密令》三尺鲤

《傅爷的小祖宗凶凶哒》狂奔七七

2023 年第五届七猫中文网作者大会

【按】情况同上年。

年度风云作品奖

《离婚后她惊艳了世界》明姵

《重生七零小辣媳》桃三月

《全师门就我一个废柴》白木木

《第一瞳术师》喵喵大人

《绝世强龙》张龙虎

《逆天小医仙》徐三

《绝世小仙医》张南北

《混沌剑帝》运也

年度最畅销奖

《霍先生乖乖宠我》风羽轻轻

《千岁爷你有喜了》星月相随

《渣爹做梦都想抢妈咪》独步寻梦

《天命成凰》赵小球

《我的倾城小师姐》浪迹

《都市逆天邪医》鱼不周

《天降龙医》百里常青

《荒古武神》化十

年度最佳正能量奖

《盛妆山河》漫步云端

《凤回鸾》二月春

《直播之我在北极当守冰人》橡皮泥

《极道剑尊》人间又污秽了

年度最具影视改编价值奖

《侦心狙击》黑桃

《神医毒妃不好惹》姑苏小七

《都市隐龙》河神也是神

《我的养成系女友》佛系和尚

年度最佳文笔奖

《首辅天骄》金沉宝

《姝谋》安绵绵

《陆少的隐婚罪妻》白七诺

《原来是篮球之神啊》兔来割草

《捡宝》布凡

《我的老婆是星际大佬》静夜寄思

年度最具潜力小说奖

《傻妃带崽要和离》糖炒栗子

《大叔离婚请签字》十里山河

《六年后，我携四个幼崽炸翻前夫家》相思一顾

《爹地又来求婚啦》贝小暖

《退婚后被权爷宠上天》一川风月

《皇家团宠，奶宝公主么么哒》垂耳兔

《王爷，您今天后悔了吗》柠檬小丸子

《穿书五个大佬太黏人》年年有鱼

《格局打开，离婚后我火爆贵圈》宁初

《九千岁他父凭子贵》瑰夏

《万界邪尊》子莫谦

《开局截胡五虎上将》孔明很愁

《我的七个绝色师姐》拉姆哥

《九剑杀神》王小帅

《鸿蒙霸体诀》鱼初见

《绝世醒龙》梁山老鬼

《翡翠局中局》猫儿要吃肉

《万古第一剑》千年老龟

《天纵狂医》了了一生

年度最佳新秀作品奖

《老祖宗她又凶又甜》白桃姑姑

《快穿之反派大佬是我囊中物》钱多多君

《玄门大佬在惊悚世界赢麻了》熊就要有个熊样

《我在末世当包租婆》闲书兴之

《震惊，前夫带三胞胎空降抢婚现场》水清清

《天眼战魂》一条想飞的鱼

《篮坛之传奇经理》蔚你浪

《网游开局合成顶级神装》今晚吃鸡

《荒野求生之我的钓术只是好亿点点》八翼鸟

《我在原始社会风生水起》夜雨风柏

（五）豆瓣阅读

第四届（2022）豆瓣阅读长篇拉力赛获奖名单

【按】长篇拉力赛是豆瓣阅读的传统赛事，自 2019 年开始举办，以挑战 100 天创作、鼓励读者参与、引入行业观察团的赛制独树一帜，产生了许多精彩作品。综合读者推荐票数排名、决选阶段销售额、观察团总排名和观察团选择，本届大赛评选出了总冠军，新人奖，各组冠亚季军、特定主题作品奖、潜力作品奖等 21 个奖项。

总冠军

《纸港》任平生

新人奖

《不如去野》夏渔

《妇产科改命师》临素光

言情组

冠军：《忘南风》周板娘

亚军：《在春天》法拉栗

季军：《红泥小火炉》Judy 侠

潜力作品奖：《择日重逢》林春令

特定主题作品奖:《吻合》莫妮打

女性组

冠军:《纸港》任平生

亚军:《棠姑妈的新生活》尼卡

季军:《三重赔偿》诀别词

潜力作品奖:《慢火炖离婚》马小如

特定主题作品奖:《红白喜事》李狂歌

悬疑组

冠军:《恐怖网红店开业指南》不明眼

亚军:《雾都夜话》包包鱼

季军:《鼠狗之辈》桩乐

潜力作品奖:《保单待生效》天下第一郭

幻想组

冠军:《定制良妻》金牙太太

亚军:《我在地府兼职判官》第九杯茶

季军:《恋爱复习手册》腊八椰子

潜力作品奖:《美人胭脂铺》糖多令

第五届（2023）豆瓣阅读长篇拉力赛获奖名单

【按】情况同上年。

总冠军

《沪上烟火》大姑娘浪

新人奖

《因何死于兰若寺?》给大家讲一下事情的经过

《非典型循环》柯布西柚

言情组

冠军:《浪漫反应式》诀别词

亚军:《跟我结婚的那个骗子》淳牙

季军:《老狼老狼几点钟》芦苇芭蕉

潜力作品奖:《绵绵》美华

女性组

冠军:《沪上烟火》大姑娘浪

亚军:《今天过得怎么样》大芹菜

季军:《离婚冲动期》走走停停啊

潜力作品奖:《一碗水》南山

悬疑组

冠军:《她所知晓的一切》桑文鹤

亚军:《银色铁轨》京洛线

季军:《天黑请换人查案》不明眼

潜力作品奖:《温良夜》秋池鹿

特定主题作品奖:《春癫》木鬼衣

幻想组

冠军:《乌小姐卷入神奇事件》居尼尔斯

亚军:《这个宇宙讨厌告白》油奈

季军:《十味香》君芍

潜力作品奖:《上岸游戏》琉璃灯灯

特定主题作品奖:《终点是曾被叫做上海的世界尽头》狂奔的提琴

豆瓣阅读 2022 年度榜单

【按】豆瓣阅读编辑部根据作品年度销售额和读者综合阅读数据，从 2022 年开文或者完结的连载作品中评选出年榜作品。本年年榜包括 22 部言情女性小说以及 17 部悬疑幻想小说。另外，2 部经典佳作因今年优秀的版权表现入选年度版权作品。

言情女性

《世无双》大姑娘浪

《纸港》任平生

《行走水云间》行歌

《和前夫同居了》林春令

《姻为你》走走停停啊

《在春天》法拉栗

《忘南风》周板娘

《慢火炖离婚》马小如

《铜色森林》陈之遥

《收手吧阿林》浪南花

《罗曼不浪漫》彩虹糖

《恋爱复习手册》腊八椰子

《三重赔偿》诀别词

《牧色动人》魏夕三

《相爱后动物感伤》李尾

《玫瑰漩涡》兰思思

《不再是普通朋友》青耳

《鹊桥仙》阮郎不归

《红泥小火炉》Judy 侠

《棠姑妈的新生活》尼卡

《静候佳音》十一

《不如去野》夏渔

悬疑幻想

《一生悬命》陆春吾

《恐怖网红店开业指南》不明眼

《视奸》鱼皮花生

《弑神行》东周公子南

《半川烟雨半川晴》沧海一鼠

《美人皮》小妮总

《大宋 Online》居尼尔斯

《灵媒阴阳簿》狐三火

《温度差》李大发

《心隐之地》徐暮明

《腌尸》龙耳 er

《鼠狗之辈》桩乐

《我死去那天的故事》桑文鹤

《那东西从海里来》蚕丝如故

《黑尸谜案》风舞残云

《妇产科改命师》临素光

《定制良妻》金牙太太

年度版权作品

《海葵》贝客邦

《鱼猎》迈可贴

豆瓣阅读 2023 年度榜单

【按】豆瓣阅读编辑部根据作品年度销售额和读者综合阅读数据，从 2023 年开文或者完结的连载作品中评选出年榜作品，本年年榜包括 20 部言情女性小说和 20 部悬疑幻想小说。另外，3 部作品因改编剧集在 2023 年播出且备受关注入选年度版权作品。

言情女性

《夜莺不来》玛丽苏消亡史

《日偏食》喜酌

《只此青郁》青耳

《老板非要和我结婚》没有羊毛

《好时辰》周板娘

《跟我结婚的那个骗子》淳牙

《春心陷阱》刘汽水

《杳杳》林不答

《沪上烟火》大姑娘浪

《见字如晤》Judy 侠

《老狼老狼几点钟》芦苇芭蕉

《绵绵》美华

《又不是真的爱》碧小如

《金台夕照》苏苏

《浪漫反应式》诀别词

《一晌贪欢》阮郎不归

《别说我们认识》周演

《恰如其分》十一

《玩·法》陈之遥

《芳踪》绣猫

悬疑幻想

《她所知晓的一切》桑文鹤

《青女》君芍

《春癫》木鬼衣

《砂锅》消波块

《女娲之死》乔飞

《银色铁轨》京洛线

《疯狂绊你行》兰思思

《上妆》小妮总

《盲警》不明眼

《乌小姐卷入神奇事件》居尼尔斯

《天下无仙 2：魂归》木石君

《无眠凶岛》风舞残云

《怀火志》波兰黑加仑

《骤雨》莫妮打

《此刻禁止生还》蛋炒熊

《逃不出去的苹果》语山堰

《这个宇宙讨厌告白》油奈

《长生》西橙橙

《迷人的金子》陆春吾

《谍报上不封顶》桑栀栀

年度版权作品

《装腔启示录》柳翠虎

《九义人》李薄茧

《双喜》朗朗

（六）知乎

2022 年知乎故事大赛·长篇创作马拉松第二季

【按】2022 年 4 月，知乎故事大赛·长篇创作马拉松第二季上线，以"用文字记录生活，以故事分享人生"为主题，开设悬疑幻想、都市生活、青春校园、古风传奇四大赛道。本届大赛共收到 3360 部长篇参赛作品，最终，42 部优秀作品脱颖而出。

赛道冠军

都市生活：《女生宿舍的葬礼》牛角青年

青春校园：《与光同尘》佩奇酱

古风传奇：《罗裙之下》沙舟 Chole

悬疑幻想：《花市街》秋山

赛道亚军

都市生活：《夏日眠花糖》竹林深处

青春校园：《晚星》写手一条城

古风传奇：《暗夜国士录》林云

悬疑幻想：《胤都异妖录》米花

赛道季军

都市生活：《入额》猴子老湿

青春校园：《为了你的荣光》游三

古风传奇：《倾国》山楂薄荷糖

悬疑幻想：《冰洞》海的鸽子

盐选大神选择奖

都市生活：《上海森林》海棠和鹿

青春校园：《我猜你也想念我》长风蝴蝶

古风传奇：《三御府》花生酱

悬疑幻想：《平行网络谋杀案》萨摩耶骑士

特设赛道

《入额》猴子老湿

《为了你的荣光》游三

最具人气奖

《夏日眠花糖》竹林深处

《与光同尘》佩奇酱

《双身》菇 凉子

《冰洞》海的鸽子

优秀故事奖

《那年夏天，可可西里》Grue

《快跑！亲爱的马矗矗》发财的小奶糖

《找到你》猝尔

《情满申城》琳婧

《失去的另一半》长烟皓月

《慕士弋湾 17 号》众生同学

《点烟花》荣小山

《遗失的七月：致我们逝去的青春》独怜幽草涧边生

《远夏》浮笙末尘

《长信玺》君子苏

《鹤归华表》取予

《反派有大病》莫欢小姐

《慕天光：爆笑神女打工日记》玉珠

《不归人》枕冰

《覆国》江山

《三界最强仙姬成长手册》可爱的小猪猪

《安安》算了不安全

《双谋：我与佞臣的那些事》会飞的粉红象

《默秋》AnnLausan

《雪宴》白梦君

《一天明月》花重

《幽林逃杀》梁柯

《兀之影》姜不老

《怨之七寸：无头女人复仇记》大给

《无人领奖》卢毓星

2023 年知乎故事大赛·长篇创作马拉松第三季

【按】2023 年 4 月，知乎故事大赛·长篇创作马拉松第三季上线，以"人间游记"为主题，聚焦现实题材，分设职业故事、都市情感、青春校园、悬疑脑洞四个创作赛道。本届大赛共收到 4200 部长篇故事作品，最终 26 部脱颖而出。

赛道冠军

都市情感：《祝乌》众生同学

职业故事：《闹市中的卓别林》猴姆

青春校园：《很早我就喜欢你》躺平小狗（三七二一）

悬疑脑洞：《解魔师》西月棠

赛道亚军

都市情感：《鲸落》一碗胡胡

职业故事：《秋毫之末》马小能

青春校园：《天之骄子》Jurizzly

悬疑脑洞：《唐尸三百首》殷大卫

赛道季军

都市情感：《我在我家开饭店的那十年》映山红

职业故事：《我在东南亚建厂十年：人命与金钱》樱桃奶泡

青春校园：《时空旋律：青春重启》我舞千影

悬疑脑洞：《负罪前行》二进制

最具人气奖

都市情感：《祝乌》众生同学

职业故事：《秋毫之末》马小能

青春校园：《天之骄子》Jurizzly

悬疑脑洞：《今晚月色真美》子西欢

优秀故事奖

《败女的胜利》牛角青年

《青梅竹马》蓝精灵

《刀叉爱情》郭黑胖

《所爱隔山海》抹抹读书

《卖场》多面人

《欢喜连连》执笔而画

《奔跑吧，最后一公里》风银

《天降美师》稣燚

《上岸：打不败的荆棘女孩》青鸟

《风起时夏》饼中仙

《懵懂的少年时光》可可

《状元村谜案》梧桐堇

《围猎》掌门人

2023 年盐言故事·短篇故事影响力榜

【按】"盐言故事"是知乎旗下原创短篇故事阅读平台，于 2023 年 3 月 15 日正式上线。2024 年 1 月，盐言故事首次发布"2023 短篇故事影响力榜"，从作品质量、数据表现、产业链潜力等多个维度，遴选出 50 部短篇故事和 20 个优秀作者，高度反映了短篇阅读市场的创作和消费趋势。

年度电子榨菜奖（盐选 N 刷）

《河清海晏》橘子不酸

《见君如故》鹤九

《被新帝退婚后，我们全家摆烂》朱鲤鲤 & 未来

《心心》月薇小兔

《待到繁花盛开时》白框凉太子

年度「蹲」X10000 奖（盐选求更）

《幼薇》乌昂为王

《不渡》巧克力阿华甜

《公主上位》我皆风月

《她听得见》朝露何枯

《审判者实录》别搞笑了

姐姐妹妹站起来奖（盐选大女主）

《点燃星火》栗子多多

《穿成虐文女主我 pua 霸总》颜自迩

《公主行：风月无恙否》洛未央

《重生在新时代》吧唧一口

《最佳选择》平生欢

「虐」你没商量奖（盐选虐文）

《最后的月亮》布偶小姐

《月光永不坠落》铁柱子

《重逢》小柒崽子

《棠木依旧》米花

《铜雀藏春》桥上小菩

「爽」到拍手奖（盐选爽文）

《掌命女》旧街十七路

《状元妈妈重生后摆烂了》毒思邪

《不死之身》怪怪

《恨朝朝》坐高台

《花开花落自有时》上风

「绝」就一个字奖（盐选脑洞）

《从街亭大败开始拯救蜀汉？假如李世民魂穿刘禅》房昊

《全网嘲后我绑定了演技系统》庆北北

《小念》卫雨

《死亡考试：无人生还的毕业季》叶小白

《众神白月光又双叒叕复活了》莺时

「怕」到不敢出被窝奖（盐选悬疑）

《颅针求子》椰子鸡相信眼泪

《非正常家人》猪里猪气

《怨之恶邻》宅夜千

《祝福》核融炉

《产难婆》渴雨

人间百态故事奖（盐选世情）

《外婆的时光机》风月煞我

《不死蒲公英》夜的第七梦

《父母的账单》广陵兰亭

《茧爱》白桃柠檬玛奇朵

《保安，值得为之奋斗的终身职业》星星盖房子

故事还能这么写奖（盐选创新）

《推理：从户型图开始》点灯

《西游之众佛腐烂》杀不死的林海仙

《直播鉴宝，鉴出皮尸》芒果酸奶

《苏梅梅的超市》二彻劈山

《秦始皇登月计划》六酒

最具影视价值奖（盐选好IP）

《千山我独行，不必相送》风月煞我

《扳命人》秋山

《急诊见闻2：生命守护进行时》李鸿政

《村里村外》潘安安

《庸俗日常》伞阿花伞大王

年度盐选作者 TOP10

白框凉太子

海的鸽子

芒果酸奶

米花

巧克力阿华甜

铁柱子

乌昂为王

闲得无聊的仙女

小柒崽子

夜的第七梦

追光盐作者 TOP5

吃西瓜不吐西瓜皮

二大王

黄粱一梦

晚安兔

回南天

年度码字狂人 TOP5

白桃柠檬玛奇朵

古九山

镜中花

仙女不秃头

樱桃小酒

（七）纵横中文网

纵横中文网 2022 年终盘点

【按】2023 年初，纵横中文网发布 2022 年终盘点，盘点包括荣誉殿堂（内含年度畅销作者、最佳新人、年度月票王、年度更新王、超级盟主、年度优秀现实题材、年度最佳影视改编、年度最期待影视改编、年度最佳有声改编、年度优秀动漫改编、年度优秀海外传播、年度热搜作品）和投票评选（最佳男频作品、最佳男频作者、最佳女频作品、最佳女频作者）两部分。

年度畅销作者

青鸾峰上

宝妆成

最佳新人

小道上山

不听

年度月票王

青鸾峰上

年度更新王

流氓鱼儿

帘霜

超级盟主

当年残月

年度优秀现实题材

《春风里》

《走刃》

年度最佳影视改编

《我叫赵甲第》

年度最期待影视改编

《慷慨天山》

《置换凶途》

年度最佳有声改编

《我有一剑》

《太荒吞天诀》

《不让江山》

年度优秀动漫改编

《剑仙在此》

《剑道第一仙》

年度优秀海外传播

《万相之王》

《陆地键仙》

《一世独尊》

年度热搜作品 TOP10

《剑来》

《斗罗大陆 V 重生唐三》

《逆天邪神》

《踏星》

《都市古仙医》

《最强战神》

《盖世》

《日月风华》

《盖世人王》

《猎天争锋》

最佳男频作品

《好戏登场》

《踏星》

《剑来》

最佳男频作者

鸟川鸣

食堂包子

一叶青天

最佳女频作品

《不负韶华》

《三世芳菲皆是你》

《王爷影响了我的拔剑速度》

最佳女频作者

雨中枫叶

乱步非鱼

不听

纵横中文网 2023 年终盘点

【按】2024 年初，纵横中文网发布 2023 年终盘点，盘点包括荣誉殿

堂（内含年度畅销作者、最佳新人、年度月票王、年度更新王、超级盟
主、年度优秀现实题材、年度最期待影视改编、年度最佳有声改编、年
度优秀动漫改编、年度优秀海外传播、年度热搜作品）和投票评选（最
佳男频作品、最佳男频作者、最佳女频作品、最佳女频作者）两部分。

年度畅销作者

青鸾峰上

宝妆成

最佳新人

全是二

平生未知寒

年度月票王

鸟川鸣

年度更新王

慎思量

莫筱薇

超级盟主

江南执剑人

年度优秀现实题材

《慷慨天山》

《秦川暖阳》

年度最期待影视改编

《长宁帝军》

《你比星光璀璨》

年度最佳有声改编
《无敌剑域》
《末日刁民》
《嫡女贵嫁》

年度优秀动漫改编
《逆天邪神》
《十方神王》
《盖世帝尊》
《一世独尊》

年度优秀海外传播
《剑道第一仙》
《天骄战纪》
《万相之王》

年度热搜作品 TOP10
《剑来》
《太荒吞天诀》
《踏星》
《最强战神》
《都市古仙医》
《盖世人王》
《五仙门》
《斗罗大陆 V 重生唐三》
《陆地键仙》
《九天剑主》

最佳男频作品

《好戏登场》

《踏星》

《剑来》

最佳男频作者

鸟川鸣

食堂包子

一叶青天

最佳女频作品

《不负韶华》

《三世芳菲皆是你》

《王爷影响了我的拔剑速度》

最佳女频作者

雨中枫叶

乱步非鱼

不听

（八）长佩文学

2022 年长佩文学年度作品

【按】"年度作品赏析"是长佩文学每年对当年优秀作品的记录和介绍，"2022 壬寅年长佩文学年度作品赏析"设有"原创区""言情区""无CP 区"等栏目。

原创区

《不对付》回南雀

《成为乐高小兔》卡比丘

《扶鸾》白芥子

《传闻》余醒

《居心不净》池总渣

《顶端优势》空菊

《如见雪来》杨溯

《协议结婚，重在参与》毛球球

《你我之名》娜可露露

《咬钩》阿阮有酒

《天生狂徒》冰块儿

《五个渣攻为我醋炸天》木三观

《敛骨》PEPA

《偷个月亮》桃白百

《你克制一点》松子茶

《下饭菜》芥菜糊糊

《千杯》静安路 1 号

《丧病小区保卫战》海鹋落

《包你喜欢》靠靠

《cos0》图南鲸

《嗅觉失灵》何暮楚

《纪律准则》顾言、

《紧急相爱计划》迟小椰

《情难自控》郑九煞

《应魂》麦库姆斯先生

《清嘉录》太子姑娘

《道是无情》半缘修道

《业已成魔》寒鸦

《百罹》李秀秀

《制造乐园》反派二姐

《愚人。》ranana

《见鬼先生》有酒

《我的满月》江亭

《赛博玫瑰》nightfall

《你从天边来》濯足

《锋面雨》吴百万

《有瑕》吸猫成仙

《市井之徒》青山埋白骨

《茱丽叶塔》蜜月

《野蛮生长》如琢

《多血质和抑郁质》柏君

《在河之洲》盒家欢乐

《半途》四面风

《25 小时》打字机

《热带公路》林子律

《香火》云雨无凭

《谜潮》假日斑马

《向夜色献吻》而苏

《侵占白鸽》胡言乱鱼

《沉于昨日》祁十二

《月老年底冲业绩》西门蘑菇

《如何领导天才球队》银飞壳

言情区

《你是星河难及》回南雀

《烟花情书》十邮

《烟花过境》桃白百

《云上月》白芥子

《在逃离》好芋

《穿越要从保持人设开始》海鹊落

《人类饲养手册》青小雨

《潇洒物种》南北逐风

《幸福里一号院》梨斯坦

《三生万物》麦库姆斯先生

《贵女又容》半缘修道

《小狗》芥野

《驰冬》吃螃蟹的冬至

《循循善诱》盒家欢乐

《高屋》ranana

《男友他随机播放》一只猛禽

《家教很严》水十三

《看见你的声音》淡窗

《不熟》七子华

《百鬼夜行》鱼尾巴

《难说清白》弓七分

《误区》昔日

《寻龙谣》醉千秋

《嘤嘤以为述》阿滴

《青天》米夏

《七丘之国》乌雏

《最瘦的貔貅也招财》纸如云烟

《时间读取者》利亚亚里

无 CP 区

《即兴表演》少年白

《泡沫破灭之夜》芥野

《剧情又崩了》如登黄金台

《弟马》时常

《北江事变》孤山拾荒客

《心措》修尾

《寿命赠予计划》烟叶

《云涧舞蹈室》耽不朗

《瑞尔世界》押花师

2023 年长佩文学年度作品

【按】"2023癸卯年长佩文学年度作品赏析"设有"纯爱区""纯爱区新锐榜""言情区""原创区"等栏目。

纯爱区

《流亡地罗曼史》卡比丘

《深巷有光》潭石

《靡言》回南雀

《凶祟》杨溯

《本色》白芥子

《溺渊》池总渣

《啮合效应》空菊

《难言关系》冰块儿

《下等色相》木三观

《作茧》余醒

《降水概率百分百》芥莱糊糊

《男配》丧心病狂的瓜皮

《衣冠之下》陈隐

《灼烧玫瑰》阿阮有酒

《别点火》松子茶

《你的香气》娜可露露

《囚笼》刘水水

《蜜色契约》桃白百

《过去待完成》反舌鸟

《异世荒岛求生记》海鹋落

《天地逆旅》春日负暄

《金刚不坏》里伞

《人鱼观察日志》失效的止疼药

《偏向雪山行》许湖

《再见贺之昭》柏君

《奇洛李维斯回信》清明谷雨

《关键期假设》Llosa

《金羁》相荷明玉

《思华年》蜜月

《假释官的爱情追缉令》蜜秋

《隐婚》久陆

《严拓》东北北

《让我遇见你》叶芜

《困樊笼》重山外

《游戏网恋不可取》万籁

《欺世盗命》群青微尘

《裂竹帛》一只小蜗牛

《听见你说爱》二师叔

《星震》林子律

《玩物》江亭

《天上的星星会说话》三道

《沉云见月明》阿相

《欺君罔上》羡凡

《已婚》李书锦

《日出风来》春日夏禾

《全三界都以为我俩有一腿》晏无厌

《套牌生》好雨知时

《余温》落回

纯爱区新锐榜

《落俗游戏》云上飞鱼

《我那高岭之花的爱人》画彩仙灵

《安慰剂效应》咸鱼定理

《限时存活》大栗初七

《太上敕令》晨昏线

《情蛊》荷煜

《我自蓬莱》郁都

《宰辅》by 独惘

《四面佛》苏二两

《人可不可以吻烟花》姜可是

《跌入温床》栗子雪糕

《泅渡》兔七哥

《罪己》余三壶

《买椟还珠》涉雪穿林

《迟来热情》江四野

言情区

《猫猫神和喇叭花》杨溯

《得闲食饭》静安路 1 号

《你给的爱》陈隐

《算计》走走

《狗丞相,吃我一枪!》花渡渡

《折萧闻笛》游瓷

《楞严悟》明鹿

《驭海女王》押花师

《点灵犀》风为马

《云雾升起的地方》故人入梦

原创区

《零秒起漂》南北逐风

《闲谭夜话》千声玉佩过玲玲

《海王猫猫蹭饭指南》飞鹤

《黎明陨落》IceCola

《我在古代直播带货》青山埋白骨

《囚酒》众目奎奎

百合区

《无名诔》吕不伪

《夜色停泊》一百零一夜

《妖言惑众》桑鲤

《Alone We Elope》延牙

《势均力敌》类非卿

《多功能侦探社》俟命

《行迹》盼阿谁

《念奴》望长青

（九）刺猬猫

2022 年度优秀作品榜单

【按】2023 年初，刺猬猫阅读发布 2022 年终盘点，盘点包括 2022 年度优秀作品榜单（2022 年度五星好评作品、2022 年度最佳新人新作）和读者感谢计划（读者福利）两部分。

2022 年度五星好评作品

《打牌吧！在剑与魔法的异世界》摸鱼阿唯

《怎么变成河道蟹了？！》凯威尔斯

《反派少爷只想过佛系生活》人之下

《东京声士》匿友小尘

《我在崩坏前文明做英桀》星空至夏

《我做的魔法卡牌绝无问题！》夕夕犬

《修罗场玩家》时九命

《那就让她们，献上忠诚》逆天檬

《比企谷的实力至上主义教室》泗玖

《下次还填非常简单》苹果味咖啡

2022 年度最佳新人新作

《假面骑士正在光之美少女当反派》砍砍砍的游魂

《为美好的宝可梦世界献上内卷》沉默抚土

《卫宫士郎立于泰拉大陆》阿傑一个手滑

《逢魔二代的骑士再演》雨天的星星

《在原神从零单排是不是搞错了什么》梦想碎片

《清水小姐的完美结局法》七月的野望

《人在狂赌，十连保底》十连必保底

《东京女公关》栗子香糕

《魔女森友会》哲学的世界

《综漫我科学家造个外挂很合理吧》三天大火

三、学院榜

（一）扬子江网络文学评论中心

2022 年首届扬子江网络文学最具 IP 潜力榜

【按】2022 年 4 月，在江苏省作家协会指导下，由扬子江网络文学评论中心组织开展，由江苏省网络作家协会、南京师范大学文学院和江苏网络文学谷具体承办的首届扬子江网络文学最具 IP 潜力榜在南京发布。活动经由个人自荐、平台推荐、评论家推荐等方式收到近千部作品，经海选、复评和终评，最终有 10 部作品入选榜单。

《人间大火》缪娟（咪咕阅读）

《开更》祈祷君（晋江文学城）

《长乐里：盛世如我愿》骁骑校（番茄小说网）

《从红月开始》黑山老鬼（起点中文网）

《北斗星辰》匪迦（七猫中文网）

《我们生活在南京》天瑞说符（起点中文网）

《我能看见状态栏》罗三观.CS（起点中文网）

《你与时光皆璀璨》顾七兮（火星小说）

《青云台》沉筱之（晋江文学城）

《夜的命名术》会说话的肘子（起点中文网）

2023 年第二届扬子江网络文学最具 IP 潜力榜

【按】2023 年 6 月 13 日，在中国作家协会指导下，由扬子江网络文学评论中心主办，由江苏省作家协会、江苏网络文学谷、新浪微博文学共同承办的第二届扬子江网络文学最具 IP 潜力榜在南京发布。经海选、复评和终评，最终有 10 部作品从近千部作品中脱颖而出，入选榜单。

《不醒》一度君华（晋江文学城）

《朋友的那个完美妻子》东坡柚（豆瓣阅读）

《重庆公寓》僵尸嬷嬷（晋江文学城）

《菩提眼》漠兮（云起书院）

《一生悬命》陆春吾（豆瓣阅读）

《北镇抚司缉凶日常》永慕余（每天读点故事 App）

《24 小时拯救世界》司绘（塔读 / 番茄小说网）

《有依》清扬婉兮（咪咕阅读）

《敦煌：千年飞天舞》王熠（冰天跃马行）（咪咕阅读）

《漠上青梭绿》白马出凉州（七猫中文网）

（二）高校联合网络文学·青春榜

【按】2022 年 5 月至 2023 年 4 月，扬子江网络文学评论中心联合北京大学网络文学研究中心、中南大学网络文学研究基地、山东大学网络文学研究中心、安徽大学网络文学研究中心以及首都师范大学、杭州师范大学的网文研究团队，共同主办"网文青春榜"遴选活动，轮流推出月榜。2023 年 6 月在月榜基础上以大学生和顾问专家共同投票的方式推出年榜。"网文青春榜"以"新世代"的青年大学生为依托，在深入网络文学现场、浸泡式阅读的前提下，遴选网络文学作家和作品，充分重视网络文学在创造新时空、表达新经验方面的重要作用。

"网文青春榜"2022 年年度榜单

《道诡异仙》狐尾的笔（起点中文网）

《我本以为我是女主角》喵太郎（知乎盐选）

《寄生之子》群星观测（晋江文学城）

《寰宇之夜》麦苏（咪咕阅读）

《这游戏也太真实了》晨星 LL（起点中文网）

《魏晋干饭人》郁雨竹（起点女生网）

《我的细胞监狱》穿黄衣的阿肥（起点中文网）

《恐树症》鹳耳（豆瓣阅读）

《江湖夜雨十年灯》关心则乱（晋江文学城）

《剑阁闻铃》时镜（晋江文学城）

《花夜前行》南派三叔（微信公众号）

《我在精神病院学斩神》三九音域（番茄小说网）

《不科学御兽》轻泉流响（起点中文网）

《请公子斩妖》裴不了（起点中文网）

网文青春榜·5月榜（2022）扬子江网络文学评论中心

《将错就错》红刺北（晋江文学城）

《求生在动物世界［快穿］》撸猫客（晋江文学城）

《世无双》大姑娘浪（豆瓣阅读）

《恐树症》鹳耳（豆瓣阅读）

《镇妖博物馆》阎ZK（起点中文网）

《云崖不落花与雪》十四郎（晋江文学城）

《病名不朽》更从心（起点中文网）

《退下，让朕来》油爆香菇（潇湘书院）

《铜色森林》陈之遥（豆瓣阅读）

《柯学验尸官》河流之汪（起点中文网）

网文青春榜·6月榜（2022）北京大学网络文学研究中心

《穿进赛博游戏后干掉BOSS成功上位》桉柏（晋江文学城）

《女寝大逃亡》火荼（晋江文学城）

《伊尔塔特的农场》芜菁姑娘（晋江文学城）

《汴京生活日志》清越流歌（晋江文学城）

《无何有乡》Twentine（晋江文学城）

《我本以为我是女主角》喵太郎（知乎盐选）

《我的治愈系游戏》我会修空调（起点中文网）

《演员没有假期》关乌鸦（起点中文网）

《我就是神！》历史里吹吹风（起点中文网）

《黜龙》榴弹怕水（起点中文网）

网文青春榜·7月榜（2022）山东大学网络文学研究中心

《山海之灰》七英俊（新浪微博/爱奇艺文学）

《修仙恋爱模拟器》搞对象和飞升两手抓（晋江论坛）

《寄生之子》群星观测（晋江文学城）

《如何建立一所大学》羊羽子（晋江文学城）

《女主对此感到厌烦》妖鹤（晋江文学城）

《我想在妖局上班摸鱼》江月年年（晋江文学城）

《我来自东》苏他（晋江文学城）

《星谍世家》冰临神下（起点中文网）

《夜行骇客》机器人瓦力（起点中文网）

《造神年代》严曦（豆瓣阅读）

网文青春榜·8月榜（2022）安徽大学网络文学研究中心

《特工易冷》骁骑校（番茄小说网）

《寰宇之夜》麦苏（咪咕阅读）

《溯流文艺时代》肉都督（起点中文网）

《我在古代当名师》三羊泰来（起点女生网）

《宇宙职业选手》我吃西红柿（起点中文网/微信读书）

《天之下》三弦（起点中文网/微信读书）

《我的女友是恶劣大小姐》掠过的乌鸦（起点中文网）

《灵境行者》卖报小郎君（起点中文网）

《我的公公叫康熙》雁九（起点中文网）

《蝴蝶与鲸鱼》岁见（晋江文学城）

网文青春榜·9月榜（2022）中南大学网络文学研究基地

《这游戏也太真实了》晨星LL（起点中文网）

《第一战场分析师！》退戈（晋江文学城）

《重生：回到1983当富翁》恩怨各一半（番茄小说网）

《贞观悍婿》丛林狼（起点中文网）

《我四仰八叉地躺着》三月迷途（豆瓣阅读）

《穿成女Alpha之后》鹿野修哉（晋江文学城）

《如果有人看到这本书请救救我》祝青青（晋江文学城）

《四院病友交流论坛》龙女夜白（晋江文学城）

网文青春榜·10 月榜（2022）扬子江网络文学评论中心

《长夜余火》爱潜水的乌贼（起点中文网）

《太白金星有点烦》马伯庸（豆瓣阅读）

《金迷》御井烹香（晋江文学城）

《一生悬命》陆春吾（豆瓣阅读）

《禁区之狐》林海听涛（起点中文网）

《了了》哀蓝（晋江文学城）

《大宋 Online》居尼尔斯（豆瓣阅读）

《老来伴》孟中得意（晋江文学城）

《遍地都是穿越者》路七酱（晋江文学城）

《零诺》行烟烟（微信公众号）

《月亮在怀里》囧囧有妖（潇湘书院）

网文青春榜·11 月榜（2022）北京大学网络文学研究中心

《盖世双谐》三天两觉（起点中文网）

《家父汉高祖》历史系之狼（起点中文网）

《光阴之外》耳根（起点中文网）

《救世主强制上岗》小雨清晨（有毒小说网）

《香港往事》沧海煮成酒（不可能的世界）

《漫画炮灰想成为人气王》与神同行（晋江文学城）

《祝姑娘今天掉坑了没》我想吃肉（晋江文学城）

《魏晋干饭人》郁雨竹（起点女生网）

《多米诺》慕遥而寻（豆瓣阅读）

《执笔者》林言年（知乎）

网文青春榜·12 月榜（2022）山东大学网络文学研究中心

《吾家阿囡》闲听落花（起点女生网）

《家塾》扶他柠檬茶（微博）

《在各个世界当咸鱼二代》蛛于（晋江文学城）

《怪谈小镇游玩指南》宴几清欢（晋江文学城）

《被偷走的半生》马小如（豆瓣阅读）

《姐姐的遗言规则》白裙懒懒（知乎）

《纸港》任平生（豆瓣阅读）

《我的细胞监狱》穿黄衣的阿肥（起点中文网）

《道诡异仙》狐尾的笔（起点中文网）

《深海余烬》远瞳（起点中文网）

网文青春榜·1月榜（2023）安徽大学网络文学研究中心

《天醒之路》蝴蝶蓝（起点中文网）

《鼠狗之辈》桩乐（豆瓣阅读）

《宋檀记事》荆棘之歌（起点女生网）

《炼狱艺术家》烟火成城（起点中文网）

《中医许阳》唐甲甲（起点中文网）

《活在真空里》点灯（知乎）

《一梭千载》慈莲笙（起点女生网）

《江湖夜雨十年灯》关心则乱（晋江文学城）

网文青春榜·2月榜（2023）中南大学网络文学研究基地

《人气角色扮演中》白昼粥白（晋江文学城）

《国民法医》志鸟村（起点中文网）

《十二度团圆》蒋蛮蛮（豆瓣阅读）

《剑阁闻铃》时镜（晋江文学城）

《女主对此感到厌烦》妖鹤（晋江文学城）

《大明英华》空谷流韵（起点中文网）

《第九农学基地》红刺北（晋江文学城）

《祝姑娘今天掉坑了没》我想吃肉（晋江文学城）

网文青春榜·3月榜（2023）首都师范大学网络文学研究团队

《桥头楼上》priest（晋江文学城）

《深渊归途》未见寸芒（起点中文网）

《海上风云》尚南山（七猫中文网）

《交互式小说：失业后的正确选择》敖何安（起点中文网）

《曹操穿越武大郎》神枪老飞侠（起点中文网）

《鸡毛蒜皮雨》一个干净明亮的地方（LOFTER）

《新灵气时代》爱吃辣鸡粉（晋江文学城）

《花夜前行》南派三叔（微信公众号）

网文青春榜·4月榜（2023）杭州师范大学网络文学研究团队

《玻璃糖》这碗粥（晋江文学城）

《一个精神病人的自述》乘二（番茄小说网）

《穿成科举文里的嫡长孙》MM豆（晋江文学城）

《地球上的一百亿个夜晚》智能写作机器人（起点中文网）

《别说我们认识》周演（豆瓣阅读）

《宿命之环》爱潜水的乌贼（起点中文网）

《洛九针》希行（起点中文网）

《塞壬之刃》吃书妖（起点中文网）

四、民间榜

（一）晨曦杯

【按】"晨曦杯"是安迪斯晨风等网络文学评论家发起组织的民间性质网络文学阅读、推荐和评论活动，从2016年开始，已经举办了5届。活动秉承"不权威、不客观、不中立"的原则，每年与自愿报名参加的100余名读者评委一起选出本年度最好看的网络小说作品。每年9月至10月，由评委们提名选出20本书确定最终入围名单，经过5个月的阅读之后，写出书评和评价（评分必须附带至少 500 字的书评），在次年 3 月公布获奖作品名单。

2022 年第六届晨曦杯最终入围名单

《寄生之子》群星观测（晋江文学城）

《贵极人臣》媲姽娘（晋江文学城）

《我们生活在南京》天瑞说符（起点中文网）

《穿进赛博游戏后干掉 BOSS 成功上位》桉柏（晋江文学城）

《道诡异仙》狐尾的笔（起点中文网）

《早安！三国打工人》蒿里茫茫（晋江文学城）

《从聊斋开始做狐仙》喵拳警告（起点中文网）

《如何建立一所大学》羊羽子（晋江文学城）

《道祖是克苏鲁》板斧战士（起点中文网）

《独立电影人》superpanda（晋江文学城）

《鼠狗之辈》桩乐（豆瓣阅读）

《长夜余火》爱潜水的乌贼（起点中文网）

《佳人在侧》我想吃肉（晋江文学城）

《枭起青壤》尾鱼（晋江文学城）

《第一次》陈之遥（豆瓣阅读）

《杀死偶像》水千丞（爱奇艺文学）

《造神年代》严曦（豆瓣阅读）

《太岁》priest（晋江文学城）

《买活》御井烹香（晋江文学城）

《女商》南方赤火（晋江文学城）

2023 年第七届晨曦杯最终入围名单

《大洛山》DmgnDHP（X 岛揭示版）

《佛说》AyeAyeCaptain（晋江）

《为什么它永无止境》柯遥 42（起点女生网）

《祝姑娘今天掉坑了没》我想吃肉（晋江文学城）

《深海余烬》远瞳（起点中文网）

《我妻薄情》青青绿萝裙（晋江文学城）

《克拉夫特异态学笔记》雪中菜鸡（起点中文网）

《求生在动物世界［快穿］》撸猫客（晋江文学城）

《食仙主》鹦鹉咬舌（起点中文网）

《恶意杜苏拉》戈鞅（晋江文学城）

《国民法医》志鸟村（起点中文网）

《我本无意成仙》金色茉莉花（起点中文网）

《我在梁山跑腿的日子》南方赤火（晋江文学城）

《塞壬之刃》吃书妖（起点中文网）

《十日终焉》杀虫队队员（番茄小说网）

《未知的世界》Dsouslapluie（AO3）

《凶人恶煞》年终（晋江文学城）

《走近娱乐圈之公司倒闭三百遍》多木木多（晋江文学城）

《霍格沃茨的和平主义亡灵巫师》不爱吃鲑鱼（起点中文网）

《我在废土世界扫垃圾》有花在野（晋江文学城）

（二）微博

2023 年微博好书大赏

【按】微博好书大赏活动由新浪微博读书发起，结合每年 1 月 1 日至 12 月 31 日期间微博数据表现（包含发博、提及、讨论、阅读量、互动量），对入围作品进行综合纬度排名，体现的是全网各大平台的网络文学作品与出版物的人气与评价情况，因而也是一种由读者投票的"民间榜"。2023 年有 84 部新书作品、50 位作者、18 部 IP 进行"年度人气新书""年度人气出版作家""年度人气网文作家""年度新锐作者""年度人气 IP""年度新锐 IP"六大奖项角逐。

一、年度人气新书

《有人自林中坠落》蒲熠星（惊人院）

《她对此感到厌烦》妏鹤（北京联合出版公司）

《抬头看二十九次月亮》张皓宸（博集天卷）

《他笑时风华正茂》舒远（酷威文化）

《漫长的旅途》卢思浩（博集天卷）

《有一种境界叫苏东坡》冷成金（新华先锋）

《蓝：陪安东尼度过漫长岁月Ⅵ》安东尼（爱格）

《寒夜无声》吴忠全（星悦文化）

《陷入我们的热恋》耳东兔子（悦读纪）

《不可错过的云冈》赵昆雨（江苏凤凰美术出版社）

《献给名侦探的甜美死亡》［日］方丈贵惠（新星出版社）

《小心说话（全二册）》疯丢子（知音动漫图书）

《狭路·下》长洱（漫客小说绘）

《通透》杨天真（博集天卷）

《完美耦合（全两册）》九阶幻方（漫客小说绘）

《时间的刻度：新京报年度好书20年》新京报书评周刊（中国纺织出版社）

《红尘万丈》铁鱼（北京联合出版公司）

《造神年代》严曦（科幻世界）

《轻吻星芒2》南之情（悦读纪）

《见春天》纵虎嗅花（联合读创）

二、年度人气出版作家

张皓宸

南派三叔

安东尼

卢思浩

匪我思存

吴忠全

莫言

铁铁铁铁铁鱼（铁鱼）

蔡骏

刘亮程村庄（刘亮程）

三、年度人气网文作家

麟潜 live

水千丞

亲爱的舒远（舒远）

她与灯

藤萍

爱简传媒总经理（北南）

耳东兔子 Luckygirl（耳东兔子）

爱潜水的乌贼本尊（爱潜水的乌贼）

潇湘千山茶客（千山茶客）

那个狗蛋儿（巫哲）

四、年度新锐作者

杀虫队队员

任凭舟 sway（任凭舟）

晋江纪婴（纪婴）

码字的九阶幻方（九阶幻方）

是冷山就木啊（冷山就木）

五、年度人气 IP

大奉打更人

六、年度新锐 IP

十日终焉

2023 年首届微博文化之夜

【按】微博文化之夜是以新浪微博平台为主体推出的大型泛文化 IP 活动。其几乎涵盖了国内所有热门的文化领域，从博物馆创新宣传，到戏剧节、文化节目，再到文学 IP、动画 IP、音乐人、文化传播人物，泛文化领域从上到下各个领域都被囊括其中，是互联网泛文化内容整体生态的一个缩影。

微博年度网络文学 IP

《观鹤笔记》她与灯
《夜的命名术》会说话的肘子

微博年度十大文学 IP

《盗墓笔记》南派三叔
《道诡异仙》狐尾的笔
《观鹤笔记》她与灯
《诡秘之主》爱潜水的乌贼
《黑莲花攻略手册》白羽摘雕弓
《将门嫡女》千山茶客
《龙族》江南
《全职高手》蝴蝶蓝
《我在精神病院学斩神》三九音域
《哑舍》玄色

2022—2023 中国网络文学大事记

【按】本大事记参考"安大网文研究""白鲸出海""爆侃网文""腾讯新闻""网文界""扬子江网文评论"公众号及中国作家网相关讯息，整理者为陈晓彤、李重阳、栗葛、鲁沛怡、张潇月，以上出现的公众号和整理者均按名称拼音排序。

2022 年

1 月

6 日，2022 年全国广播电视工作会议召开，会议提出深入开展专项调研，全面叫停偶像养成类网综、"耽改"题材网络影视剧，开展网络影视剧、短视频、直播领域专项清查，由《镇魂》在 2018 年开启的"耽改剧"大潮被按下暂停键。

11 日，改编自祈祷君同名小说的科幻悬疑剧《开端》在腾讯视频播出，开播 3 天播放量破亿，豆瓣开分 8.2 分，荣登一周华语口碑剧集榜第一，成为 2022 开年影视黑马。

12 日，中国现代文学馆、中国社会科学院文学研究所和《文艺报》联合主办的"文学照亮美好生活——2021 探照灯年度书单发布暨阅文名家系列研讨启动会"举行，诸多专家学者与网文作家进行面对面交流，共同探讨网络文学之于时代的关联。会上还公布了首次设立的"十大网络原创小说"榜单，《临渊行》（作者宅猪）等作品上榜。

12 日，中国作家协会网络文学中心发布"2021 年度中国网络文学影响力榜"征集启事。影响力榜包括网络小说榜、IP 影响榜、海外传播榜以及针对 90 后作家的新人榜 4 项。2023 年 3 月，榜单发布仪式在长沙举办，《生命之巅》（作者麦苏）等 10 部作品入选中国网络小说榜；《你是我的城池营垒》（作者沐清雨）等 10 部作品入选 IP 影响榜；《惜花芷》（作者空留）等 10 部作品入选海外传播榜；刘金龙等 10 位作者入选新人榜。

13 日，App Growing Global 发布《2021 网文漫画出海买量白皮书》，基于 2021 全年度海外移动广告数据情报，从出海背景及现状、海外买量市场动向、典型出海案例投放策略等维度全方位考察网文漫画应用出海买量趋势。报告显示，以网文小说、漫画 App 为代表的图书类 App 在海外买量市场一直十分活跃，且持续有新产品加入赛道。2021 年网文漫画 App 海外广告量占到整体非游戏应用广告量的 5%，每月新投放 App 近百款。

2 月

5 日，由快手短剧联合知竹工作室共同出品的短剧《长公主在上》播出，共 26 集，每集时长不超过 3 分钟，一反以往言情偶像剧的冗长拖沓，主打快节奏、多反转与密集爽点。截至完结，正片播放量超 3 亿，话题播放量超 11 亿，低成本高收益的模式也吸引了更多平台入局，引发短剧热潮。这类短剧展现的多是网络小说热门爽点的"切片"式片段，也可视作网文到短视频的跨媒介转化。

11 日，由阅文集团联合新加坡滨海湾金沙举办的"2022 全球作家孵化项目启动仪式暨 WSA2021 颁奖典礼"在新加坡举行。2022 全球作家孵化项目（Global Author Incubation Project，简称 GAIP）旨在培养海外原创网络文学生力军。WSA（WebNovel Spirity Awards）是起点国际推出的全球年度有奖征文品牌活动，《重生之最强系统》（作者 Elyon）等 3 部作品获得 2021 年度金奖。

21 日，豆瓣阅读公布第三季主题征稿（2021 年 9 月—2022 年 2 月）获奖作品名单。"女性视角的悬疑小说"主题中，《心隐之地》（作者徐暮明）获特邀合作方选择奖，《二次缝合》（作者酸菜仙儿）获编辑部选择奖，《寻找金福真》（作者南山）获最佳新人奖；"无限游戏"主题中，《异常报道》（作者蛋炒熊）获特邀合作方选择奖，《雨天没有你》（作者我想喝奶茶）获编辑部选择奖，《总有凶手想害我》（作者 KINBAN）获最佳新人奖。

23 日，字节跳动在日本推出线上漫画 App "FizzoToon"，布局国漫出海。

本月，"上海国际网络文学周"（2020 年 11 月 16 日开幕）活动获第十六届上海市国际传播领域最高奖项"银鸽奖"活动 / 案例类优胜奖。

晋江文学城发布 2021 年度盘点，推荐了《第一战场分析师》（作者退戈）等年度佳作。

3 月

8 日，番茄小说玄幻仙侠创作保障金计划上线，凡通过"创作保障金计划"的作品，作者的前 10 万字将由平台提供 1000—3000 元的创作保障金，并为测试通过的作品提供千字 15—150 元的保底合同。

9 日，中国作家协会公布第十届网络文学委员会组成人员名单，由陈崎嵘担任主任，何弘、陈村、欧阳友权和唐家三少担任副主任。

10 日，鱼人二代的代表作《校花的贴身高手》章节数突破 1 万。该书自 2011 年 4 月上线以来，连载近 12 年，热度长盛不衰。

14 日，由中国作家协会与中国人民大学共同举办的首届网络文学研究班在北京开班，蝴蝶蓝等知名网络作家成为首批学员。

16 日，起点白金作家远瞳的小说《黎明之剑》正式完结。该书于 2018 年 4 月开始连载，曾多次进入起点月票榜前十。

22 日，阅文集团发布 2021 年全年业绩报告。报告显示，2021 年阅文集团总收入 86.7 亿元，归母净利润为 18.5 亿元，在线业务整体收入达 53.1 亿元，同比增长 9.6%。平台新增了 70 万位作家和 120 万部作品，全年新增字数超过 360 亿。新增作家中，95 后占比 80%。

23 日，卖报小郎君的新书《灵境行者》上架，打破了起点首订纪录，24 小时的首订数据为 81780；上架不到 5 天，首订成绩已破 10 万，打破了 2021 年 6 月《夜的命名术》（作者会说话的肘子）7 天破 10 万首订的纪录，创造了起点新纪录。

23 日，中国作家协会官方网站"中国作家网"于首页头条位置刊载文章《中国网文出海：扬帆正当时》。文章指出，中国网络文学的发展已经到了海外溢出的关键阶段，网络文学将成为中国文学国际传播的突出亮点。

23 日，中共江苏省委宣传部、江苏省新闻出版局、江苏省作家协会举办第五届扬子江网络文学作品大赛。2023 年 10 月获奖名单公布，《我的西海雄鹰翱翔》（作者懿小茹）获一等奖。

25 日，2021 十大年度国家 IP 评选活动进入评委评审阶段。9 月 4 日获奖名单公布，《庆余年》（作者猫腻）获得文学赛道银奖。

25 日，国家新闻出版署启动 2022 年优秀现实题材网络文学出版工程评选活动。

28 日，作家祖占起诉玖月晞《小南风》侵犯作品《越过时间拥抱你》著作权一案正式立案。此案也是作家庄羽发起的反剽窃基金成立后，帮扶的所有案例中第一个走到诉讼阶段的案例。

4 月

1 日，天瑞说符的小说《我们生活在南京》正式完结。该书荣获第三十二届中国科幻银河奖"最佳网络科幻小说奖"。

4 日，中国作协网络文学中心举办"喜迎二十大　青春著华章"主题征文，《故乡的风》（作者王敏，笔名冰可人）等作品获得优秀作品称号。

7 日，中国社会科学院发布《2021 中国网络文学发展研究报告》。报告显示，中国目前网络文学用户规模达 5.02 亿人，较去年同期增加 4145 万人，占网民总数（10.32 亿）的 48.6%。

14 日，知乎长篇创作马拉松大赛第二季开始，大赛设置都市生活、青春校园、悬疑幻想和古风传奇 4 个赛道。赛事至同年 8 月落幕，冠军分别是：《女生宿舍的葬礼》（作者牛角青年）、《与光同尘》（作者佩奇酱）、《花市街》（作者秋山）和《罗裙之下》（作者沙舟 Chole）。

20 日，豆瓣阅读举行第四届长篇拉力赛，分为言情、女性、悬疑、幻想 4 组。赛事至同年 8 月落幕，最终总冠军是女性组的《纸港》（作者任平生）。其他分组冠军分别是：言情组《忘南风》（作者周板娘）、悬疑组《恐怖网红店开业指南》（作者不明眼）、幻想组《定制良妻》（作者金牙太太）。

28 日，知名网络文学作家天下归元于微博平台发布长文，陈述其作品《凰权》被改编为电视剧《天盛长歌》的故事。此前，网络上便有关于《凰权》由"大女主"题材改编为"大男主"题材的剧情争议，这篇博文又一次将女频网文改编的问题提到台前。

字节跳动入局付费阅读，推出包括冰壳小说、新草小说等在内的多款付费阅读小说应用，再次引发行业有关"付费 vs 免费"问题的热议。

5 月

5 日，长佩文学开展"万花筒"言情征文活动，《你是星河难及》（作者回南雀）获特等奖。

15 日，起点读书迎来创办 20 周年纪念，发布新的品牌主张"每一本好书，都是新的起点"与新的产品使命"让好书生生不息"，同时开展"515 好书节"等一系列庆祝活动。

18 日，起点白金作家爱潜水的乌贼的玄幻作品《长夜余火》正文完结。全书共 281 万字，用游记式的结构构筑了一个昏暗、荒诞又不失希望的废土世界，曾多次登上起点首页封推。

26 日，中国版权协会发布《2021 年中国网络文学版权保护与发展报告》。报告指出，网络文学在高速发展的同时，也面临着盗版侵权的"三座大山"——盗版平台、搜索引擎和应用市场。2021 年，中国网络文学盗版损失规模为 62 亿元，同比上升 2.8%，保守估计已侵占网络文学产业 17.3% 的市场份额。其中，近七成网络文学平台和近八成作家认为，搜索引擎是网络文学盗版内容传播的主要途径。中国版权协会携手全国各地网络作家协会、多家网文平台以及匪我思存、天瑞说符、跳舞等 522 位网络作家共同倡议反对盗版。

27 日，北京大学网络文学研究中心、中南大学网络文学研究基地、山东大学网络文学研究中心、安徽大学网络文学研究中心、南京师范大学扬子江网络文学评论中心，联合南京出版集团《青春》杂志社，共同主办"网络文学青春榜"2021年度榜单发布暨2022年度五大高校网络文学研究机构联合主办"青春榜"的启动仪式。

七猫纵横与知名作家唐家三少成功签约。5月27日起，七猫纵横、七猫免费小说、熊猫看书、手百小说等百度旗下的平台将上架唐家三少的最新作品《斗罗大陆 V 重生唐三》。七猫纵横与唐家三少的合作，并未采用网文行业内常见的独家签约，而是采用了非独家签约模式，即作者的同一作品可与不同网文平台签约。

宅猪的《择日飞升》和会说话的肘子的《夜的命名术》争夺起点月票榜第一，引发"猪肘之争"。《夜的命名术》成为第一本收获两个亿盟的小说，也是起点首次出现"一天双亿盟"现象（一个"亿盟"换算为100万人民币）。

6月

1日，国家广播电视总局于4月29日印发的《国家广播电视总局办公厅关于国产网络剧片发行许可服务管理有关事项的通知》开始实施，针对网络剧（含网络微短剧）、网络电影等网络视听节目的《网络剧片发行许可证》正式开始发放，进一步规范对网络剧片的管理。

9日，新华社发布《书写时代》网络文学系列微纪录片，讲述3位现实题材网文作家齐橙、卓牧闲、令狐与无忌的创作故事，走近作品背后的现实原型。

17日，2022年中国作家协会网络文学重点作品扶持项目入选选题公布。项目共收到235项有效申报选题，经重点作品扶持项目论证委员会论证，确定40项选题入选。会说话的肘子的《夜的命名术》和天瑞说符的《我们生活在南京》等作品入选。

23日，阅文集团旗下女生阅读平台潇湘书院宣布全新移动客户端上线，推出全新 slogan"她故事，她力量"，并启用新 logo。同时，潇湘书院重磅发布"紫竹计划"，宣布将投入 1 亿资金与资源扶持女性创作者，聚焦精品女频作品原创和 IP 孵化，打造反映新时代女性精神的新经典。上线首日，潇湘书院联合上海图书馆发起"全球 100 位名人的小说邀约"

活动，邀请全球 100 位知名作家、正能量明星、优秀学者等为年轻人创作优秀故事。

24 日，起点中文网公布 2022 年原创文学新晋白金作家和新晋大神作家名单。入选新晋白金作家的有卖报小郎君等 4 位，入选新晋大神作家的有饭团桃子控等 12 位。

29 日，第四届豆瓣阅读长篇拉力赛决选名单正式出炉，言情组、女性组、悬疑组、幻想组四大组别共 60 部作品入围决选名单，包括 21 部新人作品。

30 日，山东省网络作家协会成立暨第一次会员代表大会在济南召开。中国作协网络文学中心主任何弘出席会议并讲话，山东省作协主席黄发有主持会议。会议审议并通过了《山东省网络作家协会章程》，选举产生了山东省网络作协第一届理事会、常务理事会、会长、副会长，于鹏程（风御九秋）当选为山东省网络作协会长。

7 月

1 日，2022 年中国作家协会重点作品扶持项目入选选题公布。项目共收到申报选题 361 项，经论证委员会论证，报中国作家协会书记处批准，确定 53 项选题入选。其中网络文学作品有《关键路径》《陶三圆的春夏秋冬》《洞庭茶师》《春风里》和《丰碑》。

5 日，改编自关心则乱的小说《星汉灿烂，幸甚至哉》的影视剧《星汉灿烂·月升沧海》在腾讯视频上线播出。该剧为腾讯视频暑期档爆款剧集，是腾讯视频自 2019 年以来单剧总播放量第一名，2022 年总播放用户数第一名，入选国家广播电视总局网络视听节目管理司发布的"2022 网络视听精品节目"、国家广播电视总局发布的"2022 年度优秀网络视听作品推选活动优秀作品"。

6 日，中国网络文艺知识产权纠纷人民调解委员会在京成立，成立仪式在中国现代文学馆举行。

中国作家协会在北京召开全国重点网络文学网站联席会议，近 50 家重点网络文学平台负责人、全国省级网络文学组织负责人、知名网络作家和评论家共同发起《网络文学行业文明公约》，呼吁加强网络文明建设，优化网络文学行业生态。

20 日，改编自苏寞同名小说的影视剧《沉香如屑·沉香重华》在优酷上线播出。该剧打破优酷平台播放记录，是优酷站内热度最快破万剧集，也是优酷首个灯塔播放指数破百万剧集。

22 日，改编自长洱同名小说的影视剧《天才基本法》在央视八套首播，并在爱奇艺同步播出。

26 日，中国作家协会网络文学中心启动"喜迎二十大"优秀网络文学作品联展活动，22 家重点网络文学平台通过设置活动专题页，上线优秀网络小说 347 部，免费向广大读者开放。参展作品全部为现实题材作品，反映了党的十八大以来党和国家取得的历史性成就、发生的历史性变革。

27 日，改编自天下霸唱同名小说的影视剧《迷航昆仑墟》在爱奇艺、腾讯视频上线播出。

28 日，晋江文学城发布公告，为响应《互联网用户账号信息管理规定》的要求，保障晋江文学城真实有序的讨论氛围，防治恶意造谣等不良行为，确保传播内容的真实、透明，网站将依据相关法律、法规要求逐步开放"展示账号 IP 属地"功能。

8 月

1 日，晋江文学城打击盗版刑事案取得突破，晋江文学城法务历时 400 余天，收到全 X 小说 App 涉嫌侵犯著作权刑事案附带民事赔偿款。

5 日，首届扬子江网络文学最具 IP 潜力榜颁奖仪式暨中国网络文学 IP 转化对话会在江苏网络文学谷举行。榜单于 4 月 18 日发布，缪娟的《人间大火》、祈祷君的《开更》、天瑞说符的《我们生活在南京》、匪迦的《北斗星辰》等 10 部作品入选。会上，网络文学作者、评论家和广播电视局、影视公司、平台版权方的专业人员共同讨论如何进一步优化网络 IP 转化。

7 日，改编自九鹭非香同名小说的影视剧《苍兰诀》在爱奇艺上线播出。该剧为爱奇艺暑期档现象级爆款剧，在爱奇艺站内的内容热度值节节攀升，在微博、抖音等全网各平台也收获了极大的关注，入选国家广播电视总局网络视听节目管理司发布的"2022 网络视听精品节目"、国家广播电视总局发布的"2022 年度优秀网络视听作品推选活动优秀作品"。

8 日，中文在线旗下子公司 Crazy Maple Studio 在海外上线微短剧流媒体平台 ReelShort。ReelShort 主攻海外市场，推出 *Fated to My Forbidden Alpha*、*Big Bad Husband, Please Wake Up!* 等热播剧集。截至 2023 年 11 月，ReelShort 在 iOS 和 Android 上的下载量已达 1100 万次，产生 2200 万美元的净收入。中文在线的布局策略，代表了这一阶段网络内容平台网文与短视频并重发展的趋势。

9 日，全国网络文学工作会议在郑州举行，来自全国各省市作协的相关负责人，以及全国知名网络作家共同畅谈网络文学的发展和队伍建设。次日，中国作家协会在郑州发布《2021 中国网络文学蓝皮书》，从作家创作、组织建设、理论评论、行业发展、海外传播 5 个方面全面回顾了网络文学 2021 年的总体发展状况。

11 日，豆瓣阅读第四届长篇拉力赛获奖名单公布，本届长篇拉力赛共收到 6645 部作品投稿，其中 911 部作品顺利完赛。大赛评选出了总冠军，新人奖，各组冠亚季军、特定主题作品奖和潜力作品奖等 21 个奖项。

16 日，中共中央办公厅、国务院办公厅印发了《"十四五"文化发展规划》，指出："鼓励文化单位和广大网民依托网络平台依法进行文化创作表达，推出更多优秀的网络文学、综艺、影视、动漫、音乐、体育、游戏产品和数字出版产品、服务，推出更多高品质的短视频、网络剧、网络纪录片等网络视听节目，发展积极健康的网络文化"，"加强和创新网络文艺评论，推动文艺评奖向网络文艺创作延伸"，"加强网络文学、视听、音乐、表演、动漫等网络文艺精品创作扶持"。

31 日，第六届晨曦杯正式开启。同年 10 月 1 日，第六届晨曦杯公布最终入围的 20 部作品名单。

9 月

1 日，由上海市新闻出版局支持，阅文集团主办的第六届现实题材网络文学征文大赛颁奖典礼在上海展览中心举行。现场公布了大赛的 14 部获奖作品名单，展现中国科技企业崛起的《破浪时代》获特等奖，书写平凡人生活史诗的《上海凡人传》获一等奖。

7 日，由中华文学基金会、浙江省作家协会与桐乡市人民政府联合主办的第四届"茅盾新人奖"颁奖典礼在桐乡举行。经过专家评审和网上公示，王冬（蝴蝶蓝）、任禾（会说话的肘子）、陈徐（紫金陈）、刘勇（耳根）、段武明（卓牧闲）、蔡骏（蔡骏）、叶萍萍（藤萍）、朱乾（善水）、杨汉亮（横扫天涯）、程云峰（意千重）10 人获评第四届"茅盾新人奖·网络文学奖"。

9 日，国家版权局、工业和信息化部、公安部、国家互联网信息办公室四部门于近日联合启动打击网络侵权盗版"剑网 2022"专项行动。这是全国连续开展的第 18 次打击网络侵权盗版专项行动。本次专项行动于 9 月至 11 月开展，对未经授权通过网站、社交平台、浏览器、搜索引擎传播网络文学作品等侵权行为进行集中整治。

12 日，据英国媒体近日报道，中国网络文学作品首次被收录至大英图书馆的中文馆藏书目中。被收录的网络文学共计 16 部，分别是《赘婿》《赤心巡天》《地球纪元》《第一序列》《大国重工》《大医凌然》《画春光》《大宋的智慧》《贞观大闲人》《神藏》《复兴之路》《纣临》《魔术江湖》《穹顶之上》《大讼师》《掌欢》。

14 日，晋江文学城作家桉柏的小说《穿进赛博游戏后干掉 BOSS 成功上位》正文完结。该作是 2022 年全网讨论度最高、最"出圈"的女频小说。

17 日，阅文集团和天成嘉华文化传媒主办的民族文化网络文学创作论坛暨第二届石榴杯征文颁奖典礼在北京民族文化宫举行。本届石榴杯以"籽籽同心 字字传情"为主题，《7 号基地》《月亮在怀里》《画春光》《国民法医》《黜龙》《谁不说俺家乡美》《擎翼棉棉》《合喜》《小千岁》《乘风相拥》10 部网络文学作品获得"优秀作品奖"，并将被收录中国民族文化资源库。

18 日，"恭王府博物馆 × 阅文集团网络文学国风作品研讨会"在文化和旅游部恭王府博物馆举办。当天，恭王府博物馆与阅文集团宣布达成战略合作，共同启动"恭王府博物馆 × 阅文集团中华优秀传统文化推广三年计划"。

19日，江南新书《龙王：世界的重启》在QQ阅读独家上线，每周一、周四连载更新。

20日，改编自天下霸唱小说《鬼吹灯之昆仑神宫》的影视剧《昆仑神宫》在腾讯视频上线播出。

10月

1日，读书大V、网络文学评论家安迪斯晨风的《生如稗草：网络文学导读》出版。

9日，"新时代十年百部中国网络文学作品榜单"评选活动在浙江杭州中国网络作家村举行启动仪式。这是国内第一次就新时代十年（2012—2022）以来的网络文学创作态势及其优秀作品作出系统性、全景化的梳理和评价。活动围绕网络文学作为时代新兴文艺领域所呈现的一系列发展变化、创新创造以及有关学术思想的沉淀而展开。此次评选根据十年来中国网络文学内部多样化的创作流变、现实题材与科幻题材的崛起、与影视动画等下游改编的深度融合、富有影响力的海外传播等主要面向，构架评选类别和评选标准。2023年6月21日，"新时代十年百部中国网络文学榜单"在第十九届中国国际动漫节上发布。

11月

2日，中国经济信息社发布《新华·文化产业IP指数报告（2022）》，从消费端、传播端、开发端、拓展端四个维度进行综合评价并公布前50位。其中，《斗罗大陆》《斗破苍穹》《赘婿》《庆余年》《开端》5部网络文学IP占据前十位。

10日，由中文在线主办，17K小说网、奇想宇宙和新浪微博读书等平台联合承办的"首届全球元宇宙征文大赛"颁奖典礼圆满结束，东心爱的《卞和与玉》获大奖"元宇宙奖"。

11日，改编自潇湘冬儿网络小说《11处特工皇妃》的电视剧《楚乔传》上线Netflix。

15 日，继菠萝小说网、全 X 小说 App 案件后，晋江文学城法务又一次以"刑事案件"方式打击盗版，在顶 X 小说 App 涉嫌侵犯著作权刑事案中胜利。侵权者赔偿上百万元，现已如约发放给作者，一干嫌疑人已被羁押。晋江文学城自 2021 年新增刑事维权方式以来，已有 9 个类似案件立案成功。

16 日，据中国版权协会称，起点中文网针对"UC 浏览器"和"神马搜索"中存在的大量侵犯《夜的命名术》信息网络传播权的盗版链接，并向用户推荐、诱导用户阅读盗版的行为，向海南自由贸易港知识产权法院申请诉前禁令，获得法院支持。据悉，这是网络文学领域公开的首个诉前禁令。阅文集团于 2022 年 5 月 20 日向法院提出诉前行为保全申请，法院依法于 2022 年 5 月 24 日发出禁令。多位业内人士对此表示，行业首例诉前禁令意义重大，它突破了漫长的诉讼周期限制，及时制止了搜索引擎、浏览器传播盗版内容的侵权行为，对保护权利人的合法利益起到了及时止损、便捷维权的效果，为网络文学版权保护提供了新的思路。

18 日，改编自桐华同名网络小说的电视剧《步步惊心》上线 Netflix。

20 日，中国作家协会第十届全国委员会第二次全体会议在北京召开。中国作家协会将启动中国网络文学"Z 世代"国际传播工程，以"网文出海"为契机，进一步提升国际传播效能。

25 日，国家新闻出版署 2021 年"优秀现实题材和历史题材网络文学出版工程"入选作品揭晓，《蹦极》等 7 部作品入选。

起点读书"网文填坑节"活动首批书单出炉。《斗罗大陆》《盗墓笔记》《凡人修仙传》《诡秘之主》《全职高手》《诛仙》等 50 余部经典完结作品即将于 12 月 1 日在起点读书更新番外，全站用户免费阅读。据悉，"网文填坑节"活动于 11 月 7 日上线，盛邀全网读者一同许愿，呼唤作家们为完结、连载作品"填坑"，再更新番外。其中，《诡秘之主》成为网友票选的最"想看"的完结作品——近 3 万书粉"想看"。

30 日，OpenAI 研发的聊天机器人程序 ChatGPT（Chat Generative Pre-trained Transformer）发布。ChatGPT 是人工智能技术驱动的自然语

言处理工具，能够基于在预训练阶段所见的模式和统计规律，来生成回答，可以和人类进行聊天式的上下文互动，也能辅助撰写邮件、脚本、文案、论文等。AI能否取代网络文学写作、将会给网络文学行业带来怎样的帮助和冲击，成为一个引人深思的问题。

12 月

2 日，浙江网信 11 月执法处置通报，网文论坛"龙的天空"被通报关闭。"龙的天空"很快做出回应，表示关站整改一个月，预计 12 月 28 日恢复。

3 日，本日是小说《全职高手》中主人公叶修（化名叶秋）从嘉世电子竞技俱乐部退役的日子。从 2011 年至今，蝴蝶蓝的《全职高手》收获了无数书粉，主人公叶修也成了无数读者心目中的"白月光"。时间线重合，词条"叶秋退役"被刷上新浪微博热搜第一，"嘉世战队官方微博"账号发布宣布叶秋退役的博文，"腾讯电竞"官方账号相继转发，无数粉丝留言"叶神不要退役"，QQ 空间、微信朋友圈也出现大量转发、留言，盛况空前，是继《盗墓笔记》"十年之约"后网文圈的又一大奇观。

8 日，上海《语言文字周报》编辑部公布 2022 年"十大网络流行语""十大网络热议语"两大榜单。"十大网络流行语"榜单中包括"栓Q""退！退！退""CPU/KTV/PPT/ICU"等，新出现的词语占到一半以上，展现出大众极强的语文创造力；"十大网络热议语"则包括"做核酸""冰墩墩（冬奥会）""网课"等，与"流行语"榜单互相区别又互相联系，力求全面地记录与回顾 2022 年的语言生活。

第十三届华语科幻星云奖在成都揭晓。祈祷君的《开端》获得"2021 年度长篇小说"银奖。

14 日，第四届"金熊猫"网络文学奖颁奖仪式在成都追花城市音乐现场举行。本次评奖自 9 月 1 日开启初评，由网络文学行业资深从业者组成的专业初评评委团最终评选出 136 部优秀作品进入复评环节。最终，《天下藏局》获第四届"金熊猫"网络文学奖长篇单元金奖，《大明龙州土司》获中短篇单元金奖，《孤城记》获"天府文化城市书写"定向创作单元金奖。此外，还有《暗夜逐凶》《致富北纬 23 度半》等作品分获最具改编价值奖和最具时代精神奖等相关奖项。

15日，在中国作家协会的支持下，韩国"中国文学读者俱乐部"与中国图书进出口（集团）有限公司联合举办中国网络文学作品分享会。

16日，宁夏网络作家协会和宁夏报告文学学会成立。

起点中文网发布了2023年起点月票新规则，新增新用户半年体验期，帮助新读者更迅速、优惠地获得月票，并给予深度读者和平台邀请的超级读者双倍月票加成，从而拥有更高的榜单投票权重。同时，起点中文网对打赏月票和月票红包增加了严格的限制，打赏计票规则重回2021年之前的老原则。打赏计票的规则调整，使得头部作品单月十几二十万月票的现象再难得一见，有助于起点中文网重拾月票榜单公信力，也对一部作品的读者活跃度、作者号召力提出了更高的要求。

17日，国家广电总局发布《关于进一步加强网络微短剧管理 实施创作提升计划有关工作的通知》，加强网络微短剧管理，所有微短剧须通过内容审查，并取得《网络剧片发行许可证》。2023年5月30日，国家广电总局再次强调许可证全覆盖的管理办法，要求网络剧、网络微剧、网络电影、网络动画片上线播出前均需履行网络视听节目播出计划报备程序。

20日，豆瓣公布了2022年度读书榜单。其中，史迈（迈可贴）的《鱼猎》入选豆瓣2022年度"推理·悬疑"榜单。

26日，微博在发起"好书大赏""我的2022年度书单"标签话题后，公布了"年度最受欢迎文学IP"和"年度人气新书"入围名单。"年度最受欢迎文学IP"有《诡秘之主》《赘婿》《斗罗大陆》等10部网络文学IP入围。"年度人气新书"有七英俊的《成何体统》、西子情的《花颜策》、丁墨的《他与月光为邻》等网络文学作品入围。

29日，中国国家版本馆在深圳文博会线下举行"中国国家版本馆首批网络数字版本入藏仪式"，接收包括《复兴之路》《大国重工》《朝阳警事》《庆余年》等10部网络文学入藏。

30日，由中国小说学会主办、江苏省兴化市委宣传部承办的"中国小说学会2022年度好小说"评议会在线上举行。终评选出45部作品入选 2022 年度榜单，其中包括 10 部网络小说。

2023 年

1 月

1 日，"文艺批评"微信公众号发布 2022 年度文学作品书单，由数十位来自学院、作协和文学刊物的批评家共同评选推出。科幻和网络文学推荐作品有群星观测的《寄生之子》、天瑞说符的《我们生活在南京》、宅猪的《择日飞升》、爱潜水的乌贼的《长夜余火》、她与灯的《东厂观察笔记（观鹤笔记）》和三生三笑的《我不是村官》。

9 日，TopOn 联合广大大数据研究院发布《2022 全球移动应用（非游戏）营销变现白皮书》，海外网文平台 GoodNovel 延续上半年的增长势头再进一步，摘下出海网文 App 收入桂冠，分别位列 2022iOS/Android 阅读类应用收入 TOP5 和 TOP2，均为本次统计中出海网文 App 的最高排名。

10 日，阅文集团公布 2022 年"十二天王"榜单，包括"现象级破圈王"（狐尾的笔，《道诡异仙》）等。

11 日，"中国视听大数据"（CVB）公布 2022 年央视和地方卫视黄金时段收官电视剧单频道收视率 TOP100，《雪中悍刀行》《天才基本法》《余生，请多指教》《风吹半夏》等由网络文学作品改编而来的电视剧均榜上有名。

中国作家协会在京召开全国重点网络文学网站联席会议，学习贯彻党的二十大精神，研究部署 2023 年网络文学工作。来自 50 家网络文学网站负责人参加会议。会上，各网站负责人围绕新一年工作建言献策，就打击侵权盗版、规范内容审核、现实题材 IP 改编、网络文学推广平台和机制建设、"网文出海"等多项工作达成共识。

13 日，纵横中文网 2022 年终盘点的作品作家投票结束，《好戏登场》《不负韶华》分别获最佳男频、女频作品投票第一，鸟川鸣、雨中枫叶分别获最佳男频、女频作者投票第一。此外，纵横中文网还公布了年度畅销作者、最佳新人、年度月票王、年度更新王、超级盟主、年度优秀现实题材等。

16 日，阅文集团与澎湃新闻联合发布《2022 年网络文学十大关键词》，总结 2022 年中国网络文学内容创作的特色与趋势，十大关键词分别为：中国故事、科幻、克苏鲁、无限流、重生、龙傲天、女强、斗破苍穹、副业、跨界。同时，阅文集团公布 2022 年反盗版数据报告。报告显示，阅文集团旗下小说平台全年拦截了超过 1.5 亿次的盗版访问，平均每分钟拦截来自"笔趣阁"的 285 次攻击，全年共精准有效打击 62.5 万条盗版线索。

封面新闻"2022 名人堂年度人文榜"之"年度新锐作家"榜单揭晓，共有突出文学成绩的 5 位青年作家上榜，包括网络文学作家任禾（笔名为"会说话的肘子"）。

网络文学作家李歆在微博发文说明自己的《独步天下》被抄袭一事已顺利解决。这起抄袭事件始于 2021 年 8 月 18 日，网友发现罗敏的《海兰珠传奇》抄袭《独步天下》，随后李歆通过法律进行维权，终审判决罗敏抄袭成立。该案判决指明了涉案题材小说的比对审理思路：不仅要对创作素材、人物、情节、环境及其独创性做综合判断，还要审查两部作品是否构成相同或实质性相似，考虑上下文衔接，不应将句子、字词、短语进行孤立看待和割裂比对，而要进行整体比对和综合判断。该案对于历史穿越类小说的比对层次进行了有益探索。

17 日，晋江文学城于微博发布 2022 年度盘点，总结"现实题材""古典题材""幻想题材""玄奇题材""科幻题材"佳作，并在不同的题材下进行数量不等的分类展示，如"现实题材"下，"成长青春"分类有《伏鹰》等 8 部作品入选，"打脸虐渣"分类则有《初恋行为艺术［娱乐圈］》等 8 部作品入选。相比 2021 年的热门标签，"爽文""甜文"仍旧稳居第一、第二，"情有独钟""穿越时空""天作之合"排名略有上升，"无限流""宫廷侯爵"则取代"豪门世家""天之骄子"进入榜单前十。

晋江文学城官方判定藤萝为枝《黑月光拿稳 be 剧本》并未抄袭，举报者所列 16 处对比不成立，创意链顺序并不一样，并附上晋江原创写作规范，阐明"初创人不可垄断创意""保护细纲但不保护大脉络"两条规则思路。藤萝为枝随后也在微博平台发布未抄袭声明。此前，作者格零 1 月 10 日在微博发文称《黑月光拿稳 be 剧本》和自己的作品《我的床上有只鬼》撞梗 20 处，并以调色盘的形式进行举证。官方判定后，有部分读者举出玖月晞"融梗"一事，认为晋江判定不具有说服力。截至目前，格零的举证微博已不可见，由《黑月光拿稳 be 剧本》改编，罗云熙、白鹿、陈都灵主演的《长月烬明》已在优酷播出。

18 日，历时 34 天，微博好书大赏四大主题环节落下帷幕，主话题"好书大赏"话题新增阅读量超 15 亿，热搜上榜近 10 个，IP 榜单、兴趣星球参与量超 500 万；票选出"好书大赏获奖名单"年度人气出版作家、年度人气网文作家、年度新锐作者、年度最受喜爱文学 IP、年度人气新书等奖项。

阅文集团公布作家版 2022 年度盘点。2022 年，阅文首日收藏最高纪录和起点最快 10 万均订纪录均被《灵境行者》刷新。2022 年作家指数 TOP500 的新面孔中，00 后占比提升 10%。

26 日，抖音上线首个爆款短剧《二十九》，该剧摒弃"原配"和"小三"的雌竞套路，强打"双女主、救赎、微短剧"标签，正片总播放量超 8 亿次。

哔哩哔哩在港交所发布公告与晋江原创网订立综合合作框架协议。据此，哔哩哔哩与晋江同意就知识产权合作，包括但不限于购买多部作品（包括文学作品）的版权，并将其用于指定用途（包括但不限于改编、信息网络传播、宣传及发行）。综合合作框架协议期限为 3 年，截至 2023 年、2024 年及 2025 年 12 月 31 日止，年度的费用上限为 4000 万元。

2 月

3 日，阅文集团正式宣布《诡秘之主》将由弹指宇宙工作室改编成游戏，暂命名为《代号：诡秘》，并首次曝光游戏概念 PV 及官方悬念站。据悉，该游戏将制作成多平台 RPG。

7 日，百度宣布其类 ChatGPT 项目"文心一言"将在 3 月份完成内测，面向公众开放。"文心一言"是百度基于文心大模型技术推出的生成式对话产品。七猫官宣将接入百度"文心一言"的全面能力，针对数字阅读场景，升级内容推荐、搜索、客服等服务。同时，"文心一言"将作为七猫作家服务体系的重要板块，辅助广大网络文学创作者，匠心打磨好作品。

21日，中文在线以自有IP打造的国内首个科幻主题元宇宙RESTART（重启宇宙）启动。RESTART是以《流浪地球》为世界观基底打造的元宇宙空间，基于生存体系、收集体系和贡献体系三大核心体系架构，构建了区块链沙箱交互游戏、地块生态系统和用户权益体系。

3月

1日，中国作协网络文学中心与中南出版传媒集团在长沙马栏山签署战略合作协议。根据协议，中国作协网络文学中心将指导中南传媒主办《网络文学观察》期刊。

4日，《诡秘之主》续作《宿命之环》在起点中文网上线。小说首章发布24小时内，以超82万的成绩刷新新书上线首日收藏记录，并登顶起点读书月票榜。

全国两会拉开帷幕。第十四届全国政协委员吴义勤在提案中提出巩固网络文学盗版治理成果，为数字文化产业发展建言献策。

10日，起点国际在中国香港举办"WSA2022颁奖典礼暨WebNovel 2023作家职业化发展计划启动仪式"发布仪式。2022WSA包括英语、印尼语和泰语三大赛道，巴基斯坦作家"绯墨"、印度作家"灰烬"和泰国作家"尼尼平塔"分别凭借作品《无限升级系统》《夜惑》和《觅爱》摘得金奖。活动当天，阅文集团与《环球时报》旗下环球舆情调查中心联合发布《2022中国网文出海趣味报告》。

13日，纵横中文网作家服务团队发布《告纵横中文网作家通知书》。通知表明，纵横作家专区将于2023年3月16日凌晨0点5分永久下线，转而由新版纵横作家中心取代。新版纵横作家中心最大的变化在于作家可以同时创建和管理4个站点（七猫小说网、奇妙小说网、纵横中文网、脑洞星球）的作品。付费阅读平台和免费阅读平台的合流更进一步。

15日，知乎上线"盐言故事"App。据知乎统计，截止到2022年，盐选会员订阅用户数已达 1300 万，收入为 4 亿元，占总收入的 36%，证明了短故事巨大的市场潜能。"盐言故事"即从知乎社区原盐选会员盐选故事版块独立而来，以短故事为核心内容，采取付费会员制，旨在填补网文短篇市场的空缺，满足不同垂类的读者需求，进而拓宽知乎社区的变现渠道。

16 日，阅文集团公布《2022 年业绩报告》。阅文集团 2022 年总收入为 76.3 亿元，其中在线业务收入 43.6 亿元，版权运营及其他收入为 32.6 亿元。在 2021 年报告中，阅文在线业务营收为 53 亿元。首席执行官程武表示，2022 年市场环境发生重大变化，文化和数字娱乐公司需要提质增效；基于此，阅文集团一方面狠抓精品产出，另一方面聚焦 IP 业务。环境和战略层面的变化与阅文在线业务收入的降幅直接相关。

18 日，中南大学网络文学研究院正式揭牌成立，该研究院以中国作协网络文学中心和中南大学为指导单位，中南大学文学与新闻传播学院教授欧阳友权担任院长和首席专家。

23 日，百花文学奖增设"网络文学奖"。9 月，该奖项由匪迦的《北斗星辰》、骁骑校的《长乐里：盛世如我所愿》、天瑞说符的《我们生活在南京》摘获。

24 日，第六届中国"网络文学 +"大会开幕式暨高峰论坛在北京亦创国际会展中心举行。会上发布了《2021 年中国网络文学发展报告》及第六届中国"网络文学 +"大会优秀网络文学作品榜单。

25 日，第三十三届中国科幻银河奖在四川荣经揭晓，13 部网络文学作品入围并最终斩获 4 项大奖。其中，远瞳的《深海余烬》获最佳科幻网络小说奖，天瑞说符的《泰坦无人声》获最佳原创图书奖，卖报小郎君的《灵境行者》和会说话的肘子的《夜的命名术》获最具改编潜力奖。同时，《科幻世界》联合四川大学中国科幻研究院共同发布《中国科幻网络文学白皮书（2022）》。

30 日，改编自隐笛同名小说的微短剧《招惹》在腾讯视频播出。尽管原著小说名不见经传，微短剧《招惹》却大放异彩，累计播放量接近 2 亿，分账 2000 万元，成为 2023 年分账最高的短剧。

4 月

7 日，中国作协网络文学中心发布《2022 中国网络文学蓝皮书》，增设"新时代十年网络文学发展的基本成就和基本经验"部分，提及网络文学行业在增长放缓的大背景下呈多元化发展态势，于 IP 改编和海外传播领域取得较好成绩。

10 日，中国社会科学院文学研究所发布《2022 中国网络文学发展研究报告》，指出网络文学是推进文化自信自强的重要力量。

12 日，中国网络文学作家著作捐赠仪式在中国现代文学馆举行。网文作家蒋胜男、烽火戏诸侯、天蚕土豆、紫金陈分别将各自作品《天圣令》《雪中悍刀行》《元尊》和《长夜难明》等捐赠给中国现代文学馆。

21 日，阅文集团与上海图书馆共同举行"书香上海 阅读全球"主题合作发布会，宣布《诡秘之主》《庆余年》《夜的命名术》等 103 部网络文学作品以数字形式入藏上海图书馆；《庆余年》《赘婿》等 14 部网文 IP 改编的动漫、影视作品首次同步以数字化形式入藏上海图书馆。同日，《Z 世代数字阅读报告》在会上发布，报告显示，2022 年阅文新增用户中 66% 的读者为 95 后。

23 日，阅文集团获评"2022 年度十大作品著作权人（文字综合类）"称号，是入选名单中唯一的网络文学企业。

26 日，在世界知识产权日当天，中国版权协会举行"2023 网络文学版权保护研讨会"。

5 月

13 日，第十四届华语科幻星云奖在广汉三星堆揭晓。网络文学作品《我们生活在南京》获得 2022 年度长篇小说金奖，作者天瑞说符获得 2020—2022 年度新星金奖。

"北京大学全国网络文学高级研修班"开班。课程设有"网络文学的基本理论与发展历史""网络文学创意写作的基本方法与案例""网络文学研究的基本方法与案例"和"网络文学创意写作与研究工作坊"4 个模块。

19 日，橙瓜码字联合国内几十家主流原创文学平台、众多网文大神作家以及各省市网络作协等共同举办以"519 网络文学读书日，新时代，新悦读"为主题的网络读书日倡议活动。

22 日，狐尾的笔《道诡异仙》完结，连载期间均订超过 10 万，以其"中式克苏鲁"的风格成为继《诡秘之主》后另一部网络文学破圈之作。

27 日，中国作家协会、浙江省人民政府、杭州市人民政府共同主办的"2023 中国国际网络文学周"在浙江杭州开幕。开幕式上，中国作家协会发布《中国网络文学在亚洲地区传播发展报告》。

6 月

5 日，中国作家协会社会联络部和中国传媒大学中国故事研究院发布《2020–2022 年文学改编影视作品蓝皮书》。数据显示，自 2020 年到 2023 年第一季度，取材自阅文、中文、晋江、起点、番茄等文学网站的影视改编作品已近 70 余部，网络文学改编剧越来越占据近年来文学改编影视的主流席位。

9 日，三九音域《我在精神病院学斩神》完结。小说在连载期间长期居于番茄小说各大榜单前列，是免费阅读模式孕育的出圈之作。

11 日，第二届"网文青春榜"年度榜单在北京大学发布，《道诡异仙》《寄生之子》等 14 部作品入选。同日，"北京大学网络文学研究丛书"研讨会在燕园举行。

13 日，第二届扬子江网络文学最具 IP 潜力榜正式发布，《不醒》《朋友的那个完美妻子》《重庆公寓》等 10 部作品入选。

16 日，第二届版权产业创新与知识产权保护东湖论坛在武汉举办。会上，"2022 年度中国网络文学版权保护十大经典案例"对外公布。

7 月

2 日，改编自烟雨江南同名小说的古装仙侠剧《尘缘》在爱奇艺播出；改编自沧月《朱颜》的古装玄幻剧《玉骨遥》在腾讯视频播出。

5 日，改编自玖月晞《一座城，在等你》的都市情感剧《我的人间烟火》在湖南卫视首播。成为爆款的同时，剧中男女主的人设引发观众热议。由杨洋扮演的消防员宋焰被批评油腻、情绪不稳定、自私等，由王楚然扮演的富家小姐许沁则被群嘲是恋爱脑、不够理智。

11 日，第三届上海网络文学周第二届天马文学奖在上海举行颁奖典礼，《长乐里：盛世如我愿》等 5 部作品获奖。

12 日，改编自小糖罐 WT 同名小说的微短剧《风月变》在芒果 TV、搜狐视频播出，票房分账超过 1300 万，并于 12 月登陆湖南卫视，成为首部上星播出的微短剧。

19 日，阅文集团 2023 年新晋大神、白金作家名单出炉。凤嗷凰、关关公子等 8 位作者签约大神作家，晨星 LL、纯洁滴小龙等 6 位大神作家晋升为白金作家。

2023 首届阅文创作大会在成都举办。阅文总裁侯晓楠在现场发布国内第一个网文大模型"阅文妙笔"。

"次元书馆"的众筹出版平台"次元聚核"上线。该平台旨在降低创作者的出版难度，通过读者众筹推选、平台集中服务的模式，助推原创作品的实体化出版。

21 日，浙江省网络作家协会第三届代表大会在杭州召开。晋杜鹃当选为浙江省网络作家协会第三届主席团主席，夏烈当选为常务副主席，马季、王泰、李虎（天蚕土豆）等 12 人当选为副主席。

24 日，改编自桐华同名小说的古装剧《长相思》在腾讯视频播出。

8 月

1 日，2023 年第六届宝珀理想国文学奖初选名单（共 14 部）揭晓，阅文集团作家天瑞说符的《我们生活在南京》、豆瓣阅读作家贝客邦的《白鸟坠入密林》入围。

5 日，晋江文学城 20 周年庆典暨第五届作者大会在北京举办。大会以"同舟共济"为主题，晋江文学城站长、CEO 黄艳明回顾了近 4 年的网站经营业绩，并介绍了网站未来 3 年即将上线的新项目。淮上、沐清雨、墨书白、张鼎鼎、红刺北等百余位网站作者受邀出席。

18 日，改编自柳翠虎同名小说的电视剧《装腔启示录》播出，以 14 集的轻体量聚焦都市女性成长主题，展露都市男女"装腔"百态，成为暑期口碑爆剧。原著小说曾获豆瓣阅读第二届（2020）长篇拉力赛总冠军。

19 日，黑岩阅读网主编"将军"宣布正式离职，表示将入职短剧平台公司，围绕短剧开展相关业务。

21 日，顾漫《骄阳似我》（下）时隔 10 年开始连载。本书上册于 2013 年 10 月完结，顾漫时隔 10 年开始填坑，不少网友感叹"奶奶，你追的小说终于要结局了"。

23 日，番茄小说网正式上线作者等级体系，体系分为 level 1–3 和金番作家、殿堂作家。level 1–3 面向番茄全体签约作者，综合参考收入、更新情况等数据积分；金番作家和殿堂作家通过不定期评选邀请优秀作者加入，代表番茄顶尖作者实力。2023 年度的金番作家和殿堂作家名单于同年 11 月揭晓，三九音域和燕北 2 位作者荣升番茄小说 2023 年度殿堂作家；阿刀、80 年代的风、采薇采薇等 18 位作者荣升番茄小说 2023 年度金番作家。

9 月

6 日，须尾俱全的《末日乐园》完结。该书自 2014 年 10 月 15 日起连载于起点女生网，是女频"无限流"小说代表作。

19 日，由新浪微博主办的首届"微博文化之夜"盛典在河南郑州举行，汇聚非遗传承人、博物馆馆长、作家、文化名人等百余位业界大咖，网络文学作家蒋胜男获得"微博年度突破作家"，匪我思存获得"微博影响力作家"，会说话的肘子的《夜的命名术》和她与灯的《观鹤笔记》获得"微博年度网络文学 IP"。此次活动也评选出了微博年度十大文学 IP，包括《盗墓笔记》《道诡异仙》《诡秘之主》《黑莲花攻略手册》等。

27 日，知名 90 后网络作家李云帆（笔名：七月新番）逝世。七月新番是中国作家协会会员、网络历史小说代表作家，所著小说《秦吏》曾入选北大网络文学研究论坛 2018—2019 双年选榜单。10 月 11 日，七月新番公众号正式发布讣告，网络文学界同仁纷纷致以深切哀悼。

10 月

7 日，第六届柳青文学奖评奖办公示了第六届柳青文学奖的获奖名单。经第六届柳青文学奖评委会审核，评委投票产生了 18 部作品，其中有两部网络文学作品获奖，分别是风圣大鹏的《卧牛沟》、关中老人的《一脉承腔》。

12 日，由中国作协主办的中国网络文学影响力榜（2022 年度）发布仪式在广州举行。《关键路径》等 10 部作品入选网络小说影响力榜，《开端》等 9 部作品入选 IP 影响榜，《星汉灿烂，幸甚至哉》等 10 部作品入选海外传播榜，本命红楼等 8 位作者入选新人榜。

13 日，中文在线集团对外公布全球首个万字大模型"中文逍遥 1.0"。中文在线创始人童之磊在演讲中称，"中文逍遥"通过降低小说写作门槛，让普通人拥有进入内容创作的入场券，还可以提高文学创作者的"盈收能力"。首席技术官吴疆将"中文逍遥"技术优势总结为"三个一"：一键生成万字小说，一张图片写一部小说和一次读懂一百万字小说。

17 日，第七十五届法兰克福书展于德国法兰克福会展中心举办，共有来自 94 个国家和地区的 4200 余家参展商，阅文集团作为唯一一家中国网文企业参展。

19 日，第三十四届中国科幻银河奖获奖名单公布，网络文学作家滚开凭借作品《隐秘死角》荣获最佳网络文学奖，我会修空调凭借作品《我的治愈系游戏》获得最佳原创图书奖。

21 日，云南网络文学研究中心挂牌成立，标志着云南省首个省级网络文学研究平台正式成立。

31 日，阅文集团对外发布短剧剧本征集令，进军短剧市场。

11 月

2 日，飞卢小说短剧剧本征集活动开启。短剧正逐渐成为网文 IP 转化的新风口。

3 日，电视剧《以爱为营》播出，该剧改编自晋江文学城作者翘摇的小说《错撩》。该剧由于古早的套路、诡异的运镜、油腻的演技，引发网友大面积反感，口碑崩盘，人民文娱发文点评："为了某种甜，硬写某种苦，到最后都是套路。"

6 日，番茄小说网上线"巅峰榜"，这是番茄小说网首次推出展示网站头部好书的统一性榜单。

14 日，中文在线股价经过 12 天上扬暴涨约 120%，市值突破 220 亿。此次上涨与短剧市场的火爆关系密切。中文在线自 2021 年开始探索短剧项目，在深耕国内的同时致力于短剧出海，海外 App Reelshort 成绩亮眼，当月净流水 692 万美元，创历史月度新高。

15 日，国家广播电视总局网络视听节目管理司发文《广电总局多措并举　持续开展网络微短剧治理工作》，将不断完善常态化管理机制，从 7 个方面加大管理力度、细化管理举措。其中重点包括加快制定《网络微短剧创作生产与内容审核细则》，研究推动网络微短剧 App 和"小程序"纳入日常机构管理等。

16 日，晋江文学城公布首批作品名高频词，除了现言组的高频词是"玫瑰"，其他所有组（古言、纯爱、衍生）的高频词都是"后我"，显示出晋江作品名中"穿成 / 重生 XXX 后我 XXX"句式扎堆的现象。这一高频词统计因出人意料而被爆笑传播，此后晋江把各项作品榜单中出现这些高频词的作品均作降权 50% 处理，并定期更新高频词统计，以鼓励多元创作倾向。

17 日，中国作协在浙江乌镇举办"2023 中国文学盛典·茅盾文学奖之夜"系列活动之"推动新时代网络文学高质量发展——网络作家座谈会"。中国作协党组书记、副主席、书记处书记张宏森出席并讲话，中国作协党组成员、书记处书记胡邦胜主持座谈会。20 余位网络作家，以及中国作协相关单位部门负责同志参加座谈会。蒋胜男、张威（唐家三少）、刘炜（血红）、任禾（会说话的肘子）、何健（天瑞说符）、袁野（爱潜水的乌贼）、朱洪志（我吃西红柿）、丁莹（丁墨）、陈政华（烽火戏诸侯）、刘金龙等 10 位网络作家围绕网络文学如何传承发展中华文明、提升文学品质、提升海外传播力等话题，展开深入交流。

22 日，番茄小说首届创作者大会在北京召开。会上，番茄小说 IP 衍生负责人戴一波宣布启动"和光计划"，即成立番茄影视、番茄动漫厂牌，番茄小说将深入参与到 IP 改编的多个环节中。

30 日，阅文集团发布"恒星计划"，旨在为潜力作者和优质作品提供更前置的 IP 孵化。

12 月

1 日，晋江文学城"无 CP+"分站开启，包含"无 CP、衍生无 CP、多元、友情"等 4 个分类，反映了女频小说格局的重大变化。

晋江文学城知名作者戏子祭酒与壶鱼辣椒的戏剧性矛盾引发网友关注。戏子祭酒在晋江文学城作者专栏公开喊话壶鱼辣椒，内容博人眼球，登上微博热搜。随着壶鱼辣椒的回复，事态进一步升级，两人过往经历被扒，内容涉及情感纠葛、抄袭融梗、财务纠纷等，狗血剧情引发网友吃瓜热潮。

4 日，每天读点故事官方开始陆续为自 2023 年 1 月 1 日后独家签约并在 App 上成功完结的连载及系列作品登记版权。

5 日，由上海市新闻出版局指导，上海市出版协会、阅文集团主办的第二届上海国际网络文学周开幕。本届网文周的主题是"好故事联通世界，新时代妙笔华章"，来自 18 个国家的网络文学作家、译者、学者和企业代表参会。开幕式上，中国音像与数字出版协会副秘书长李弘发布《2023 中国网络文学出海趋势报告》。这份报告以阅文集团和行业调查材料为主要分析蓝本，总结出网文出海的四大趋势：一是 AI 翻译，加速网文"一键出海"；二是全球共创，海外网文规模化发展；三是社交共读，好故事引领文化交流；四是产业融合，打造全球性 IP 生态。

11 日，阅文集团发布公告，以 6 亿元价格收购腾讯动漫资产。收购完成后，阅文集团将整合腾讯动漫头部 IP 和成熟的动漫产能，公司的 IP 生态链迎来扩容升级。

14-16 日，由中国作家协会主办的"2023 中国网络文学论坛"在河北石家庄举行，论坛开幕式上发布了"网络文学国际传播项目"，项目一期，中国作家协会遴选出《雪中悍刀行》《芈月传》《万相之王》《坏小孩》4 部作品，使用英语、缅甸语、波斯语、斯瓦希里语 4 个语种，通过在线阅读、广播剧（有声剧）、短视频、推广片 4 种方式，向全球进行推介。

15 日，刑侦悬疑电影《三大队》上映，该片改编自"网易人间工作室"作者深蓝的纪实文学《请转告局长，三大队任务完成了》，由于扎实鲜活的群像塑造收获观众好评。同月 21 日，电视剧版《三大队》上线播出。

20 日，豆瓣 2023 读书榜单公布，妖鹤的《她对此感到厌烦》、天瑞说符的《我们生活在南京》和慕明的《宛转环》3 部网络文学作品入选豆瓣 2023 年度科幻·奇幻榜单。

24 日，由中国小说学会主办的 2023 年度中国好小说研讨会在江苏兴化召开。经过遴选和讨论，最终推出 45 部作品，包括 5 部长篇小说、10 部中篇小说、10 部短篇小说、10 部网络小说、10 部小小说·微型小说入选。

26 日，豆瓣阅读 2023 年度榜单正式发布，包括"言情女性""悬疑幻想"两大类别共 40 部原创小说上榜。

27 日，阅文集团与澎湃新闻联合发布了《2023 网络文学十大关键词》。十大关键词分别为种田、考研、无 CP、坐忘道、全员上桌、智商在线、非遗、AI 金手指、短剧 = 网文 MV、霸总全球化。

网络作家月关挥手番茄，回归起点中文网，开启新书《临安不夜侯》。

28 日，番茄小说正式发布 2023 年度数据报告，包括年度热门小说、番茄社区互动、阅读偏好、阅读习惯等版块。年度书籍榜单有男频、女频、出版读物、影视原著、漫画、有声书、完结文、新书文 8 个类别，共 45 部作品上榜，其中三九音域《我在精神病院学斩神》荣获巅峰榜男频文 TOP1，任欢游《缚春情》荣获巅峰榜女频文 TOP1。

29 日，爱奇艺小说正式发布 2023 年度好书 TOP 榜，包括影视原著、男生作品、女生作品、优质 IP、"云腾"好书、潜力飙升 6 个类别共 18 部作品上榜。《狂飙》《莲花楼》《云之羽》荣获影视原著 TOP3。

图书在版编目（CIP）数据

中国网络文学双年榜（2022—2023）/黄发有,邵燕君主编;肖映萱,吉云飞执行主编;北京大学网络文学研究论坛,山东大学网络文学研究中心编选. —福州:海峡文艺出版社,2024.9

ISBN 978-7-5550-3857-3

Ⅰ.I217.1

中国国家版本馆 CIP 数据核字第 2024PE8542 号

中国网络文学双年榜（2022—2023）

黄发有　邵燕君　主编

肖映萱　吉云飞　执行主编

北京大学网络文学研究论坛　山东大学网络文学研究中心　编选

出 版 人 林　滨

责任编辑 张琳琳

助理编辑 陈雨含

出版发行 海峡文艺出版社

经　　销 福建新华发行(集团)有限责任公司

社　　址 福州市东水路 76 号 14 层　　**邮编**　350001

发 行 部 0591—87536797

印　　刷 福州力人彩印有限公司

厂　　址 福州市晋安区新店镇健康村西庄 580 号 9 栋

开　　本 787 毫米×1092 毫米　1/16

字　　数 346 千字

印　　张 22.5

版　　次 2024 年 9 月第 1 版

印　　次 2024 年 9 月第 1 次印刷

书　　号 ISBN 978-7-5550-3857-3

定　　价 108.00 元

如发现印装质量问题,请寄承印厂调换